天衣無縫

織田作之助

目次

夫婦善哉《めおとぜんざい》

　年中借金取が出はいりした。節季はむろんまるで毎日のことで、醤油屋《しょうゆや》、油屋、八百屋、鰯屋《いわしや》、乾物屋、炭屋、米屋、家主その他、いずれも厳しい催促だった。路地の入口で牛蒡《ごぼう》、蓮根《れんこん》、芋、三ツ葉、蒟蒻《こんにゃく》、紅生姜《べにしょうが》、鯣《するめ》、鰯《いわし》など一銭天婦羅《てんぷら》を揚げて商っている種吉《たねきち》は借金取の姿が見えると、下向いてにわかに饂飩粉《うどんこ》をこねる真似した。近所の子供たちも、「おっさん、はよ牛蒡《ごんぼ》揚げてんかいナ」と待て暫《しば》しがなく、「よっしゃ、今揚げたァるぜ」というものの擂鉢《すりばち》の底をごしごしやるだけで、水洟《みずばな》の落ちたのも気付かなかった。

　種吉では話にならぬから素通りして路地の奥へ行き種吉の女房に掛け合うと、女房のお辰《たつ》は種吉とはだいぶ違って、借金取の動作に注意の目をくばった。催促の身振りが余って腰掛けている板の間をちょっとでもたたくと、お辰はすかさず、「人さまの家の板の間たたいて、あんた、それでよろしおまんのんか」と血相かえるのだった。「そこは家の神様が宿ったはるとこだっせ」

　芝居の積りだがそれでもやはり興奮するのか、声に泪《なみだ》がまじるくらいであるから、相手は驚いて「無茶いいなはんナ、何も私《わて》はたたかしまへんぜ」とむしろ開き直り、二、三度押問答の挙句、結局お辰は言い負けて、素手では帰せぬ破目になり、五十銭か一円だけ身を切られる想いで渡さねばならなかった。それでも、一度だけだが、板の間のことをその場で指摘されると、何とも言訳のない困り方でいきなり平身低頭して詫《わ》びを入れ、ほうほうの態《てい》で逃げ帰った借金取があったと、きまってあとでお辰の愚痴の相手は娘の蝶子《ちょうこ》であった。

そんな母親を蝶子は見っともないとも哀れとも思った。それで、母親を欺《だま》して買食いの金をせしめたり、天婦羅の売上箱から小銭を盗んだりして来たことが、ちょっと後悔された。種吉の天婦羅は味で売ってなかなか評判よかったが、そのため損をしているようだった。蓮根でも蒟蒻でも頗《すこぶ》る厚身で、お辰の目にも引き合わぬと見えたが、種吉は算盤《そろばん》おいてみて、「七厘の元を一銭に商って損するわけはない」家に金の残らぬのは前々の借金で毎日の売上げが喰《く》い込んで行くためだとの種吉の言分はもっともだったが、しかし、十二歳の蝶子には、父親の算盤には炭代や醬油代がはいっていないと知れた。

天婦羅だけでは立ち行かぬから、近所に葬式があるたびに、駕籠《かご》かき人足に雇われた。氏神の夏祭には、水干《すいかん》を着てお宮の大提灯《おおぢょうちん》を担いで練ると、日当九十銭になった。鎧《よろい》を着ると三十銭あがりだった。種吉の留守にはお辰が天婦羅を揚げた。お辰は存分に材料を節約《しまつ》したから、祭の日通り掛りに見て、種吉は肩身の狭い想いをし、鎧の下を汗が走った。

よくよく貧乏したので、蝶子が小学校を卒《お》えると、あわてて女中奉公に出した。俗に、河童《がたろ》横丁の材木屋の主人から随分と良い条件で話があったので、お辰の頭に思いがけぬ血色が出たが、ゆくゆくは妾《めかけ》にしろとの肚《はら》が読めて父親はうんと言わず、日本橋《にっぽんばし》三丁目の古着屋《ふるてや》へばかに悪い条件で女中奉公させた。河童横丁は昔河童《かっぱ》が棲《す》んでいたといわれ、忌《きら》われて二束三文だったそこの土地を材木屋の先代が買い取って借家を建て、今はきびしく高い家賃も取るから金が出来て、河童は材木屋だと蔭口《かげぐち》きかれていたが、妾が何人もいて若い生血を吸うからという意味もあるらしかった。蝶子はむくむく女めいて、顔立ちも小ぢんまり整い、材木屋はさすがに炯眼《けいがん》だった。

日本橋の古着屋で半年余り辛抱が続いた。冬の朝、黒門市場《くろもんいちば》への買出しに廻《まわ》り道して古着屋の前を通り掛った種吉は、店先を掃除している蝶子の手が赤ぎれて血がにじんでいるのを見て、そのままはいって掛け合い、連れもどした。そして、所望されるままに曾根崎新地《そねざきしんち》のお茶屋へおちょぼ（芸者の下地《したじ》ッ子）にやった。

種吉の手に五十円の金がはいり、これは借金払いでみるみる消えたが、あとにも先にも纏《まと》まって受取ったのはそれ切りだった。もとより左団扇《ひだりうちわ》の気持はなかったから、十七のとき蝶子が芸者になると聞いて、この父はにわかに狼狽《ろうばい》した。お披露目をするといってもまさか天婦羅を配って歩くわけには行かず、祝儀、衣裳《いしょう》、心付けなど大変な物入りで、のみこんで抱主《かかえぬし》が出してくれるのはいいが、それは前借になるから、いわば蝶子を縛る勘定になると、反対した。が、結局持前の陽気好きの気性が環境に染まって是非に芸者になりたいと蝶子に駄々をこねられると、負けて、種吉は随分苦面《くめん》した。だから、辛《つら》い勤めも皆親のためという俗句は蝶子に当て嵌《はま》らぬ。不粋な客から、芸者になったのはよくよくの訳があってのことやろ、全体お前の父親は……と訊《き》かれると、父親は博奕《ばくち》打ちでとか、欺されて田畑をとられたためだとか、哀れっぽく持ちかけるなど、まさか土地柄、気性柄蝶子には出来なかったが、といって、私《わて》を芸者にしてくれんようなそんな薄情な親テあるもんかと泣きこんで、あわや勘当さわぎだったとはさすがに本当のことも言えなんだ。「私のお父《とつ》つぁんは旦《だん》さんみたいにええ男前や」と外《そ》らしたりして悪趣味極まったが、それが愛嬌《あいきょう》になった。――蝶子は声自慢で、どんなお座敷でも思い切り声を張り上げて咽喉《のど》や額に筋を立て、襖紙《ふすまがみ》がふるえるという浅ましい唄《うた》い方をし、陽気な座敷には無くてかなわぬ妓《こ》であったから、はっさい（お転婆《てんば》）で売っていたのだ。――それでも、たった一人、馴染《なじ》みの安化粧品問屋の息子には何もかも本当のことを言った。

維康柳吉《これやすりゅうきち》といい、女房もあり、ことし四つの子供もある三十一歳の男だったが、逢《あ》い初めて三月《みつき》でもうそんな仲になり、評判立って、一本になった時の旦那《だんな》をしくじった。中風で寝ている父親に代って柳吉が切り廻《まわ》している商売というのが、理髪店向きの石鹼《せっけん》、クリーム、チック、ポマード、美顔水、ふけとりなどの卸問屋であると聞いて、散髪屋へ顔を剃《そ》りに行っても、其店《そこ》で使っている化粧品のマークに気をつけるようになった。ある日、梅田新道《うめだしんみち》にある柳吉の店の前を通り掛ると、厚子《あつし》を着た柳吉が丁稚《でっち》相手に地方送りの荷造りを監督していた。耳に挟んだ筆をとると、さらさらと帖面《ちょうめん》の上を走らせ、やがて、それを口にくわえて算盤を弾《はじ》くその姿がいかにもかいがいしく見えた。ふと視線が合うと、蝶子は耳の附根まで真赧《まっか》になったが、柳吉は素知らぬ顔で、ちょいちょい横眼を使うだけであった。それが律義者めいた。柳吉は些《いささ》か吃《ども》りで、物をいうとき上を向いてちょっと口をもぐもぐさせる、その恰好《かっこう》がかねがね蝶子には思慮あり気に見えていた。

蝶子は柳吉をしっかりした頼しい男だと思い、そのように言い触らしたが、そのため、その仲は彼女の方からのぼせて行ったと言われてもかえす言葉はないはずだと、人々は取沙汰《とりざた》した。酔い癖の浄瑠璃《じょうるり》のサワリで泣声をうなる、そのときの柳吉の顔を、人々は正当に判断づけていたのだ。夜店の二銭のドテ焼（豚の皮身を味噌《みそ》で煮つめたもの）が好きで、ドテ焼さんと渾名《あだな》がついていたくらいだ。

柳吉はうまい物に掛けると眼がなくて、「うまいもん屋」へしばしば蝶子を連れて行った。彼に言わせると、北にはうまいもんを食わせる店がなく、うまいもんは何といっても南に限るそうで、それも一流の店は駄目や、汚いことを言うようだが銭を捨てるだけの話、本真《ほんま》にうまいもん食いたかったら、「一ぺん俺の後へ随《つ》いて……」行くと、無論一流の店へははいらず、よくて高津《こうづ》の湯豆腐屋、下は夜店のドテ焼、粕饅頭《かすまんじゅう》から、戎橋筋《えびすばしすじ》そごう横「しる市」のどじょう汁と皮鯨汁《ころじる》、道頓堀相合橋東詰《どうとんぼりあいおいばしひがしづめ》「出雲屋《いずもや》」のまむし、日本橋「たこ梅」のたこ、法善寺《ほうぜんじ》境内「正弁丹吾亭《しょうべんたんごてい》」の関東煮《かんとだき》、千日前常盤座横《せんにちまえときわざ》「寿司《すし》捨《すて》」の鉄火巻と鯛《たい》の皮の酢味噌《すみそ》、その向い「だるまや」のかやく飯と粕じるなどで、いずれも銭のかからぬいわば下手《げて》もの料理ばかりであった。芸者を連れて行くべき店の構えでもなかったから、はじめは蝶子も択《よ》りによってこんな所へと思ったが、「ど、ど、ど、どや、うまいやろが、こ、こ、こ、こんなうまいもんどこィ行ったかて食べられへんぜ」という講釈を聞きながら食うと、なるほどうまかった。

乱暴に白い足袋《たび》を踏みつけられて、キャッと声を立てる、それもかえって食慾《しょくよく》が出るほどで、そんな下手《げて》もの料理の食べ歩きがちょっとした愉《たの》しみになった。立て込んだ客の隙間へ腰を割り込んで行くのも、北新地《きたしんち》の売れっ妓《こ》の沽券《こけん》に関わるほどではなかった。第一、そんな安物ばかり食わせどおしでいるものの、帯、着物、長襦袢《ながじゅばん》から帯じめ、腰下げ、草履までかなり散財してくれていたから、けちくさいと言えた義理ではなかった。クリーム、ふけとりなどはどうかと思ったが、これもこっそり愛用した。それに、父親は今なお一銭天婦羅で苦労しているのだ。殿様のおしのびめいたり、しんみり父親の油《あぶら》滲《じ》んだ手を思い出したりして、後に随《つ》いて廻っているうちに、だんだんに情緒が出た。

新世界《しんせかい》に二軒、千日前に一軒、道頓堀に中座《なかざ》の向いと、相合橋東詰にそれぞれ一軒ずつある都合五軒の出雲屋の中でまむしのうまいのは相合橋東詰の奴や、ご飯にたっぷりしみこませただしの味が「なんしょ、酒《さか》しょが良う利いとおる」のをフーフー口とがらせて食べ、仲良く腹がふくれてから、法善寺の「花月《かげつ》」へ春団治《はるだんじ》の落語を聴きに行くと、ゲラゲラ笑い合って、握り合ってる手が汗をかいたりした。

深くなり、柳吉の通い方は散々頻繁になった。遠出もあったりして、やがて柳吉は金に困って来たと、蝶子にも分った。

父親が中風で寝付くとき忘れずに、銀行の通帳と実印を蒲団《ふとん》の下に隠したので、柳吉も手のつけようがなかった。所詮《しょせん》、自由になる金は知れたもので、得意先の理髪店を駆け廻っての集金だけで細かくやりくりしていたから、みるみる不義理が嵩《かさ》んで、蒼《あお》くなっていた。そんな柳吉のところへ蝶子から男履きの草履を贈って来た。添えた手紙には、だいぶ永いこと来て下さらぬゆえ、しん配しています。一同舌をしたいゆえ……とあった。一度話をしたい（一同舌をしたい）と柳吉だけが判読出来るその手紙が、いつの間にか病人のところへ洩《も》れてしまって、枕元へ呼び寄せての度重なる意見もかねがね効目なしと諦《あきら》めていた父親も、今度ばかりは、打つ、撲《なぐ》るの体の自由が利かぬのが残念だと涙すら浮べて腹を立てた。わざと五つの女の子を膝《ひざ》の上に抱き寄せて、若い妻は上向いていた。実家へ帰る肚を決めていた事で、僅《わず》かに叫び出すのをこらえているようだった。うなだれて柳吉は、蝶子の出しゃ張り奴《め》と肚の中で呟《つぶや》いたが、しかし、蝶子の気持は悪くとれなかった。草履は相当無理をしたらしく、戎橋「天狗《てんぐ》」の印がはいっており、鼻緒は蛇の皮であった。

「釜《かま》の下の灰まで自分のもんや思たら大間違いやぞ、久離《きゅうり》切っての勘当……」を申し渡した父親の頑固は死んだ母親もかねがね泣かされて来たくらいゆえ、いったんは家を出なければ収まりがつかなかった。家を出た途端に、ふと東京で集金すべき金がまだ残っていることを思い出した。ざっと勘定して四、五百円はあると知って、急に心の曇りが晴れた。すぐ行きつけの茶屋へあがって、蝶子を呼び、物は相談やが駈落《かけお》ちせえへんか。

あくる日、柳吉が梅田の駅で待っていると、蝶子はカンカン日の当っている駅前の広場を大股《おおまた》で横切って来た。髪をめがねに結っていたので、変に生々しい感じがして、柳吉はふいといやな気がした。すぐ東京行きの汽車に乗った。

八月の末で馬鹿に蒸し暑い東京の町を駆けずり廻り、月末にはまだ二、三日間があるというのを拝み倒して三百円ほど集ったその足で、熱海《あたみ》へ行った。温泉芸者を揚げようというのを蝶子はたしなめて、これからの二人の行末のことを考えたら、そんな呑気《のんき》な気ィでいてられへんともっともだったが、勘当といってもすぐ詫《わ》びをいれて帰り込む肚の柳吉は、かめへん、かめへん。無断で抱主のところを飛び出して来たことを気にしている蝶子の肚の中など、無視しているようだった。芸者が来ると、蝶子はしかし、ありったけの芸を出し切って一座を浚《さら》い、土地の芸者から「大阪《おおさか》の芸者衆にはかなわんわ」と言われて、僅かに心が慰まった。

二日そうして経ち、午頃《ひる》、ごおッーと妙な音がして来た途端に、激しく揺れ出した。「地震や」「地震や」同時に声が出て、蝶子は襖《ふすま》に摑《つか》まったことは摑まったが、いきなり腰を抜かし、キャッと叫んで坐《すわ》り込んでしまった。柳吉は反対側の壁にしがみついたまま離れず、口も利けなかった。お互いの心にその時、えらい駈落ちをしてしまったという悔《くい》が一瞬あった。

避難列車の中で碌々物《ろくろく》も言わなかった。やっと梅田の駅に着くと、まっすぐ上塩町《かみしおまち》の種吉の家へ行った。途々《みちみち》、電信柱に関東大震災の号外が生々しく貼られていた。

西日の当るところで天婦羅《てんぷら》を揚げていた種吉は二人の姿を見ると、吃驚《びっくり》して暫《しばら》くは口も利けなんだ。日に焼けたその顔に、汗とはっきり区別のつく涙が落ちた。立話でだんだんに訊けば、蝶子の失踪《しっそう》はすぐに抱主《かかえぬし》から知らせがあり、どこにどうしていることやら、悪い男にそそのかされて売り飛ばされたのと違うやろか、生きとってくれてるんやろかと心配で夜も眠れなんだという。悪い男云々《うんぬん》を聴き咎《とが》めて蝶子は、何はともあれ、扇子をパチパチさせて突っ立っている柳吉を「この人私《わて》の何や」と紹介した。「へい、おこしやす」種吉はそれ以上挨拶《あいさつ》が続かず、そわそわして碌々顔もよう見なかった。

お辰は娘の顔を見た途端に、浴衣《ゆかた》の袖《そで》を顔にあてた。泣き止んで、はじめて両手をついて、「このたびは娘がいろいろと……」柳吉に挨拶し、「弟の信一《しんいち》は尋常四年で学校へ上っとりますが、今日は、まだ退《ひ》けて来とりまへんので」などと言うた。挨拶の仕様がなかったので、柳吉は天候のことなど吃《ども》りがちに言うた。種吉は氷水を註《い》文に行った。

銀蠅の飛びまわる四畳の部屋は風も通らず、ジーンと音がするように蒸し暑かった。種吉が氷いちごを提箱《さげばこ》に入れて持ち帰り、皆は黙々とそれをすすった。やがて、東京へ行って来た旨蝶子が言うと、種吉は「そら大変や、東京は大地震や」吃驚してしまったので、それで話の糸口はついた。避難列車で命からがら逃げて来たと聞いて、両親《ふたおや》は、えらい苦労したなとしきりに同情した。それで、若い二人、とりわけ柳吉はほっとした。「何とお詫びして良《え》えやら」すらすら彼は言葉が出て、種吉とお辰は頗《すこぶ》る恐縮した。

母親の浴衣を借りて着替《きか》えると、蝶子の肚《はら》はきまった。一旦逐電したからにはおめおめ抱主のところへ帰れまい、同じく家へ足踏み出来ぬ柳吉と一緒に苦労する、「もう芸者を止めまっさ」との言葉に、種吉は「お前の好きなようにしたらええがな」子に甘いところを見せた。蝶子の前借は三百円足らずで、種吉はもはや月賦で払う肚を決めていた。「私《わて》が親爺《おやじ》に無心して払いまっさ」と柳吉も黙っているわけに行かなかったが、種吉は「そんなことして貰《もろ》たら困りまんがな」と手を振った。「あんさんのお父《とっ》つぁんに都合《ぐつ》が悪うて、私は顔合わされしまへんがな」柳吉は別に異を樹《た》てなかった。お辰は柳吉の方を向いて、蝶子は痲疹《はしか》の他には風邪一つひかしたことはない、また身体のどこ探してもかすり傷一つないはず、それまでに育てる苦労は……言い出して泪《なみだ》の一つも出る始末に、柳吉は耳の痛い気がした。

二、三日、狭苦しい種吉の家でごろごろしていたが、やがて、黒門市場の中の路地裏に二階借りして、遠慮気兼ねのない世帯《しょたい》を張った。階下《した》は弁当や寿司につかう折箱の職人で、二階の六畳はもっぱら折箱の置場にしてあったのを、月七円の前払いで借りたのだ。たちまち、暮しに困った。

柳吉に働きがないから、自然蝶子が稼ぐ順序で、さて二度の勤めに出る気もないとすれば、結局稼ぐ道はヤトナ芸者と相場が決っていた。もと北の新地にやはり芸者をしていたおきんという年増芸者が、今は高津に一軒構えてヤトナの周旋屋みたいなことをしていた。ヤトナというのはいわば臨時雇で宴会や婚礼に出張する有芸仲居のことで、芸者の花代よりは随分安上りだから、けちくさい宴会からの需要が多く、おきんは芸者上りのヤトナ数人と連絡をとり、派出させて仲介の分をはねると相当な儲《もう》けになり、今では電話の一本も引いていた。一宴会、夕方から夜更けまでで六円、うち分をひいてヤトナの儲けは三円五十銭だが、婚礼の時は式役代も取るから儲けは六円、祝儀もまぜると悪い収入《みい》りではないとおきんから聴いて、早速仲間にはいった。

三味線をいれた小型のトランク提げて電車で指定の場所へ行くと、すぐ膳部《ぜんぶ》の運びから燗《かん》の世話に掛る。三、四十人の客にヤトナ三人で一通り酌をして廻《まわ》るだけでも大変なのに、あとがえらかった。おきまりの会費で存分愉しむ肚の不粋な客を相手に、息のつく間もないほど弾かされ歌わされ、浪花節《なにわぶし》の三味《しゃみ》から声色の合の手まで勤めてくたくたになっているところを、安来節《やすきぶし》を踊らされた。それでも根が陽気好きだけに大して苦にもならず身をいれて勤めていると、客が、芸者よりましや。やはり悲しかった。本当の年を聞けば吃驚するほどの大年増の朋輩《ほうばい》が、おひらきの前に急に祝儀を当てこんで若い女めいた身振りをするのも、同じヤトナであってみれば、ひとごとではなかった。夜更けて赤電車で帰った。日本橋一丁目で降りて、野良犬や拾い屋（バタ屋）が芥箱《ごみばこ》をあさっているほかに人通りもなく、静まりかえった中にただ魚の生臭い臭気が漂うている黒門市場の中を通り、路地へはいるとプンプン良い香《にお》いがした。

山椒昆布《さんしょこんぶ》を煮る香いで、思い切り上等の昆布を五分四角ぐらいの大きさに細切りして山椒の実と一緒に鍋《なべ》にいれ、亀甲万《きっこうまん》の濃口醬油《しょうゆ》をふんだんに使って、松炭のとろ火でとろとろ二昼夜煮つめると、戎橋の「おぐらや」で売っている山椒昆布と同じ位のうまさになると柳吉は言い、退屈しのぎに昨日からそれに掛り出していたのだ。火種を切らさぬことと、時々かきまわしてやることが大切で、そのため今日は一歩も外へ出ず、だからいつもはきまって使うはずの日に一円の小遣いに少しも手をつけていなかった。蝶子の姿を見ると柳吉は「どや、良え按配《あんばい》に煮えて来よったやろ」長い竹箸《たけばし》で鍋の中を掻《か》き廻しながら言うた。そんな柳吉に蝶子はひそかにそこはかとなき恋しさを感じるのだが、癖で甘ったるい気分は外に出せず、着物の裾《すそ》をひらいた長襦袢《ながじゅばん》の膝でぺたりと坐るなり「なんや、まだたいてるのんか、えらい暇かかって何してるのや」こんな口を利いた。

柳吉は二十歳の蝶子のことを「おばはん」と呼ぶようになった。「おばはん小遣い足らんぜ」そして三円ぐらい手に握ると、昼間を将棋などして時間をつぶし、夜は二ッ井《ふたい》戸《ど》の「お兄ちゃん」という安カフェへ出掛けて、女給の手にさわり、「僕と共鳴せえへんか」そんな調子だったから、お辰はあれでは蝶子が可哀想やと種吉に言い言いしたが、種吉は「坊《ぼ》ん坊《ぼ》んやから当り前のこっちゃ」別に柳吉を非難もしなかった。どころか、「女房や子供捨てて二階ずまいせんならん言うのも、言や言うもんの、蝶子が悪いさかいや」とかえって同情した。そんな父親を蝶子は柳吉のために嬉《うれ》しく、苦労の仕甲斐《しがい》あると思った。「私のお父つぁん、良えところあるやろ」と思ってくれたのかくれないのか、「うん」と柳吉は気のない返事で、何を考えているのか分からぬ顔をしていた。

その年も暮に近づいた。押しつまって何となく慌しい気持のする或る日、正月の紋附などを取りに行くと言って、柳吉は梅田新道の家へ出掛けて行った。蝶子は水を浴びた気持がしたが、行くなという言葉が何故か口に出なかった。その夜、宴会の口が掛って来たので、いつものように三味線をいれたトランクを提げて出掛けたが、心は重かった。柳吉が親の家へ紋附を取りに行ったというただそれだけの事として軽々しく考えられなかった。そこには妻も居れば子もいるのだ。三味線の音色は冴《さ》えなかった。それでも、やはり襖紙《ふすまがみ》がふるえるほどの声で歌い、やっとおひらきになって、雪の道を飛んで帰ってみると、柳吉は戻っていた。火鉢の前に中腰になり、酒で染まった顔をその中に突っ込むようにしょんぼり坐っているその容子《ようす》が、いかにも元気がないと、一目でわかった。蝶子はほっとした。——父親は柳吉の姿を見るなり、寝床の中で、何しに来たと呶鳴《どな》りつけたそうである。妻は籍を抜いて実家に帰り、女の子は柳吉の妹の筆子が十八の年で母親代りに面倒みているが、その子供にも会わせて貰えなかった。柳吉が蝶子と世帯を持ったと聴いて、父親は怒るというよりも柳吉を嘲笑《ちょうしょう》し、また、蝶子の事についてかなりひどい事を言ったということだった。——蝶子は「私《わて》のこと悪う言やはんのは無理おまへん」としんみりした。が、肚の中では、私の力で柳吉を一人前にしてみせまっさかい、心配しなはんなと、ひそかに柳吉の父親に向って呟《つぶや》く気持を持った。自身にも言い聴かせて「私は何も前の奥さんの後釜《あとがま》に坐《すわ》るつもりやあらへん、維康を一人前の男に出世させたら本望や」そう思うことは涙をそそる快感だった。その気持の張りと柳吉が帰って来た喜びとで、その夜は興奮して眠れず、眼をピカピカ光らせて低い天井を睨《にら》んでいた。

まえまえから、蝶子はチラシを綴《と》じて家計簿を作り、ほうれん草三銭、風呂銭《ふろせん》三銭、ちり紙四銭、などと毎日の入費を書き込んで世帯を切り詰め、柳吉の毎日の小遣い以外に無駄な費用は慎んで、ヤトナの儲けの半分ぐらいは貯金していたが、そのことがあってから、貯金に対する気の配り方も違って来た。一銭二銭の金も使い惜しみ、半襟も垢《あか》じみた。正月を当てこんでうんと材料《もと》を仕入れるのだとて、種吉が仕入れの金を無心に来ると、「私《わて》には金みたいなもんあらへん」種吉と入れ代ってお辰が「維康さんにカフェーたらいうとこィ行かす金あってもか」と言いに来たが、うんと言わなかった。

年が明け、松の内も過ぎた。はっきり勘当だと分ってから、柳吉のしょげ方は頗る哀れなものだった。父性愛ということもあった。蝶子に言われても、子供を無理に引き取る気の出なかったのは、いずれ帰参がかなうかも知れぬという下心があるためだったが、それでも、子供と離れていることはさすがに淋《さび》しいと、これは人ごとでなかった。ある日、昔の遊び友達に会い、誘われると、もともと好きな道だったから、久しぶりにぐたぐたに酔うた。その夜はさすがに家をあけなかったが、翌日、蝶子が隠していた貯金帳をすっかりおろして、昨夜の返礼だとて友達を呼び出し、難波《なんば》新地へはまりこんで、二日、使い果して魂の抜けた男のようにとぼとぼ黒門市場の路地裏長屋へ帰って来た。「帰るとこ、よう忘れんかったこっちゃな」そう言って蝶子は頸筋《くびすじ》を摑《つか》んで突き倒し、肩をたたく時の要領で、頭をこっこったたいた。「おばはん、何すんねん、無茶しな」しかし、抵抗する元気もないかのようだった。二日酔いで頭があばれとると、蒲団《ふとん》にくるまってうんうん唸《うな》っている柳吉の顔をピシャリと撲って、何となく外へ出た。千日前の愛進館で京山小円《きょうやまこえん》の浪花節を聴いたが、一人では面白いとも思えず、出ると、この二、三日飯も咽喉《のど》へ通らなかったこととて急に空腹を感じ、楽天地《らくてんち》横の自由軒《じゆうけん》で玉子入りのライスカレーを食べた。「自由軒《ここ》のラ、ラ、ライスカレーはカレーをご飯にあんじょうま、ま、まむしてあるよって、うまい」とかつて柳吉が言った言葉を想い出しながら、カレーのあとのコーヒを飲んでいると、いきなり甘い気持が胸に湧いた。こっそり帰ってみると、柳吉はいびきをかいていた。だし抜けに、荒々しく揺すぶって、柳吉が眠い眼をあけると、「阿呆《あほ》んだら」そして唇をとがらして柳吉の顔へもって行った。

あくる日、二人で改めて自由軒へ行き、帰りに高津のおきんの所へ仲の良い夫婦の顔を出した。ことを知っていたおきんは、柳吉に意見めいた口を利いた。おきんの亭主はかつて北浜《きたはま》で羽振りが良くおきんを落籍《ひか》して死んだ女房の後釜に据えた途端に没落したが、おきんは現在のヤトナ周旋屋、亭主は恥をしのんで北浜の取引所へ書記に雇われて、いわば夫婦共稼ぎで、亭主の没落はおきんのせいだなどと人に後指させぬ今の暮しだと、引合いに出したりした。「維康さん、あんたもぶらぶら遊んでばかりしてんと、何ぞ働く所を……」探す肚《はら》があるのかないのか、柳吉は何の表情もなく聴いていた。維康さんの肚は分らんとおきんはあとで蝶子に言うたので、蝶子は肩身の狭い思いがした。が、間もなく働き口を見つけたので、蝶子は早速おきんに報告した。それで肩身が広くなったというほどではなかったが、やはり嬉しかった。

千日前「いろは牛肉店」の隣にある剃刀屋《かみそりや》の通い店員で、朝十時から夜十一時までの勤務、弁当自弁の月給二十五円だが、それでも文句なかったらと友達が紹介してくれたのだ。柳吉はいやとは言えなかった。安全剃刀、レザー、ナイフ、ジャッキその他理髪に関係ある品物を商っているのだから、やはり理髪店相手の化粧品を商っていた柳吉には、いちばん適しているだろうと骨折ってくれた、その手前もあった。門口の狭い割に馬鹿に奥行のある細長い店だから昼間など日が充分射さず、昼電を節約した薄暗いところで火鉢の灰をつつきながら、戸外の人通りを眺めていると、そこの明るさが嘘《しまつ》のようだった。ちょうど向い側が共同便所でその臭気がたまらなかった。その隣は竹林寺《ちくりんじ》で、門の前の向って右側では鉄冷鉱泉を売っており、左側、つまり共同便所に近い方では餅《もち》を焼いて売っていた。醤油をたっぷりつけて狐色にこんがり焼けてふくれているところなぞ、いかにもうまそうだったが、買う気は起らなかった。餅屋の主婦が共同便所から出ても手洗水《ちょうず》を使わぬと覚しかったからや、と柳吉は帰って言うた。また曰《いわ》く、仕事はりた。蝶子は、「そら、よろしおまんな」そう励ました。

剃刀屋で三月ほど辛抱したが、やがて、主人と喧嘩《けんか》して癪《しゃく》やからとて店を休み休み出したが、蝶子はその口実を本真《ほんま》だと思い、朝おこしたりしなくなり、ずるずるべったりに店をやめてしまった。蝶子はいっそうヤトナ稼業に身を入れた。彼女だけには特別の祝儀を張り込まねばならぬと宴会の幹事が思うくらいであった。祝儀はしかし、朋輩《ほうばい》と山分けだから、随分と引き合わぬ勘定だが、それだけに朋輩の気受けはよかった。蝶子はん蝶子はんと奉られるので良い気になって、朋輩へ二円、三円と小銭を借したが、渡すなり後悔して、さすがにはっきり催促出来なかったから、何かとべんちゃら（お世辞）して、はよ返してくれという想いをそれとなく見せるのだった。五十銭の金にもちくちく胸の痛む気がしたが、柳吉にだけは、小遣いをせびられると気前よく渡した。柳吉は毎日が如何にも面白くないようで、殊にこっそり梅田新道へ出掛けたらしい日は帰ってからのふさぎ方が目立ったので、蝶子は何かと気を使った。父の勘気がとけぬことが憂鬱《ゆううつ》の原因らしく、そのことにひそかに安堵《あんど》するよりも気持の負担の方が大きかった。それで、柳吉がしばしばカフェへ行くと知っても、なるべく焼餅を焼かぬように心掛けた。黙って金を渡すときの気持は、人が思っているほどには平気ではなかった。

実家に帰っているという柳吉の妻が、肺で死んだという噂を聴くと、蝶子はこっそり法善寺の「縁結び」に詣《まい》って蠟燭《ろうそく》など思い切った寄進をした。その代り、寝覚めの悪い気持がしたので、戒名を聞いたりして棚に祭った。先妻の位牌《いはい》が頭の上にあるのを見て、柳吉は何となく変な気がしたが、出しゃ張るなとも言わなかった。言えば何かと話がもつれて面倒だとさすがに利口な柳吉は、位牌さえ蝶子の前では拝まなかった。蝶子は毎朝花をかえたりして、一分の隙もなく振舞った。

二年経つと、貯金が三百円を少し超えた。蝶子は芸者時代のことを思い出し、あれはもう全部払《はろ》うてくれたんかと種吉に訊《き》くと、「さいな、もう安心しーや、この通りや」と証文出して来て見せた。母親のお辰はセルロイド人形の内職をし、弟の信一は夕刊売りをしていたことは蝶子も知っていたが、それにしてもどうして苦面《くめん》して払ったのかと、瞼《まぶた》が熱くなった。それで、はじめて弟に五十銭、お辰に三円、種吉に五円、それぞれ呉《く》れてやる気が出た。そこで貯金はちょうど三百円になった。そのうち、柳吉が芸者遊びに百円ほど使ったので、二百円に減った。蝶子は泣けもしなかった。夕方電灯もつけぬ暗い六畳の間の真中にぺたりと坐り込み、腕ぐみして肩で息をしながら、障子紙の破れたところをじっと睨んでいた。柳吉は三味線の撥《ばち》で撲られた跡を押えようともせず、ごろごろしていた。

もうこれ以上節約の仕様《しまつ》もなかったが、それでも早くその百円を取り戻さねばならぬと、いろいろに工夫した。商売道具の衣裳《いしょう》も、余程せっぱ詰れば染替えをするくらいで、あとは季節季節の変り目ごとに質屋での出し入れで何とかやりくりし、呉服屋に物言うのもはばかるほどであったお蔭《かげ》で、半年経たぬうちにやっと元の額になったのを機会《しお》に、いつまでも二階借りしていては人に侮られる、一軒借りて焼芋屋でも何でも良いから商売しようとさっそく柳吉に持ちかけると、「そうやな」気の無い返事だったが、しかし、あくる日から彼は黙々として立ちまわり、高津神社坂下に間口一間、奥行三間半の小さな商売家を借り受け、大工を二日雇い、自分も手伝ってしかるべく改造し、もと勤めていた時の経験と顔とで剃刀問屋から品物の委託をしてもらうと瞬く間に剃刀屋の新店が出来上った。安全剃刀の替刃、耳かき、頭かき、鼻毛抜き、爪切りなどの小物からレザー、ジャッキ、西洋剃刀など商売柄、銭湯帰りの客を当て込むのが第一と店も銭湯の真向いに借りるだけの心くばりも柳吉はしたので、蝶子はしきりに感心し、開店の前日朋輩のヤトナ達が祝いの柱時計をもってやって来ると、「おいでやす」声の張りも違った。そして「主人《うち》がこまめにやってくれまっさかいな」と言い、これは柳吉のことを褒めたつもりだった。襷《たすき》がけでこそこそ陳列棚の拭《ふ》き掃除をしている柳吉の姿は見ようによっては、随分男らしくもなかったが、女たちはいずれも感心し、維康さんも慾《よく》が出るとなかなかの働き者だと思った。

開店の朝、向う鉢巻でもしたい気持で蝶子は店の間に坐っていた。午頃《ひる》、さっぱり客が来え《け》へんなと柳吉は心細い声を出したが、それに答えず、眼を皿のようにして表を通る人を睨《にら》んでいた。午過ぎ、やっと客がきて安全の替刃一枚六銭の売上げだった。「まいどおおけに」「どうぞごひいきに」夫婦がかりで薄気味悪いほどサーヴィスをよくしたが、人気《じんき》が悪いのか新店のためか、その日は十五人客が来ただけで、それもほとんど替刃ばかり、売り上げは〆《し》めて二円にも足らなかった。

　客足がさっぱりつかず、ジレットの一つも出るのは良い方で、たいていは耳かきか替刃ばかりの浅ましい売上げの日が何日も続いた。話の種も尽きて、退屈したお互いに顔を情けなく見かわしながら店番していると、いっそ恥かしい想いがした。退屈しのぎに、昼の間の一時間か二時間浄瑠璃《じょうるり》を稽古《けいこ》しに行きたいと柳吉は言い出したが、とめる気も起らなかった。これまでぶらぶらしている時にはいつでも行けたのに、さすがに憚《はばか》って、商売をするようになってから稽古したいという、その気持を、ひとは知らず蝶子は哀れに思った。柳吉は近くの下寺町《したでらまち》の竹本組昇《たけもとそしょう》に月謝五円で弟子入りし二ッ井戸の天牛《てんぎゅう》書店で稽古本の古いのを漁《あさ》って、毎日ぶらりと出掛けた。商売に身をいれるといっても、客が来なければ仕様がないといった顔で、店番をするときも稽古本をひらいて、ぼそぼそうなる、その声がいかにも情けなく、上達したと褒めるのもなんとなく気が引けるくらいであった。毎月食い込んで行ったので、再びヤトナに出ることにした。二度目のヤトナに出る晩、苦労とはこのことかとさすがにしんみりしたが、宴会の席ではやはり稼業《しょうばい》大事とつとめて、一人で座敷を浚《さら》って行かねばすまぬ、そんな気性はめったに失われるものではなかった。夕方、蝶子が出掛けて行くと、柳吉はそわそわと店を早仕舞いして、二ッ井戸の市場の中にある屋台店でかやく飯とおこぜの赤出しを食い、鳥貝の酢味噌《すみそ》で酒を飲み、六十五銭の勘定払って安いもんやなと、カフェ「一番」でビールやフルーツをとり、肩入れをしている女給にふんだんにチップをやると、十日分の売上げが飛んでしもうた。ヤトナの儲《もう》けでどうにか暮しを立ててはいるものの、柳吉の使い方がはげしいもので、だんだん問屋の借りも嵩《かさ》んで来て、一年辛抱した挙句、店の権利の買手がついたのを倖《さいわ》い、思い切って店を閉めることにした。

店仕舞いメチャクチャ大投売りの二日間の売上げ百円余りと、権利を売った金百二十円と、合わせて二百二十円余りの金で問屋の払いやあちこちの支払いを済ませると、しかし十円も残らなかった。

二階借りするにも前払いでは困ると、いろいろ探しているうちに、おきんの所へ出はいりして顔見知りの呉服屋の担ぎ屋が「家《うち》の二階が空いてまんね、蝶子さんのことでっさかい部屋代はいつでもよろしおま」と言うたのをこれ倖いに、飛田《とびた》大門前通りの路地裏にあるそこの二階を借りることになった。柳吉は相変らず浄瑠璃の稽古に出掛けたり、近所にある赤暖簾《のれん》の五銭喫茶店で何時間も時間をつぶしたりして他愛なかった。蝶子は口が掛れば雨の日でも雪の日でも働かいでおくものかと出掛けた。もうヤトナ達の中でも古顔になった。組合でも出来るなら、さしずめ幹事というところで、年上の朋輩からも蝶子姐《ねえ》さんと言われたが、まさか得意になってはいられなかった。衣裳の裾《すそ》なども恥かしいほど擦り切れて、咽喉《のど》から手の出るほど新しいのが欲しかった。おまけに階下《した》が呉服の担ぎ屋とあってみれば、たとえ銘仙《めいせん》の一枚でも買ってやらねば義理が悪いのだが、我慢してひたすら貯金に努めた。もう一度、一軒店の商売をしなければならぬと、親の仇《かたき》をとるような気持でわれながら浅ましかった。

さん年経つと、やっと二百円たまった。柳吉が腸が痛むというので時々医者通いし、そのため入費が嵩んで、歯がゆいほど、金はたまらなかったのだ。二百円出来たので、柳吉に「なんぞ良え商売ないやろ」と相談したが、こんどは「そんな端金《はしたがね》ではどないも仕様ない」と乗気にならず、ある日、そのうち五十円の金を飛田の廓《くるわ》で瞬く間に使ってしまった。四、五日まえに、妹が近々聟《むこ》養子を迎えて、梅田新道の家を切り廻《まわ》して行くという噂が柳吉の耳にはいっていたので、かねがね予期していたことだったが、それでも娼妓《しょうぎ》を相手に一日で五十円の金を使ったとは、むしろ呆《あき》れてしまった。ぼんやりした顔をぬっと突き出して帰って来たところを、いきなり襟を摑《つか》んで突き倒し、馬乗りになって、ぐいぐい首を締めあげた。「く、く、く、るしい、苦しい、おばはん、何すんねん」と柳吉は足をばたばたさせた。蝶子は、もう思う存分折檻《せっかん》しなければ気がすまぬと、締めつけ締めつけ、打つ、撲《なぐ》る、しまいに柳吉は「どうぞ、かんにんしてくれ」と悲鳴をあげた。蝶子はなかなか手をゆるめなかった。妹が聟養子を迎えると聴いたくらいでやけになる柳吉が、腹立たしいというより、むしろ可哀想で、蝶子の折檻は痴情めいた。隙を見て柳吉は、ヒーヒー声を立てて階下へ降り、逃げまわった挙句、便所の中へ隠れてしまった。さすがにそこまでは追わなかった。階下の主婦は女だてらとたしなめたが、蝶子は物一つ言わず、袖《そで》を顔にあてて、肩をふるわせると、思いがけずはじめて女らしく見えたと、主婦は思った。年下の夫を持つ彼女はかねがね蝶子のことを良く言わなかった。毎朝味噌《みそ》しるを拵《こしら》えるとき、柳吉が襷がけで鰹節《かつおぶし》をけずっているのを見て、亭主にそんなことをさせて良いもんかとほとんど口に出かかった。好みの味にするため、わざわざ鰹節けずりまで自分の手でしなければ収まらぬ柳吉の食意地の汚さなど、知らなかったのだ。担ぎ屋も同感で、いつか蝶子、柳吉と三人連れ立って千日前へ浪花節《なにわぶし》を聴きに行ったとき、立て込んだ寄席《よせ》の中で、誰かに悪戯《いたずら》をされたとて、キャーッと大声を出して騒ぎまわった蝶子を見て、えらい女やと思い、体裁の悪そうな顔で目をしょぼしょぼさせている柳吉にほとほと同情した、と帰って女房に言った。「あれでは今に維康さんに嫌われるやろ」夫婦はひそひそ語り合っていたが、案の定、柳吉は或る日ぶらりと出て行ったまま、幾日も帰って来なかった。

七日経っても柳吉は帰って来ないので、半泣きの顔で、種吉の家へ行き、梅田新道にいるに違いないから、どんな容子《ようす》かこっそり見て来てくれと頼んだ。種吉は、娘の頼みを撥《は》ねつけるというわけではないが、別れる気の先方へ行って下手に顔見られたら、どんな目で見られるかも知れぬと断った。「下手に未練もたんと別れた方が身のためやぜ」などとそれが親の言う言葉かと、蝶子は興奮の余り口喧嘩《くちげんか》までし、その足で新世界の八卦見《はっけみ》のところへ行った。「あんたが男はんのためにつくすその心が仇《あだ》になる。大体この星の人は……」年を聞いて丙午《ひのえうま》だと知ると、八卦見はもう立板に水を流すお喋《しゃべ》りで、何もかも悪い運勢だった。「男はんの心は北に傾いている」と聴いて、ぞっとした。北とは梅田新道だ。金を払って出ると、どこへ行くという当てもなく、真夏の日がカンカン当っている盛り場を足早に歩いた。熱海の宿で出くわした地震のことが想い出された。やはり暑い日だった。

十日目、ちょうど地蔵盆で、路地にも盆踊りがあり、無理に引っぱり出されて、単調な曲を繰りかえし繰りかえし、それでも時々調子に変化をもたせて弾いていると、ふと絵行灯《えあんどん》の下をひょこひょこ歩いて来る柳吉の顔が見えた。行灯の明りに顔が映えて、眩《まぶ》しそうに眼をしょぼつかせていた。途端に三味線の糸が切れて撥ねた。すぐ二階へ連れあがって、積る話よりもさきに身を投げかけた。

二時間経って、電車がなくなるよってと帰って行った。短い時間の間にこれだけのことを柳吉は話した。この十日間梅田の家へいりびたっていたのは外やない、むろん思うところあってのことや。妹が聟養子をとるとあれば、こちらは廃嫡と相場は決っているが、それで泣寝入りしろとは余りの仕打やと、梅田の家へ駆け込むなり、毎日膝詰《ひざづめ》の談判をやったところ、一向に効目がない。妻を捨て、子も捨てて好きな女と一緒に暮している身に勝目はないが、廃嫡は廃嫡でも貰《もら》うだけのものは貰わぬと、後へは行けぬ思て梃子《てこ》でも動かへんなんだが、親父の言分はどうや。蝶子、お前気にしたあかんぜ。「あんな女と一緒に暮している者に金をやっても死金同然や、結局女に欺《だま》されて奪《と》られてしまうが落ちや、ほしけれれば女と別れろ」こない言うたきり親父はもう物も言いくさらん。そこで、蝶子、ここは一番芝居を打つこっちゃ。別れた、女も別れる言うてますと巧《うま》く親父を欺して貰うだけのものは貰《もろ》たら、あとは廃嫡でも灰神楽《はいかぐら》でも、その金で気楽な商売でもやって二人末永《すえなご》う共白髪《ともしらが》まで暮そうやないか。いつまでもお前にヤトナさせとくのも可哀想や。それで蝶子、明日家の使の者が来よったら、別れまっさときっぱり言うて欲しいんや。本真《ほんま》の気持で言うのやないねんぜ。しし芝居や。芝居や。金さえ貰たらわいは直《じ》き帰って来る。――蝶子の胸に甘い気持と不安な気持が残った。

翌朝、高津のおきんを訪れた。話を聴くと、おきんは「蝶子はん、あんた維康さんに欺されたはる」と、さすがに苦労人だった。おきんは、維康が最初蝶子に内緒で梅田へ行ったと聴いて、これはうっかり芝居に乗れぬと思った。柳吉の肚《はら》は、蝶子が別れると言ってしまえば、それでまんまと帰参がかない、そのまま梅田の家へ坐《すわ》り込んでしまうつもりかも知れぬ。とそうまではっきりと悪くとらず、又いくら化粧問屋でもそこは父親が卸してくれぬとすれば、その時はその時で悪く行っても金がとれるし、いわば二道《ふたみち》を掛けているか、それとも自分で自分の気持がはっきりしてないか、何しろ、柳吉には子供もあることだと、そこまでは口に出さなかったが、いずれにせよ蝶子が別れると言わなければ、柳吉は親の家に居《お》れぬ勘定だから結局は柳吉に戻って欲しければ「別れると言うたらあきまへんぜ」蝶子はおきんの言う通りにした。嘘にしろ別れると言うより、その方が言い易かった。それに、間もなく顔見せた使の者は手切金を用意しているらしく、貰えばそれ切りで縁が切れそうだった。

三日経つと柳吉は帰って来た。いそいそとした蝶子を見るなり「阿呆やな、お前の一言で何もかも滅茶苦茶や」不機嫌極まった。手切金云々《うんぬん》の気持を言うと、「もろたら、わいのもらう金と二重取りで良えがな。ちょっとは慾《よく》を出さんかいや」なるほどと思った。が、おきんの言葉はやはり胸の中に残った。

父親からは取り損ったが、妹から無心して来た金三百円と蝶子の貯金を合わせて、それで何か商売をやろうと、こんどは柳吉の口から言い出した。剃刀屋《かみそりや》のにがい経験があるから、あれでもなし、これでもなしと柳吉の興味を持ちそうな商売を考えた末、結局焼芋屋でもやるより外には……と困っているうちに、ふと関東《かんと》煮屋《だきや》が良いと思いつき、柳吉に言うと、「そ、そ、そら良え考えや、わいが腕前ふるって良い味のもんを食わしたる」ひどく乗気になった。適当な売り店がないかと探すと、近くの飛田大門前通りに小さな関東煮の店が売りに出ていた。現在年寄夫婦が商売しているのだが、土地柄、客種が柄悪く荒っぽいので、大人しい女子《おなご》衆《し》は続かず、といって気性の強い女はこちらがなめられるといった按配《あんばい》で、ほとほと人手に困って売りに出したのだというから、掛け合うと、案外安く造作《ぞうさく》から道具一切附き三百五十円で譲ってくれた。階下は全部漆喰《しっくい》で商売に使うから、寝泊りするところは二階の四畳半一間ある切り、おまけに頭がつかえるほど天井が低く陰気臭かったが、廓の往き帰りで人通りも多く、それに角店で、店の段取から出入口の取り方など大変良かったので、値を聞くなり飛びついて手を打ったのだ。新規開店に先立ち、法善寺境内の正弁丹吾亭や道頓堀のたこ梅をはじめ、行き当りばったりに関東煮屋の暖簾《のれん》をくぐって、味加減や銚子《ちょうし》の中身の工合《ぐあい》、商売のやり口などを調べた。関東煮屋をやると聴いて種吉は、「海老《えび》でも烏賊《いか》でも天婦羅《てんぷら》ならわいに任しとくなはれ」と手伝いの意を申し出たが、柳吉は、「小鉢物はやりまっけど、天婦羅は出しまへん」と体裁よく断った。種吉は残念だった。お辰は、それみたことかと種吉を嘲《あざけ》った。「私《わて》らに手伝《てつど》うてもろたら損や思たはるのや。誰が鐚《びた》一文でも無心するもんか」

お互いの名を一字ずつとって「蝶柳」と屋号をつけ、いよいよ開店することになった。まだ暑さが去っていなかったこととて思い切って生ビールの樽《たる》を仕込んでいた故、はよ売り切ってしまわねば気が抜けてわや（駄目）になると、やきもき心配したほどでもなく、よく売れた。人手を借りず、夫婦だけで店を切り廻《まわ》したので、夜の十時から十二時頃までの一番たてこむ時間は眼のまわるほど忙しく、小便に立つ暇もなかった。柳吉は白い料理着に高下駄《たかげた》という粋な恰好《かっこう》で、ときどき銭函《ぜにばこ》を覗《のぞ》いた。売上額が増えていると、「いらっしゃァい」剃刀屋のときと違って掛声も勇ましかった。俗に「おかま」という中性の流し芸人が流して来て、青柳《あおやぎ》を賑《にぎ》やかに弾いて行ったり、景気がよかった。その代り、土地柄が悪く、性質《たち》の良くない酒呑《さけの》み同志が喧嘩をはじめたりして、柳吉はハラハラしたが、蝶子は昔とった杵柄《きねづか》で、そんな客をうまくさばくのに別に秋波をつかったりする必要もなかった。廓《くるわ》をひかえて夜更《おそ》くまで客があり、看板を入れる頃はもう東の空が紫色に変っていた。くたくたになって二階の四畳半で一刻《いっとき》うとうとしたかと思うと、もう眼覚ましがジジーと鳴った。寝巻のままで階下に降りると、顔も洗わぬうちに、「朝食出来ます、四品付十八銭」の立看板を出した。朝帰りの客を当て込んで味噌汁《みそしる》、煮豆、漬物、ご飯と都合四品で十八銭、細かい商売だと多寡《たか》をくくっていたところ、ビールなどをとる客もいて、結構商売になったから、少々の眠さも我慢出来た。

秋めいて来て、やがて風が肌寒くなると、もう関東煮屋に「もって来い」の季節で、ビールに代って酒もよく出た。酒屋の払いもきちんきちんと現金で渡し、銘酒の本舗から、看板を寄贈してやろうというくらいになり、蝶子の三味線も空しく押入れにしまったままだった。こんどは半分以上自分の金を出したというせいばかりでもなかったろうが、柳吉の身の入れ方は申分なかった。公休日というものも設けず、毎日せっせと精出したから、無駄費いもないままに、勢い溜《たま》る一方だった。柳吉は毎日郵便局へ行った。体のえらい商売だから、柳吉は疲れると酒で元気をつけた。酒をのむと気が大きくなり、ふらふらと大金を使ってしまう柳吉の性分を知っていたので、蝶子はヒヤヒヤしたが、売物の酒とあってみれば、柳吉も加減して飲んだ。そういう飲み方も、しかし、蝶子にはまた一つの心配で、いずれはどちらへ廻っても心配は尽きなかった。大酒を飲めば馬鹿に陽気になるが、チビチビやる時は元来吃《ども》りのせいか無口の柳吉がいっそう無口になって、客のない時など、椅子に腰掛けてぽかんと何か考えごとしているらしい容子《ようす》を見ると、やはり、梅田の家のこと考えてるのと違うやろか、そう思って気が気でなかった。

案の定、妹の婚礼に出席を撥《は》ねつけられたとて柳吉は気を腐らせ、二百円ほど持ち出して出掛けたまま、三日帰って来なかった。ちょうど花見時で、おまけに日曜、祭日と紋日《もんび》が続いて店を休むわけに行かず、てん手古舞《てこま》いしながら二日商売をしたものの、蝶子はもう慾など出している気にもなれず、おまけに忙しいのと心配とで体が言うことを利かず、三日目はとうとう店を閉めた。その夜更《おそ》く、帰って来た。耳を澄ましていると、「今ごろは半七《はんしち》さんが、どこにどうしてござろうぞ。いまさら帰らぬことながら、わしというものがないならば、半兵衛《はんべえ》様もお通に免じ、子までなしたる三勝《さんかつ》どのを、疾《と》くにも呼び入れさしゃんしたら、半七さんの身持も直り、ご勘当もあるまいに……」と三勝半七のサワリを語りながらやって来るのは、柳吉に違いなかった。

夜中に下手な浄瑠璃《じょうるり》を語ったりして、近所の体裁も悪いこっちゃと、ほっとした。「……お気に入らぬと知りながら、未練な私が輪廻《りんね》ゆえ、そい臥《ぶ》しは叶《かな》わずとも、お傍に居たいと辛抱して、これまで居たのがお身の仇《あだ》……」とこっちから後を続けてこましたろかという気持で、階下《した》へ降りた。柳吉の足音は家の前で止った。もう語りもせず、気兼ねした容子で、カタカタ戸を動かせているようだった。「どなたッ？」わざと言うと、「わいや」「わいでは分りまへんぜ」重ねてとぼけてみせると、「ここ維康や」と外の声は震えていた。「維康いう人は沢山《たんと》いたはります」にこりともせず言った。「維康柳吉や」もう蝶子の折檻《せっかん》を観念しているようだった。「維康柳吉いう人は此処《ここ》には用のない人だす。今ごろどこぞで散財していやはりまっしゃろ」となおも苛《いじ》めにかかったが、近所の体裁もあったから、そのくらいにして、戸を開けるなり、「おばはん、せせ殺生やぜ」と顔をしかめて突っ立っている柳吉を引きずり込んだ。無理に二階へ押し上げると、柳吉は天井へ頭を打《ぶ》っつけた。「痛ァ!」も糞《くそ》もあるもんかと、思う存分折檻した。

もう二度と浮気はしないと柳吉は誓ったが、蝶子の折檻は何の薬にもならなかった。暫《しばら》くすると、また放蕩《ほうとう》した。そして帰るときは、やはり折檻を怖れて蒼《あお》くなった。そろそろ肥満して来た蝶子は折檻するたびに息切れがした。

柳吉が遊蕩《ゆうとう》に使う金はかなりの額だったから、遊んだあくる日はさすがに彼も蒼くなって、盞《さかずき》も手にしないで、黙々と鍋《なべ》の中を掻《か》きまわしていた。が、四、五日たつと、やはり、客の酒の燗《かん》をするばかりが能やないと言い出し、混ぜない方の酒をたっぷり銚子に入れて、銅壺《どうこ》の中へ浸《つ》けた。明らかに商売に飽いた風で、酔うと気が大きくなり、自然足は遊びの方に向いた。紺屋《こうや》の白袴《しろばかま》どころでなく、これでは柳吉の遊びに油を注ぐために商売をしているようなものだと、蝶子はだんだん後悔した。えらい商売を始めたものやと思っているうちに、酒屋への支払いなども滞《とどこお》りがちになり、結局、やめるに若《し》かずと、その旨柳吉に言うと、柳吉は即座に同意した。

「この店譲ります」と貼出ししたまま、陰気臭くずっと店を閉めた切りだった。柳吉は浄瑠璃の稽古《けいこ》に通い出した。貯《たくわ》えの金も次第に薄くなって行くのに、一向に店の買手がつかなかった。蝶子の肚《はら》はそろそろ、三度目のヤトナを考えていた。ある日、二階の窓から表の人通りを眺めていると、それが皆客に見えて、商売をしていないことがいかにも惜しかった。向い側の五、六軒先にある果物屋が、赤や黄や緑の色が咲きこぼれていて、活気を見せた。客の出入りも多かった。果物屋はええ商売やとふと思うと、もういても立っても居られず、柳吉が浄瑠璃の稽古から帰って来ると、早速「果物屋《あかもんや》をやれへんか」柳吉は乗気にならなかった。いよいよ食うに困れば、梅田へ行って無心すれば良しと考えていたのだ。

ある日、どうやら梅田へ出掛けたらしかった。帰って来ての話に、無心したところ妹の聟《むこ》が出て応待したが、話の分らぬ頑固者の上にけちんぼと来ていて、結局鐚《びた》一文も出さなかったとしきりに興奮した。そして「果物屋をやろうやないか」顔はにがり切っていた。

関東煮の諸道具を売り払った金で店を改造した。仕入れや何やかやでだいぶ金が足らなかったので、衣裳《いしょう》や頭のものを質に入れ、なおおきんの所へ金を借りに行った。おきんは一時間ばかり柳吉の悪口を言ったが、結局「蝶子はん、あんたが可哀想やさかい」と百円貸してくれた。

その足で上塩町の種吉の所へ行き、果物屋をやるから、二、三日手を貸してくれと頼んだ。西瓜《すいか》の切り方など要領を柳吉は知らないから、経験のある種吉に教わる必要に迫られて、こんどは柳吉の口から「一つお父《とう》つぁんに頼もうやないか」と言い出していた。種吉は若い頃お辰の国元の大和《やまと》から車一台分の西瓜を買って、上塩町の夜店で切売りしたことがある。その頃、蝶子はまだ二つで、お辰が背負うて、つまり親娘《おやこ》三人総出で、一晩に百個売れたと種吉は昔話し、喜んで手伝うことを言った。関東煮屋《かんとだきや》のとき手伝おうと言って柳吉に撥《は》ねつけられたことなど、根に持たなかった。どころか店びらきの日、筋向いにも果物屋があるとて、「西瓜屋の向いに西瓜屋が出来て、西瓜同志（好いた同志）の差し向い」と淡海節《たんかいぶし》の文句を言い出すほどの上機嫌だった。向い側の果物屋は、店の半分が氷店になっているのが強味で氷かけ西瓜で客を呼んだから、自然、蝶子たちは、切身の厚さで対抗しなければならなかった。が、言われなくても種吉の切り方は、頗る気前がよかった。一個八十銭の西瓜で十銭の切身何個と胸算用して、柳吉がハラハラすると、種吉は「切身で釣って、丸口で儲《もう》けるんや。損して得とれや」と言った。そして、「ああ、西瓜や、西瓜や、うまい西瓜の大安売りや！」と派手な呼び声を出した。向い側の呼び声もなかなか負けていなかった。蝶子も黙っておられず、「安い西瓜だっせ」と金切り声を出した。それが愛嬌《あいきょう》で、客が来た。蝶子は、鞄《かばん》のような財布を首から吊《つ》るして、売り上げを入れたり、釣銭を出したりした。

朝の間、蝶子は廓の中へはいって行き軒《のき》ごとに西瓜を売ってまわった。「うまい西瓜だっせ」と言う声が吃驚《びっくり》するほど綺麗《きれい》なのと、笑う顔が愛嬌があり、しかも気性が粋でさっぱりしているのとがたまらぬと、娼妓《しょうぎ》達がひいきにしてくれた。「明日《あした》も持って来とくなはれや」そんな時柳吉が背にのせて行くと、「姐《ねえ》ちゃんは……？」良え奥さんを持ってはると褒められるのを、ひと事のように聴き流して、柳吉は渋い顔であった。むしろむっつりして、これで遊べば滅茶苦茶に破目を外す男だとは見えなかった。

割合熱心に習ったので、四、五日すると柳吉は西瓜を切る要領など覚えた。種吉はちょうど氏神の祭で例年通りお渡りの人足に雇われたのを機会《しお》に、手を引いた。帰りしな、林檎《りんご》はよくよくふきんで拭《ふ》いて艶《つや》を出すこと、水蜜桃《すいみつとう》には手を触れぬこと、果物は埃《ほこり》をきらうゆえ始終掃塵《はたき》をかけることなど念押して行った。その通りに心掛けていたのだが、どういうものか足が早くて水蜜桃など瞬く間に腐敗した。店へ飾っておけぬから、辛《つら》い気持で捨てた。毎日、捨てる分が多かった。といって品物を減らすと店が貧相になるので、そうも行かず、巧《うま》く捌《は》けないと焦りが出た。儲けも多いが損も勘定にいれねばならず、果物屋も容易な商売ではないと、だんだん分った。

柳吉にそろそろ元気がなくなって来たので、蝶子はもう飽いたのかと心配した。がその心配より先に柳吉は病気になった。まえまえから胃腸が悪いと二ッ井戸の実費《じっぴ》医院へ通い通いしていたが、こんどは尿に血がまじって小便するのにたっぷり二十分かかるなど、人にも言えなかった。前に怪しい病気に罹《かか》り、そのとき蝶子は「なんちゅう人やろ」と怒りながらも、まじないに、屋根瓦《やねがわら》にへばりついている猫の糞と明礬《みょうばん》を煎《せん》じてこっそり飲ませたところ効目があったので、こんどもそれだと思って、黙って味噌汁《みそしる》の中に入れると、柳吉は啜《すす》ってみて、変な顔をしたが、それと気付かず、味の妙なのは病気のせいだと思ったらしかった。気が付かねば、まじないは効くのだと窃《ひそか》に現《げん》のあらわれるのを待っていたところ更に効目はなかった。小便の時、泣き声を立てるようになり、島《しま》の内《うち》の華陽堂《かようどう》病院が泌尿科専門なので、そこで診てもらうと、尿道に管を入れて覗《のぞ》いた挙句、「膀胱《ぼうこう》が悪い」十日ばかり通ったが、はかばかしくならなかった。みるみる痩《や》せて行った。診立《みた》て違いということもあるからと、天王寺《てんのうじ》の市民病院で診てもらうと、果して違っていた。レントゲンをかけ腎臓《じんぞう》結核だときまると、華陽堂病院が恨めしいよりも、むしろなつかしかった。命が惜しければ入院しなさいと言われた。あわてて入院した。

附添いのため、店を構っていられなかったので、蝶子は止《や》むなく、店を閉めた。果物が腐って行くことが残念だったから、種吉に店の方を頼もうと思ったが、運の悪い時はどうにも仕様のないもので、母親のお辰が四、五日まえから寝付いていた。子宮癌とのことだった。金光教《こんこうきょう》に凝って、お水をいただいたりしているうちに、衰弱がはげしくて、寝付いた時はもう助からぬ状態だと町医者は診た。手術をするにも、この体ではと医者は気の毒がったが、お辰の方から手術もいや、入院もいやと断った。金のこともあった。注射もはじめはきらったが、体が二つに割れるような苦痛が注射で消えてとろとろと気持よく眠り込んでしまえる味を覚えると、痛みよりも先に「注射や、注射や」夜中でも構わず泣き叫んで、種吉を起した。種吉は眠い目をこすって医者の所へ走った。「モルヒネだからたびたびの注射は危険だ」と医者は断るのだが、「どうせ死による体ですよって」と眼をしばたいた。弟の信一は京都下鴨《しもがも》の質屋へ年期奉公していたが、いざという時が来るまで、戻れと言わぬことにしてあった。だから、種吉の体は幾つあっても足らぬくらいで、蝶子も諦《あきら》め、結局病院代も要るままに、店を売りに出したのだ。こればっかりは運よく、すぐ買手がついて、二百五十円の金がはいったが、すぐ消えた。手術と決ってはいたが、手術するまえに体に力《りき》をつけておかねばならず、舶来の薬を毎日二本ずつ入れた。一本五円もしたので、怖いほど病院代は嵩《かさ》んだのだ。蝶子は派出婦を雇って、夜の間だけ柳吉の看病してもらい、ヤトナに出ることにした。が、焼石に水だった。手術も今日、明日に迫り、金の要ることは目に見えていた。蝶子の唄《うた》もこんどばかりは昔の面影を失《うしの》うた。赤電車での帰り、帯の間に手を差し込んで、思案を重ねた。おきんに借りた百円もそのままだった。

重い足で、梅田新道の柳吉の家を訪れた。養子だけが会《お》うてくれた。沢山とは言いませんがと畳に頭をすりつけたが、話にならなかった。自業自得、そんな言葉も彼は吐いた。「この家の身代《しんだい》は僕が預っているのです。あなた方に指一本……」差して貰いたくないのはこっちのことですと、尻《しり》を振って外へ飛び出したが、すぐ気の抜けた歩き方になった。種吉の所へ行き、お辰の病床を見舞うと、お辰は「私《わて》に構わんと、はよ維康さんとこィ行ったりィな」そして、病気ではご飯たきも不自由やろから、家で重湯やほうれん草炊いて持って帰れと、お辰は気持も仏様のようになっており、死期に近づいた人に見えた。

お辰とちがって、柳吉は蝶子の帰りが遅いと散々叱言《こごと》を言う始末で、これではまだ死ぬだけの人間になっていなかった、という訳でもなかったろうが、とにかく二日後に腎臓を片一方切り取ってしまうという大手術をやっても、ピンピン生きて、「水や、水や、水くれ」とわめき散らした。水を飲ましてはいけぬと注意されていたので、蝶子は丹田《たんでん》に力を入れて柳吉のわめき声を聴いた。

あくる日、十二、三の女の子を連れて若い女が見舞いに来た。顔かたちを一目見るなり、柳吉の妹だと分った。はっと緊張し、「よう来てくれはりました」初対面の挨拶《あいさつ》代りにそう言った。連れて来た女の子は柳吉の娘だった。ことし四月から女学校に上っていて、セーラー服を着ていた。頭を撫《な》でると、顔をしかめた。

一時間ほどして帰って行った。夫に内緒で来たと言った。「あんな養子にき、き、気兼ねする奴があるか」妹の背中へ柳吉はそんな言葉を投げた。送って廊下へ出ると、妹は「姉《ねえ》はんの苦労はお父さんもこの頃よう知ったはりまっせ。よう尽してくれとる、こない言うたはります」と言い、そっと金を握らした。蝶子は白粉気《おしろいけ》もなく、髪もバサバサで、着物はくたびれていた。そんなところを同情しての言葉だったかも知らぬが、蝶子は本真《ほんま》のことと思いたかった。思った。柳吉の父親に分ってもらうまで十年掛ったのだ。姉さんと言われたことも嬉《うれ》しかった。だから、金は一旦は戻す気になった。が無理に握らされて、あとで見ると百円あった。有難かった。そわそわして落ちつかなかった。

夕方、電話が掛って来た。弟の声だったから、ぎょっとした。危篤だと聞いて、早速駆けつける旨、電話室から病室へ言いに戻ると、柳吉は、「水くれ」を叫んでいた。そして、「お、お、お、親が大事か、わいが大事か」自分もいつ死ぬか分らへんと、そんな風にとれる声をうなり出した。蝶子は椅子に腰掛けてじっと腕組みした。そこへ泪《なみだ》が落ちるまで、大分時間があった。秋で、病院の庭では虫の声もした。

どのくらい時間が経ったか、隙間風が肌寒くすっかり夜になっていた。急に、「維康さん、お電話でっせ」胸さわぎしながら電話口に出てみると、こんどは誰か分らぬ女の声で、「息引きとらはりましたぜ」とのことだった。そのまま病院を出て駆けつけた。「蝶子はん、あんたのこと心配して蝶子は可哀想なやっちゃ言うて息引きとらはったんでっせ」近所の女たちの赤い目がこれ見よがしだった。三十歳の蝶子も母親の目から見れば子供だと種吉は男泣きした。親不孝者と見る人々の目を背中に感じながら、白い布を取って今更の死水を唇につけるなど、蝶子は勢一杯に振舞った。「わての亭主も病気や」それを自分の肚《はら》への言訳にして、お通夜も早々に切り上げた。夜更けの街を歩いて病院へ帰る途々《みちみち》、それでもさすがに泣きに泣けた。病室へはいるなり柳吉は怖い目で、「どこィ行って来たんや」蝶子はたった一言、「死んだ」そして二人とも黙り込んで、暫《ざん》時睨《じにら》み合っていた。柳吉の冷やかな視線は、なぜか蝶子を圧迫した。蝶子はそれに負けまいとして、持前の勝気な気性が蛇のように頭をあげて来た。柳吉の妹が呉《く》れた百円の金を全部でなくとも、たとえ半分だけでも、母親の葬式の費用に当てようと、ほとんど気がきまった。ままよ、せめてもの親孝行だと、それを柳吉に言い出そうとしたが、痩《や》せたその顔を見ては言えなかった。――

が、そんな心配は要らなかった。種吉がかねがね駕籠《かご》かき人足に雇われていた葬儀屋で、身内のものだとて無料で葬儀万端を引き受けてくれて、かなり盛大に葬式が出来た。おまけにお辰がいつの間にはいっていたのか、こっそり郵便局の簡易養老保険に一円掛けではいっていたので五百円の保険金が流れ込んだのだ。上塩町に三十年住んで顔が広かったからかなり多かった会葬者に市電のパスを山菓子に出し、香奠《こうでん》返しの義理も済ませて、なお二百円ばかり残った。それで種吉は病院を訪ねて、見舞金だと百円だけ蝶子に渡した。親のありがたさが身に沁《し》みた。柳吉の父が蝶子の苦労を褒めていると妹に聞いた旨言うと、種吉は「そらええ按配《あんばい》や」と、お辰が死んで以来はじめてのニコニコした顔を見せた。

柳吉はやがて退院して、湯崎《ゆざき》温泉へ出養生した。費用は蝶子がヤトナで稼いで仕送りした。二階借りするのも不経済だったから、蝶子は種吉の所で寝泊りした。種吉へは飯代を渡すことにしたのだが、種吉は水臭いといって受取らなかった。仕送りに追われていることを知っていたのだ。

蝶子が親の所へ戻っていると知って、近所の金持から、妾《めかけ》になれと露骨に言って来た。例の材木屋の主人は死んでいたが、その息子が柳吉と同じ年の四十一になっていて、そこからも話があった。蝶子は承りおくという顔をした。きっぱり断らなかったのは近所の間柄気まずくならぬように思ったためだが、一つには芸者時代の駈引《かけひ》きの名残りだった。まだまだ若いのだとそんな話のたびに、改めて自分を見直した。が、心はめったに動きはしなかった。湯崎にいる柳吉の夢を毎晩見た。ある日、夢見が悪いと気にして、とうとう湯崎まで出掛けて行った。「毎日魚釣りをして淋《さび》しく暮している」はずの柳吉が、こともあろうに芸者を揚げて散財していた。むろん酒も飲んでいた。女中を捉《とら》えて、根掘り聴くとここ一週間余り毎日のことだという。そんな金が何処《どこ》からはいるのか、自分の仕送りは宿の払いに精一杯で、煙草代にも困るだろうと済まぬ気がしていたのにと不審に思った。女中の口から、柳吉がたびたび妹に無心していたことが分ると目の前が真暗になった。自分の腕一つで柳吉を出養生させていればこそ、苦労の仕甲斐《しがい》もあるのだと、柳吉の父親の思惑をも勘定に入れてかねがね思っていたのだ。妹に無心などしてくれたばっかりに、自分の苦労も水の泡だと泣いた。が、何かにつけて蝶子は自分の甲斐性の上にどっかり腰を据えると、柳吉はわが身に甲斐性がないだけに、その点がほとほと虫好かなかったのだ。しかし、その甲斐性を散々利用して来た手前、柳吉には面と向っては言いかえす言葉はなかった。興ざめた顔で、蝶子の詰問を大人しく聴いた。なお女中の話では、柳吉はひそかに娘を湯崎へ呼び寄せて、千畳敷《せんじょうじき》や三段壁《さんだんぺき》など名所を見物したとのことだった。その父性愛も柳吉の年になってみるともっともだったが、裏切られた気がした。かねがね娘を引きとって三人暮しをしようと柳吉に迫ったのだが、柳吉はうんと言わなかったのだ。娘のことなどどうでも良い顔で、だからひそかに自分に己惚《うぬぼ》れていたのだった。何やかやで、蝶子は逆上した。部屋のガラス障子に盞《さかずき》を投げた。芸者達はこそこそと逃げ帰った。が、間もなく蝶子は先刻の芸者達を名指しで呼んだ。

自分ももと芸者であったからには、不粋なことで人気商売の芸者にケチをつけたくないと、そんな思いやりとも虚栄心とも分らぬ心が辛うじて出た。自分への残酷めいた快感もあった。

柳吉と一緒に大阪へ帰って、日本橋の御蔵跡《おくらあと》公園裏に二階借りした。相変らずヤトナに出た。こんど二階借りをやめて一戸構え、ちゃんとした商売をするようになれば、柳吉の父親もえらい女だと褒めてくれ、天下晴れての夫婦《めおと》になれるだろうとはげみを出した。その父親はもう十年以上も中風で寝ていて、普通ならとっくに死んでいるところを持ちこたえているだけに、いつ死なぬとも限らず、眼の黒いうちにと蝶子は焦った。が、柳吉はまだ病後の体で、滋養剤を飲んだり注射を打ったりして、そのためきびしい物入りだったから、半年経っても三十円と纏《まと》まった金はたまらなかった。

ある夕方、三味線のトランクを提げて日本橋一丁目の交叉点《こうさてん》で乗換えの電車を待っていると、「蝶子はんと違いまっか」と話しかけられた。北の新地で同じ抱主《かかえぬし》の所で一つ釜《かま》の飯を食っていた金八という芸者だった。出世しているらしいことはショール一つにも現われていた。誘われて、戎橋の丸万《まるまん》でスキ焼をした。その日の稼ぎをフイにしなければならぬことが気になったが、出世している友達の手前、それと言って断ることは気がひけたのだ。抱主がけちんぼで、食事にも塩鰯《しおいわし》一尾という情けなさだったから、その頃お互い出世して抱主を見返してやろうと言い合ったものだと昔話が出ると、蝶子は今の境遇が恥かしかった。金八は蝶子の駈落ち後間もなく落籍《ひか》されて、鉱山師の妾となったが、ついこの間本妻が死んで、後釜《あとがま》に据えられ、いまは鉱山の売り買いに口出しして、「言うちゃ何やけど……」これ以上の出世も望まぬほどの暮しをしている。につけても、想い出すのは、「やっぱり、蝶子はん、あんたのことや」抱主を見返すと誓った昔の夢を実現するには、是非蝶子にも出世してもらわねばならぬと金八は言った。千円でも二千円でも、あんたの要るだけの金は無利子の期間なしで貸すから、何か商売する気はないかと、事情を訊《き》くなり、早速言ってくれた。地獄で仏とはこのことや蝶子は泪が出て、改めて金八が身につけるものを片ッ端から褒めた。「何商売がよろしおまっしゃろか」言葉使いも丁寧だった。「そうやなァ」丸万を出ると、歌舞伎の横で八卦見《はっけみ》に見てもらった。水商売がよろしいと言われた。「あんたが水商売でわては鉱山《やま》商売や、水と山とで、なんぞこんな都々逸《どどいつ》ないやろか」それで話はきっぱり決った。

帰って柳吉に話すと、「お前は良え友達持ってるなァ」とちょっぴり皮肉めいた言い方だったが、肚の中では万更《まんざら》でもないらしかった。

カフェを経営することに決め、翌日早速周旋屋を覗《のぞ》きまわって、カフェの出物を探した。なかなか探せぬと思っていたところ、いくらでも売物があり、盛業中のものもじゃんじゃん売りに出ているくらいで、これではカフェ商売の内幕もなかなか楽ではなさそうだと二の足を踏んだが、しかし蝶子の自信の方が勝った。マダムの腕一つで女給の顔触れが少々悪くても結構流行《はや》らして行けると意気込んだ。売りに出ている店を一軒一軒廻《まわ》ってみて、結局下寺町電停前の店が二ッ井戸から道頓堀、千日前へかけての盛り場に遠くない割に値段も手頃で、店の構えも小ぢんまりして、趣味《このみ》に適《かな》っているとて、それに決めた。造作《ぞうさく》附八百円で手を打ったが、飛田の関東《かんと》煮屋《だきや》のような腐った店と違うから安い方であった。念のため金八に見てもらうと、「ここならわても一ぺん遊んでみたい」と文句はなかった。そして、代替りゆえ、思い切って店の内外を改装し、ネオンもつけて、派手に開店しなはれ、金はいくらでも出すと、随分乗気になってくれた。

名前は相変らずの「蝶柳」の上にサロンをつけて「サロン蝶柳」とし、蓄音器は新内《しんない》、端唄《はうた》など粋向きなのを掛け、女給はすべて日本髪か地味なハイカラの娘《こ》ばかりで、下手に洋装した女や髪の縮れた女などは置かなかった。バーテンというよりは料理場といった方が似合うところで、柳吉はなまこの酢の物など附出しの小鉢物を作り、蝶子はしきりに茶屋風の愛嬌《あいきょう》を振りまいた。すべてこのように日本趣味で、それがかえって面白いと客種《きゃくだね》も良く、コーヒーだけの客など居辛《いづら》かった。

半年経たぬうちに押しも押されぬ店となった。蝶子のマダム振りも板についた。使ってくれと新しい女給が「顔見せ」に来れば頭のてっぺんから足の先まで素早く一目の観察で、女の素性や腕が見抜けるようになった。ひとり、どうやら臭いと思われる女給が来た。体つき、身のこなしなど、いやらしく男の心をそそるようで眼つきも据っていて、気が進まなかったが、レッテル（顔）が良いので雇い入れた。べたべたと客にへばりつき、ひそひそ声の口説《くぜつ》も何となく蝶子には気にくわなかったが、良い客が皆その女についてしまったので、追い出すわけには行かなかった。時々、二、三時間暇をくれといって、客と出て行くのだった。そんなことがしばしば続いて、客の足が遠のいた。てっきりどこかへ客を食わえ込むらしく、客も馴染《なじ》みになるとわざわざ店へ出向いて来る必要もなかったわけだ。そのための家を借りてあることもあとで分った。いわばカフェを利用して、そんな妙なことをやっていたのだ。追い出したところ、他の女給たちが動揺した。ひとりひとり当ってみると、どの女給もその女を見習って一度ならずそんな道に足を入れているらしかった。そうしなければ、その女に自分らの客をとられてしまってやって行けなかったのかも知れぬが、とにかく、蝶子はぞっと嫌気がさした。その筋に分ったら大変だと、全部の女給に暇を出し、新しく温和《おとな》しい女ばかりを雇い入れた。それでやっと危機を切り抜けた。店で承知でやらすならともかく、女給たちに勝手にそんな真似をされたら、もうそのカフェは駄目になると、あとで前例も聞かされた。

女給が変ると、客種も変り、新聞社関係の人がよく来た。新聞記者は眼つきが悪いからと思ったほどでなく、陽気に子供じみて、蝶子を呼ぶにもマダムでなくて「おばちゃん」蝶子の機嫌は頗る良かった。マスターこと「おっさん」の柳吉もボックスに引き出されて一緒に遊んだり、ひどく家族的な雰囲気の店になった。酔うと柳吉は「おい、こら、らっきょ」などと記者の渾名《あだな》を呼んだりし、その挙句、二次会だと連中とつるんで今里《いまざと》新地へ車を飛ばした。蝶子も客の手前、粋をきかして笑っていたが、泊って来たりすれば、やはり折檻《せっかん》の手はゆるめなかった。近所では蝶子を鬼婆《おにばば》と蔭口《かげぐち》たたいた。女給たちには面白い見もので、マスターが悪いと表面では女同志のひいきもあったが、しかし、肚《はら》の中ではどう思っているか分らなかった。

蝶子は「娘さんを引き取ろうや」とそろそろ柳吉に持ちかけた。柳吉は「もうちょっと待ちィな」と言い逃れめいた。「子供が可愛いことないのんか」ないはずはなかったが、娘の方で来たがらぬのだった。女学生の身でカフェ商売を恥じるのは無理もなかったが、理由はそんな簡単なものだけではなかった。父親を悪い女に奪《と》られたと、死んだ母親は暇さえあれば、娘に言い聴かせていたのだ。蝶子が無理にとせがむので、一、二度「サロン蝶柳」へセーラー服の姿を現わしたが、にこりともしなかった。蝶子はおかしいほど機嫌とって、「英語たらいうもんむつかしおまっしゃろな」女学生は鼻で笑うのだった。

ある日、こちらから頼みもしないのにだしぬけに白い顔を見せた。蝶子は顔じゅう皺《しわ》だらけに笑って「いらっしゃい」駆け寄ったのへ、つんと頭を下げるなり、女学生は柳吉の所へ近寄って低い声で「お祖父《じい》さんの病気が悪い、すぐ来て下さい」

柳吉と一緒に駆けつける事にしていた。が、柳吉は「お前は家に居《お》りィな。いま一緒に行ったら都合《ぐつ》が悪い」蝶子は気抜けした気持で暫時《ざんじ》呆然《ぼうぜん》としたが、これだけのことは柳吉にくれぐれも頼んだ。――父親の息のある間に、枕元で晴れて夫婦になれるよう、頼んでくれ。父親がうんと言ったらすぐ知らせてくれ。飛んで行くさかい。

蝶子は呉服屋へ駆け込んで、柳吉と自分と二人分の紋附を大急ぎで拵《こしら》えるように頼んだ。吉報を待っていたが、なかなか来なかった。柳吉は顔も見せなかった。二日経ち、紋附も出来上った。四日目の夕方呼出しの電話が掛った。話がついた、すぐ来いの電話だと顔を紅潮させ、「もし、もし、私維康です」と言うと、柳吉の声で「ああ、お、お、お、おばはんか、親爺《おやじ》は今死んだぜ」「ああ、もし、もし」蝶子の声は疳高《かんだか》く震えた。「そんなら、私はすぐそっちィ行きまっさ、紋附も二人分出来てまんねん」足元がぐらぐらしながらも、それだけははっきり言った。が、柳吉の声は、「お前は来ん方がええ。来たら都合悪《ぐっ》い。よ、よ、よ、養子が……」あと聞かなかった。葬式にも出たらいかんて、そんな話があるもんかと頭の中を火が走った。病院の廊下で柳吉の妹が言った言葉は嘘だったのか、それとも柳吉が頑固な養子にまるめ込まれたのか、それを考える余裕もなかった。紋附のことが頭にこびりついた。店へ帰り二階へ閉じ籠《こも》った。やがて、戸を閉め切って、ガスのゴム管を引っぱり上げた。「マダム、今夜はスキ焼でっか」階下から女給が声かけた。栓をひねった。

夜、柳吉が紋附をとりに帰って来ると、ガスのメーターがチンチンと高い音を立てていた。異様な臭気がした。驚いて二階へ上り、戸を開けた。団扇《うちわ》でパタパタそこらをあおった。医者を呼んだ。それで蝶子は助かった。新聞に出た。新聞記者は治《ち》に居て乱を忘れなかったのだ。日蔭者《ひかげもの》自殺を図るなどと同情のある書き方だった。柳吉は葬式があるからと逃げて行き、それきり戻って来なかった。種吉が梅田へ訊《たず》ねに行くと、そこにもいないらしかった。起きられるようになって店へ出ると、客が慰めてくれて、よく流《は》行《や》った。妾《めかけ》になれと客はさすがに時機を見逃さなかった。毎朝、かなり厚化粧してどこかへ出掛けて行くので、さては妾になったのかと悪評だった。が本当は、柳吉が早く帰るようにと金光教の道場へお詣《まい》りしていたのだった。

二十日余り経つと、種吉のところへ柳吉の手紙が来た。自分ももう四十三歳だ、一度大患に罹《かか》った身ではそう永くも生きられまい。娘の愛にも惹《ひ》かされる。九州の土地でたとえ職工をしてでも自活し、娘を引き取って余生を暮したい。蝶子には重々気の毒だが、よろしく伝えてくれ。蝶子もまだ若いからこの先……などとあった。見せたらことだと種吉は焼き捨てた。

十日経ち、柳吉はひょっくり「サロン蝶柳」へ戻って来た。行方を晦《くら》ましたのは策戦や、養子に蝶子と別れたと見せかけて金を取る肚やった、親爺が死ねば当然遺産の分け前に与《あずか》らねば損や、そう思て、わざと葬式にも呼ばなかったと言った。蝶子は本当だと思った。柳吉は「どや、なんぞ、う、う、うまいもん食いに行こか」と蝶子を誘った。法善寺境内の「めおとぜんざい」へ行った。道頓堀からの通路と千日前からの通路の角に当っているところに古びた阿《お》多《た》福《ふく》人形が据えられ、その前に「めおとぜんざい」と書いた赤い大提灯《おおぢょうちん》がぶら下っているのを見ると、しみじみと夫婦で行く店らしかった。おまけに、ぜんざいを註文《ちゅうもん》すると、女夫《めおと》の意味で一人に二杯ずつ持って来た。碁盤の目の敷畳に腰をかけ、スウスウと高い音を立てて啜《すす》りながら柳吉は言った。「こ、こ、ここの善哉《ぜんざい》はなんで、二、二、二杯ずつ持って来よるか知ってるか、知らんやろ。こら昔何とか大夫《たゆう》ちゅう浄瑠璃《じょうるり》のお師匠はんがひらいた店でな、一杯山盛にするより、ちょっとずつ二杯にする方が沢山《ぎょうさん》はいってるように見えるやろ、そこをうまいこと考えよったのや」蝶子は「一人より女夫の方がええいうことでっしゃろ」ぽんと襟を突き上げると肩が大きく揺れた。蝶子はめっきり肥えて、そこの座蒲団《ざぶとん》が尻《しり》にかくれるくらいであった。

蝶子と柳吉はやがて浄瑠璃に凝り出した。二ツ井戸天牛書店の二階広間で開かれた素《そ》義《ぎ》大会で、柳吉は蝶子の三味線で「太十《たいじゅう》」を語り、二等賞を貰《もら》った。景品の大きな座蒲団は蝶子が毎日使った。

俗臭

大阪の金満家木村権右衛門の名は近県にも知られたと見え、和歌山県有田《ありだ》郡湯浅《ゆあさ》の魚問屋丸福こと児子《にご》勘吉は長男が産れると、待っていましたとばかり、権右衛門と名をつけた。ところが勘吉はこともあろうにその年から放蕩《ほうとう》をはじめ、二十数年間に身代をすっかりすりつぶして仕舞い、おまけに死んだ時は相当な借金があった。無論打ち、飲む、買うの仕《し》たい放題で、死ぬ三日前も魚島時《うおじまどき》の一漁そっくりの賭《かけ》で負けたというから、勘吉も死んでみると、なかなかに幸福な男であった。

しかし、さすがに息を引きとる時は、もう二十五歳になっていた権右衛門を枕元ににじり寄らせて、俺も親の財産をすっからかんにし、おまけにお前に借金を背負わすほどの仕たい放題をして来たから、この世に想い残すことはないが、たった一つ気にかかるのは日頃のお前の行状だ。今まで意見めいた口も利かなかったし、またする柄でもなかったが、俺が死んだあとは喧嘩《けんか》、女出いり、賭事は綺麗《きれい》さっぱりやめてくれ。お前も児子家の家長で、弟妹寄せて六人の面倒も見なくてはならぬ。奮発して、たとえ一万円の金にしろ腕一手で儲《もう》けて立派に児子家を再興してくれ、それまでは好きな道もよけて通り、なお他人に印《はん》貸すな。と、言って聴かせた。権右衛門は白い繃帯《ほうたい》をまいた手を握りこぶしして膝《ひざ》の上にのせ、うつむいて物も言わず聴いていたが、ふと顔を上げると、勘吉の顔はみるみる土色になって行った。

権右衛門は父の葬式を済ませると、順に、市治郎、まつ枝、伝三郎、千恵造、三亀雄、たみ子の弟妹を集め、御者《おんしゃ》らはみな思い思い飯の食べられるとこを探して行かえ。俺は俺で銭儲《ぜにもう》けの道を考えら。そうして、僅《わず》かの金を与えられて散りぢりに湯浅をあとにして行ったのを見届け、丸福と裏に刻んだ算盤《そろばん》をもって借金取の応待をし、あちこち居酒屋の女と別れの挨拶《あいさつ》をして、湯浅を出て行った。大正二年六月のことだった。

大阪へ出て千日前の安宿に泊り、職を探しているうちに所持金を費《つか》い果してしまった。歩き疲れて道頓堀太左衛門橋《たざえもんばし》の上に来た。湯浅を出てからちょうど十日目、その日は朝から何も食べていない。道頓堀川の泥水に両側の青楼の灯が漸《よう》やくうつる黄昏《たそがれ》どきのわびしさを頼りなく腹に感じて、ぼんやり橋にもたれかかっていると、柔《やわらか》く肩を敲《たた》いたものがある。振りかえってあッ！　咄嗟《とっさ》に逃げようとした。逃げるんかのし、あんたは。紀《き》州訛《しゅうなまり》だが、いや、そのためにいっそう妙になまめいて、忘れもせぬそれは、湯浅を出るときお互い別れを告げるのに随分手間のかかった居酒屋の花子だ。

あの時、一緒に連れてくれ言うたのにのし、どない思て連れてくれなかっちゃんならと、花子は並んで歩き出すと言った。後を追うて大阪へ来た、探すのに苦労した、今は法善寺の小料理屋にいる、誘惑が多いが、あんたに実をつくして身固くしている。収入《みい》りは悪くないから、二人で暮せぬことはない。あんたが働かんでも私が養ってあげる。――ふんふんと聞いていたが、いきなりパッと駆け出した。道頓堀の雑閙《ざっとう》をおしのけ、戎橋を渡って逃げた。今の自分に花子は助け舟だが、太左衛門橋の上で土左衛門《どざえもん》みたいに助けてもらって男が立とうか、土左衛門なら浮びもするが、俺は一生浮び上れなくなるのだ。権さん、権さんと呼ぶ声に未練を感じたが、俺は一万円の金をこしらえるのだと、スリのように未練を切って雑閙の中を逃げた。（これらは権右衛門が後年しばしば人に話した時の表現による。）

その夜、無料宿泊所もなかったから、天王寺公園のベンチで、花子のことを悲しく悩ましく想い出しながら一夜を明し、夜が明けると、川口《かわぐち》の沖仲仕に雇われた。紀州沖はどこかと海の彼方《かなた》を見つめては歯を喰《く》いしばり、黙々として骨身惜しまず働いている姿を変っていると思ったか、主人が訊ねて、もとは魚問屋の坊《ぼ》ん坊《ぼ》んだと分ると、可哀想だと帳場に使ってくれた。魚問屋時代の漁師相手の早書き、早算の帳面《ちょうめん》付けの経験が間に合い、重宝がられた。言うこと成すこと壺《つぼ》にはまり、おまけに煙草一本吸うでなし、いつかお前《ま》はんはいつまでも帳面付けする人でないと見込まれた。如何《いか》にも自分はこんなことをしている気はない。月々きまった安月給に甘んじていて出世の見込があろうか、商売《あきない》をするんだと暇をとった。

一月分の給料十円を資本に冷やしあめの露天商人となった。下寺町の坂の真中《まんなか》に荷車を出し、エー冷やこうて甘いのが一杯五厘と、不気味な声で呶鳴《どな》った。最初の一日は寄って来た客が百十三人、中で二杯、三杯のんだ客もあって、正味一円二十銭の売上げで日が暮れ、一升ばかり品物が残って夏のこととて腐敗した。氷三貫目の損であった、翌日から夜店にも出て三十銭の儲けがあるようになった。十日ほど経った頃だろうか、千日前のお午《うま》の夜店で、夜店はずれの薄暗い場所に、しかもカーバイト代を節約《しまつ》したいっそう暗い店を張っていると、おっさん一杯くれと若い男が前に立った。聞き覚えのある疳高《かんだか》いかすれ声に、おやッと、暗がりにすかして見ると果して弟の伝三郎であった。赤ん坊の時鼻が高くなるようにと父親が暇さえあれば鼻梁《びりよう》をつまみあげていたので、目立って節の高くなっている伝三郎の鼻のあたりをなつかしげに見た。伝三郎も兄と知って、兄やんと二十二の年に似合わぬ心細い声をあげて、泪《なみだ》さえ泛《うか》べた。聞いてみると、大阪へ来るとすぐ板屋橋《いたやばし》の寿司屋《すしや》の出前持ちになったが、耳が遠くて得意先からの電話がよく聞きとれぬから商売の邪魔だと、今朝暇を出され、一日中千日前、新世界界隈《かいわい》の口入《くちいれ》屋《や》を覗《のぞ》き廻《まわ》って、水商売の追廻しの口を探していたが見つからず、途方に暮れていたところだという。話しているうちに道頓堀の芝居小屋のハネになり、ちょうどそこは朝日座《あさひざ》の楽屋裏だったもの故、七、八人いっときに客が寄って来たのを機会に、暫《しば》く客の絶間がなかった。伝三郎もぽかんと見てもおれず、おっさん一杯と言われると、低声《こごえ》でヘイと返事し、兄の手つきを見習ってコップにあめを盛《しお》った。

翌日から二人で店を張るようになった。儲けが少いし、二人掛りでするほどでもないと、冷やしあめの荷車、道具を売り払った金で、夏向きの扇子を松屋《まつや》町筋《まちすじ》の問屋から仕入れ、それを並べて夜店を張った。品物がら、若い女の客が少からず、殊に溝《みぞ》ノ側《かわ》、お午など色町近くの夜店では十六歳から女を追いかけた見栄坊《みえぼう》のことゆえ伝三郎は顔がさすとて恥かしがり、明らかに夜店出しを嫌う風であった、のをたしなめて、追廻しや板場なんかに雇われて人に頭の上らぬ奉公勤めするより、よしんば夜店出しにもせよ自分の腕一本で独立商売《ひとりあきない》をする方がなんぼうましか、人間他人《ひと》に使われる様な根性で出世出来るかと言いきかせた。持論である。

　半月も経った頃だったろうか、上塩町の一六の夜店の時だった。人の出盛る頃に運悪い夕立が来て、売物の扇子を濡《ぬ》らしてはと慌てて仕舞い込み、大風呂敷《おおぶろしき》を背負ったまま、或《あ》るしもたやの軒先に雨宿りした。ところが、家の中からおまつや、表に誰やいたはるぜ、見といぜと女中にいいつける声がきこえ、出て来た若い女中の顔を見た途端、思いがけず、アッ！　叫び声が出て、それは妹のまつ枝だった。伝三郎は嬉《うれ》しそうに、姉さんえらい良《え》えとこに奉公しちゃるんやのうと、家の構えを見廻して、他愛なかった。立話をしているうち、うちらから疳高い呼び声が来て、まつ枝は慌ててすっ込んでしまった。伝三郎と二人で二階を借りていた玉造《たまつくり》のうどん屋へ帰る途々《みちみち》、権右衛門は、夜店出しの兄弟を持っていると知れれば、まつ枝もわが主人に肩身も狭かろう、夜店出しなどするものでないと、俄雨《にわかあめ》に祟《たた》られた想いも手伝って、しんみりと考えた。

　その時の想いが動機で間もなく夜店出しをやめてしまった。一つには、同業の者を観察して、つくづく嫌気がさしていた。鯛焼饅頭屋《たいやきまんじゆうや》は二十年、鯛焼を焼いている。一銭天《てん》婦羅《ぷらや》屋は十五年、牛蒡《ごぼう》、蓮根《れんこん》、蒟蒻《こんにやく》、三ツ葉の天婦羅を揚げている。鯛焼が自分か、自分が鯛焼か、天婦羅が自分か、自分が天婦羅か分らぬぐらい、火種や油の加減を見るのに魂が乗り移り動きがとれなくなってしまっているほどの根気のよさより、左様に一生うだつの上りそうにない彼等の不甲斐《ふがい》なさがまず眼につき、呆《あき》れていたのだ。八月の下旬だった。夏ものの扇子がもう売れるはずもなかった。売れ残りの扇子を問屋へ返しに行くと、季節も変ったし、日めくりを売ってはどうかとすすめられたが、断った。そんなら、新案コンロはどないや。弁さえ立てば良《え》え儲けになりまっせ。断った。人間見切りが肝心です、あかんと思ったら綺麗すっぱり足を洗うのがわしの……持論にもとづいたのだ。

うどん屋の二階を引き払って、一泊十五銭の千日前の安宿に移った。うどん屋の二階に居れば、階下《した》の商売が商売ゆえ、たまに親子丼、ならまだ良いが、酒もとる。借りの利くのを良いことにして量を過すのがいけないと思ったのだ。現にそこを引き払うとき、払った金が所持金の大半で、残ったのは回漕店《かいそう》をやめるとき貰《もら》った十円にも足らぬ金だった。二人の口を糊《のり》して来たとはいえ、結局冷やしあめ屋と扇子屋をやっただけ無駄になったわけだ。伝三郎はこれを機会に上本町《うえほんまち》六丁目の寿司屋へ住込みで雇われたので、料理着と高下駄《たかげた》を買えと三円ばかり持たしてやった。それで所持金は五円なにがしとなった。

伝三郎を寿司屋へ送って行った帰り、寺町の無量寺《むりょうじ》の前を通ると、門の入口に二列に人が並んでいた。ひょいと中を覗くと、その列がずっと本堂まで続いている。葬式らしい飾物もなし、説教だろうか、なんにしても沢山の「仁を寄せた」ものだと訊《き》いてみると、今日は灸《きゅう》の日だっせ。二《フ》、三《ミ》、四《ヨ》、六《ム》、七《ナ》の日が灸の日で、その日は無量寺の書入れどきだとのことだった。途端に想い出したのは、同じ宿にごろごろしている婆さんのことだ。どこで嗅《か》ぎつけて来るのか、今日はどこそこでどんな博奕《ばくち》があるかちゃんと知っているらしく毎日出掛ける。一度誘われて断ったが、その時何かの拍子に、婆さんはもと灸婆をしていたと聞いた。宿に帰ると、早速婆さんを摑《つか》まえて、物は相談だが、実はお前《ま》はんを見込んで頼みがある。

翌日、二人で河内《かわち》の狭山《さやま》に出掛けた。お寺に掛け合って断られたので、商人宿の一番広い部屋を二つ借り受け、襖《ふすま》を外しぶっ通して会場に使うことにした。それから「仁寄せ」に掛った。村のあちこちに「日本一の名霊灸！　人助け。どんな病気もなおして見せる。△△旅館にて奉仕する！」と張り出し、散髪屋、雑貨屋など人の集るところの家族にはあらかじめ無料ですえてやり、仁の集るのを待った。宣伝が利いたのか、面白いほど流行《はや》った。仁が来ると、権右衛門が机のうしろで住所姓名、年齢、病名など帖面に控えるのだが、それが曰《いわ》くありげで、なかなか馬鹿に出来ぬ思いつきだった。婆さんは便所に立つ暇もないとこぼしたので、儲《もう》けの分配が四分六《しぶろく》の約束だったのを、五分五分にしてやった。狭山で四日過し、こんな目のまわる様な仕事は年寄りには無茶や、元手が出来たから博奕をしに大阪へ帰りたいという婆さんを拝み倒して紀州湯崎温泉へ行った。温泉場のことゆえ病人も多く、流行りそうな気配が見えたので、一回二十銭を二十五銭に値上げしたが、それでも結構仁が来た。前後一週間の間に、五円の資本《もと》が山分けしてなお八倍になり、もうこの婆さんさえしっかり摑まえておけば一財産出来ると、腰が抜けそうにだるいと言う婆さんの足腰を湯殿の中で揉《も》んでやったり、晩には酒の一本も振舞ってやったりして鄭重《ていちょう》に扱っていたが、湯崎へきてからちょうど五日目、ほんまに腰が抜けてしもたと寝込んだ。按摩《あんま》を雇ったり、見よう見真似で灸をすえてやったりしたが追っ付かず、医者に診せると、神経痛だ。ゆっくり温泉に浸《つか》って養生するがよかろうとのことで、まる三日間看病をしてやったが、実はとうとう中風になっていた婆さんの腰が立ち直りそうにもなかった。宿や医者への支払いも嵩《かさ》んで来て、下手すると無一文になる惧《おそ》れがあると、遂に婆さんを置き逃げすることに決めた。人間見切りが肝心。

湯崎から田辺《たなべ》に渡り、そこから汽船で大阪へ舞い戻った。船の中で芸者三人連れて大尽ぶっている中年の男を見つけ、失礼ですが、あんさんは何御商売したはりますのですかと訊くと、男は哄笑《こうしょう》一番、しかし連れの芸者にはばかるのか声をひそめて、もと紙屑《かみくず》屋《や》をしとったが、今はこないに出世しましてん。大阪に戻ると、早速紙屑屋をはじめた。

所持金三十円のうち半分出して家賃五円、敷金三つの平屋を日本橋筋五丁目の路地裏に借りた。請印《うけはん》は伝三郎が働いている寿司屋の主人に泣きついて、渋々承知してもらった。日本橋筋五丁目には五会《ごかい》があった。五会は古釘《ふるくぎ》の折れたのでも売っているといわれる古物屋の集団で、何かにつけて便利だった。新米の間は古新聞、ボロ布の類《たぐい》を専門にしていたゆえ、ぼろい儲けもなかったが、その代り損もなかった。馴《な》れて来るとつい掘出物をとの慾《よく》が出て、そんな時は五会の連中に嗤《わら》われた。紙屑屋をはじめてから三月ほどたった或る日、切れた電球千個を一個一銭の十円で電燈《でんとう》会社から買い取り、五会の古電球屋に持って行くと、児子はん、あんたは商売下手《べた》や。廃球は一個二厘が相当やと言うのだった。古井という電球屋はしかし、暫《しばら》く廃球を仔細《しさい》に調べてから、お前《ま》はんの事やから、まあ一銭で買うたげまっさと言ってくれた。ほッとしながらも、二厘の相場のものを一銭とはと不審に思い、その後用事のあるなしにつけ、古井の店に出入りしているうちに、分った。

廃球の中に「ヒッツキ」というのがある。線がまるっきり切れてしまわず、ただ片一方だけ外れているだけのものなら、加減すると巧《うま》く外れた場所にヒッツキ、灯をいれると密着して少くとも四、五日は保《も》つので、それを新品として安く売りつけるのだ。「白金つき」というのがある。電球の中には耐熱用に少量だが白金を使用しているのがある。つぶしてバルのガラスと口金の真鍮《しんちゅう》をとったあと、白金を分離するのだ。白金は一匁《もんめ》二十六円もし、「白金つき」一万個で二匁八分見当のものがとれるのだ。「市電もの」というのがある。市電のマークのついた廃球のことで、需要家は多く市の電燈会社から電球を借りているのだが、切れただけならそれを持って行けば新品と引き換えてくれるけれど、割れた場合は一個につき五十銭弁償しなければならぬ。ところが、そんな時例えば古井の店で「市電もの」を一個十銭で買って、切れましたんやと電燈会社へ持参して新品と引き換えてもらうとすれば、差引き四十銭の得だ。買うたと言わんといてくれやっしゃと、言われたことさえ守れば良い訳だ。「ヒッツキ」「白金つき」「市電もの」の沢山まじっている廃球ならば、だから一個一銭の割でも結構儲かるわけだ。——と知って、翌日から廃球専門の屑屋となった。

大八車を挽《ひ》いて、廃球たまってまへんかと電燈会社や工場を廻《まわ》った。昔は会社や工場では廃球の処分に困り、火のついたものだから危険だと地面を掘って埋めていたのだが、だんだん廃球屋が顔を出すので会社側も慾が出たのか、無茶な値を吹っ掛けられた。けれども一個二厘の相場はめったに崩さず、その中から「ヒッツキ」と「市電もの」を選《え》り出して古井に一個三銭で売りつけた。「白金もの」はそのまま古井に売るのは芸がなさすぎると、自宅で分解することにしたのだが、どうあっても古井は分解の方法を教えぬという。結局芝居裏の色町へ招待して口を割らせたが、古井が人の金を良いことにして破目を外したので大枚四十円の金が掛った。線香代の嵩んで行くのを身を削られる想いで気にし、挙句は、古井はん、もう良え加減に切り上げよやおまへんかと強い声も出て、あわや喧嘩《けんか》騒ぎにもなりかけたが、とにかく聴くだけのものは聴いた。

廃球屋も「白金もの」に手をつけ出してみると、思ったよりぼろく、一年経たずの間に現金、品物合わせて五百円の金が出来た。ところが、ある日古井が故買《こばい》の嫌疑で検挙され、続いて権右衛門にも呼出しがあった。古井の「市電もの」売買に関してではなかろうかと蒼《あお》くなった。いま前科がつくようではこの先の出世にさしさわりが出来ると、瞬間体が顫《ふる》えたが、しかし待て。こんな気の弱いことで人間金儲けが出来るかと度胸をきめて、何喰《く》わぬ顔で、そしてわざとペコペコ頭を下げて警察へ出頭してみると、自転車の鑑札と税金についてきびしい注意を受けただけだった。ほッとし、以後税金は納めることにした。自転車はその頃雇った小僧の春松が使うものだった。

春松は遊びが好きで困り者だったが、しかし白金分離の仕事は随分鮮かだった。まず電球のガラス棒をコークスの火で焼き、赤くなったのを挽臼《ひきうす》で挽き砕いて、粉にする。それを木製の椀《わん》に入れて、盥《たらい》の中でゆっくりゆっくり揺り動かして椀掛けすると、白金は重いので椀の底に沈み、粉だけが盥の水の中に逃げる。その手加減がむずかしくて、ちょいと手元が狂えば大切な白金が逃げるのだ。春松の椀掛けの手つき、腰つきは、見ていて頭の底がかゆくなるほど微妙を極め、しかも逃げた粉を何度も何度も椀の中へ入れ直して、まるで女が蚤《のみ》を探すほどの熱心さだと権右衛門は喜んだ。なお春松は十六の年に似合わず炊事も上手だった。鰯《いわし》の煮つけをするにも、紫蘇《しそ》と土生姜《つちしょうが》を入れ、酢と醬《しょう》油《ゆ》のほかは水も砂糖も使わず、少しも生臭味の出ないように煮るこつを心得ているといった風で、やもめ暮《もと》しに重宝だった。が、ある日、春松は雨の土砂降りの中を廃球買いに出歩いたのが原因で、感冒を引き、肺炎になった。三十九度の熱が三日も下らず、派出看護婦を雇った。二十二、三の滅法背の高い、骨張った女だった。女手のないところへ機敏に立ち廻ってくれるので、何となく頼しく、また情も移るのだ。何かの拍子に白い看護服の裾《すそ》から浅黒い脛《すね》が見えた。それが切っ掛けでありきたりの関係に陥った。女は政江といい、淀《よど》で産れ、つい最近まで京都の医大で看護婦をしていたと語った。

　一万円つくるまでは女には眼もくれず、娶《めと》るまいと決めていたのだが、そのような関係になってしまっては決心も崩れた。結婚することにした。一人身《ひとりみ》よりちゃんと妻を持っている方が世間の信用もあるだろうと、これが自分への口実になった。春松の恢復《かいふく》を待って、政江を一旦《いったん》淀の実家に戻らせ、改めて古井を仲介人にして縁組の交渉をした。もと魚問屋の児子家の家長に相応《ふさわ》しく、野合的な結婚を避けたのだ。人間冠婚葬祭を軽んずるようで出世が出来るかと、かねがね父親からも言い聴かされていた。けれども、さすがに結婚費用については頭を悩ました。所持金は六百円ほどあったが、それには手をつけたくなかった。だから、結婚記念に一儲けせずんば止まぬと、腕を組んで一晩考え抜き、朝方漸《ようや》く危い橋を渡る覚悟がついた。

　その頃、玉造に小《ち》っぽけな電球工場を持っている松尾《まつお》という男に、口金代百円ばかり貸していて、抵当に新品の電球三千個とってあった。百円の金も払えぬだけあって、松尾は如何《いか》にも意気地ない男だった。自分の姓が松尾というところから製品にマツオランプというマークをつけていたが、本物のマツオランプは一流品で、町工場のランプが一個十銭とすれば、少くとも一個三十五銭の価値があったから、当然マツオランプから松尾に抗議が申し込まれた。それを松尾は突っぱなせぬどころか、商標偽造で訴えられる心配までしていたのだ。マツオランプとマークするからには最初から腹をくっていたはずだのに、所詮《しょせん》は金儲《かねもう》け出来ぬ男だと、権右衛門は松尾をおどかしたり、そそのかしたりした挙句、有金全部はたいて松尾の製品をほとんど買い占め、名目を抵当物件とした。松尾は訴訟を起されて負け、マツオランプから製品を押えに来たが、権右衛門の抵当物件ゆえ手を触れるわけには行かなかった。行かないようにあらかじめ権右衛門は計画し、松尾が呆《あき》れるほど押し強くねばった。放っておけば「マツオランプ」の粗悪品が市場を横行してマツオの信用にかかわると、結局困り抜いたマツオ側は抵当物件を本物のマツオランプ並の値で買い取らされてしまった。権右衛門は七百円ばかり儲かった。高津《こうづ》四番丁に新居を構え、身分に過ぎた結婚式が節分の夜挙行された。

その夜、権右衛門はいきなり政江の前へ両手をついて、縁あってといいながら、わしのような者のところへよく来てくれたと言い、そしてきっと顔をあげ、わしはどんなことがあっても一万円作る、お前《ま》はんもどうか一つきばってやってくれ。そう言うと、政江も俄《にわ》かに芝居がかって、ぺたりと両手をつき、よく言ってくれました、及ばずながら本望遂げられるよう努めますとかすれた声で言った。権右衛門が結婚費用を一儲けした話を寝物語に聴かせると、政江は権右衛門の四角い、耳の大きな顔をつくづくと見て、頼しかった。翌日、二人が食べた昼食は麦飯に塩鰯《しおいわし》一匹だった。大阪では節分の日に麦飯と塩鰯を食べるのが行事だが、婚礼の日が節分だったから、つまり一日延ばして売れ残りの安鰯で行事を済ませた訳だ。けれども、この行事は児子家ではその日だけに止まらず、その後日課となり、むろん政江の計らいだった。そんな政江を権右衛門は多とし、自身も煙草一つのまなかった。

夫婦がかりで家業に精出し、切りつめ切りつめて無駄な金を使わなかったから、二年経つと三千円の貯金が出来た。一つには廃球の儲けが折れて曲る以上であったからだったが、権右衛門は間もなく廃球屋をやめてしまった。人間見切りが肝心。「ヒッツキ」や「市電もの」は危険だし、「白金つき」もそろそろ電球の白金使用分量が少くなるだろうと見越したからだ。果して、間もなく電球には白金に代るべき金属が使用されることになった。先見の明とも言うべきだった。権右衛門は廃球買いのために出入りしていた電燈《でんとう》会社から、古電線、古レール、不用発電所機械類などを払い下げてもらい、つぶして銅、鉄、真鍮《しんちゆう》などを故銅鉄商へ売り渡した。古電線から古銅をとるためには被覆物を焼き払うのだが、あちこちの空地を借りて行った。ある日、もうもうたる煙を見て、消防が駆けつけて来た。警察からも注意があった。権右衛門は金儲けのためにやってるんでっさかいと、強く言い張った。廃物回収などという言葉は想いつかず、想いついたところでひとは知らず権右衛門には何の意味もあり得なかった。ただもう金儲けだと空の彼方《かなた》に飛び去って行く黒煙をけむい顔もせず、見上げていた。払下げの見積入札に際しては会社の用度《ようど》課長に思い切った贈物をした。同業見積者が増えて来ると、「談合」の手をつくって、落札値の協定をした。談合とりの口銭でもなかなか馬鹿にならず、金は増える一方であった。

落札した品物の引取りには春松を同行した。春松は落札品の看貫《かんかん》の時、会社側の人の眼をかすめて、看貫台の鉄盤の下に小さな玉を押し込むのが役目だった。その玉一つで、百貫目のものが八十貫しか掛らず、春松の役目は重大だったから、彼も大いに身をいれて玉の装置に掛った。ある時、監視人があやしんで、看貫台の上に乗って見ようとした。自分の体重ならごまかしは利かぬはずだ。春松は慌てて玉を抜こうとした。途端に監視人はひらりと台の上に飛び乗ったので春松の手は挟まれてしまった。おまけに、続いて三、四十貫の被覆線が積み上げられ、あッ、春松の顔はみるみる蒼ざめた。権右衛門は努めてさりげない顔で、春松の袂《たもと》から煙草を取り出し、馴《な》れぬ手つきで火をつけてスッパスッパと吸い出した。まだ一万円には三千円ほど足らぬのだ。

欧洲《おうしゅう》大戦の影響で銅、鉄、地金類の相場が鰻上《うなぎのぼ》りに暴騰した。一万円にこだわっていたのが阿呆《あほ》らしいほどに金が出来、ある日、計算してみると二万円を越していた。いつ一万円の峠を越したのか分らぬほど瞬く間の銭儲けで、さすがに嬉《うれ》しさを禁じ得なかったが、権右衛門は渋い顔をして、十万円こしらえようと政江に言い、むろん政江に異議はあろうはずはなかった。相変らず塩鰯の昼食だったが、権右衛門は月に一度ぐらいは気晴らしに千日前へ出掛けて「十銭屋」へはいった。「十銭屋」とは木戸銭十銭の安来《やすき》節《ぶし》小屋で、ある日、千日前の「宝亭」で紋日《もんび》の客に押されて安来節を聴いている時、咽《の》喉《ど》が乾いたので、ラムネを飲もうと思い、売子を呼ぼうとして人ごみの中をぐいぐい押し分けていると、誰かの足を踏みつけた。こら、気ィつけェ、不注意者！　えらい済んまへんと謝ったが、容易にきいてくれず、二度も三度も謝った。相手は職人風の男でその日暮しを出ないと見えた。どんと胸を突かれた拍子に二万円のことが頭に泛《うか》んだ。が、それはすぐ消えて、こんどは職人の聯想《れんそう》からか弟妹のことが想い出された。市治郎は和歌山で馬力挽《ひ》きをしており、まつ枝は女中奉公を止《よ》して天王寺区の上塩町の牛角細工職人と結婚し、伝三郎は相変らずの寿司屋《すしや》の板場、千恵造は代用教員、三亀雄は株屋の外交員、たみ子は女中奉公だった。

一万円つくるのに追われてろくろく弟妹の面倒も見てやらなかったのだが、今となってみては知らぬ顔も出来なかった。権右衛門はまずいちばん下のたみ子を和歌山の薬屋の番頭へ嫁入りさせ、ついで市治郎、伝三郎、三亀雄の三人をそれぞれ古鉄商人にしてやった。千恵造だけは一風変っていて別に金儲けをしたい肚《はら》も持っておらず、字のよう書くもんはどだい仕様がなかったが、これは帳場に雇うことにした。古鉄商人といってもはじめのうちは取引きもろくろく出来なかったから、入札名儀だけを貰《もら》ってやって「談合とり」の口銭で結構食って行けるようにしてやった。だんだんに得意先を分けてやると、皆それ相当の暮しが出来た。彼等は権右衛門に金を借りて、見積入札をした。政江は貸金の利子を取るように権右衛門にすすめた。いくら何でも弟から日歩《ひぶ》何銭の利子も取れなかったから、結局それぞれの見積りは権右衛門と共同事業のていにして、儲けの何割かを納めさせた。これが却《かえ》ってぼろいのだ。伝三郎などは見栄坊《みえぼう》で自分の儲振りを誇張して言う傾向があり、随分損な勘定だった。可哀そうに夜もろくろく寝ずに真黒けになって伝三郎は働くのだが、そんなことでなかなか金がたまらなかった。嬉《うれ》しまぎれの浪費のせいもあった。あいつは馬鹿正直だと権右衛門は思うのだが、伝三郎の儲けの申告はそのまま受けいれた。三亀雄は年がらピーピーの貧乏だという顔をことさら権右衛門や政江の前にさらけ出し、いわば利口だった。

弟たちに商売させてからは居ながらにして金が転がり込んで来た。看貫に使う玉の秘伝も教えてやったことはむろんだ。けれども十万円にはまだ遠かった。内地の古銅、鉄はお前らに任すと弟たちに言い残して、権右衛門は大連《ダイレン》へ渡った。むろん政江は高津四番丁に居残って、所謂《いわゆる》利子の勘定にきびしい内助の功を示した。大連を足場に権右衛門は支那《しな》大陸を駆けずり廻《めぐ》って支那の古銭を一貫いくらで買い集めた。大連港から苦力《クーリー》を雇って船荷し、内地へ持ち帰って売り払うと、折れて曲った。北京《ペキン》の万寿山《まんじゅさん》を見物した時、三重の塔を見て権右衛門はしきりに手帖《てちょう》を出してつぶしで何貫目あるかと計算した。これだけなら見積りすると、いきなり懐手をして指折るのだった。見るもの、さわるものつぶしの値がつき、われながら浅ましかったが、ふと思えば、もう十万円は出来ていたのだ。

口髭《くちひげ》を生やして一年振りで内地へ戻った。弟たちは千恵造を別としていずれも一《ひと》かどの商人になっており、生馬《いきうま》の眼を抜く辛辣《しんらつ》さもどうやら備えて、まことにどの顔を見てもお互いよく似ていた。電話を引いていないのは伝三郎ぐらいであった。千恵造はどうあっても結婚を承認しがたいような女と変な仲になり、いたたまれずにどこかへ逐電してしまい、風の便りに聞けば朝鮮の京城《けいじょう》で小さな玉突屋を経営しながら、ほそぼそ暮しているとのことだった。千恵造の逐電には或《あ》るいは政江の凛々《りんりん》たる態度が原因していたかも知れなかった。三人の娘が出来て、その娘たちの将来の縁談を想えば、千恵造もこの際世間態《てい》をはばかるような結婚は慎むべきであったかも知れぬ。けれども、とにかく千恵造は恋に生きたと自分に言いきかせた。こんな人間の一人ぐらいいることは児子家も大いに誇って良い。誰もすき好んで貧乏はしたくないではないか。ともあれ権右衛門の財産は十万、二十万とだんだんに増えて行き、表札の揮毫《きごう》を請う物好きもいた。

相変らず高津四番丁の家に住んでいたが、そこは家賃二十五円で、娘たちの肩身もあるよって別荘を作ろうやおまへんかと、政江がそろそろ持ちかけると、権右衛門は、御《お》者《しゃ》は何を寝言ぬかす。家を建てた成金に落ちぶれん奴はないんじゃと呶《ど》鳴《な》り、そしてまだ百万円にはだいぶ縁が遠いと横向いて言った。政江は産婆をしている妹を歯医者と結婚させてやったことを、せめてもの楽しみだと思った。わざとよれよれの着物を着て、三亀雄や伝三郎の妻に見せた。

権右衛門は東京品川《しながわ》沖で沈没した汽船を三十万円で買った。引揚げに成功して解体すれば、ざっと百万円の金が戻って来ると算盤《そろばん》はじいたのだ。これには市治郎、伝三郎、三亀雄にも出費させ、三等車の中で喧《やか》しい紀州弁を喋《しゃべ》り散らしながら上京した。品川の宿に着くと、彼らは前景気をつけるのだと馬鹿騒ぎをはじめ、挙句は権右衛門に、兄《にい》やん、どや、芸者買いに連れもて行こう。権右衛門は、わしは宿で寝てらと断った。翌朝彼等が帰ってみると、権右衛門がいない。宿の女中に訊《き》いてみると、昨晩皆さんがお出掛けのあとでどこかへ御出ましになられましたとのことで、てっきり洲崎《すざき》か玉《たま》の井《い》の安女郎屋へ泊り込んでいるらしかった。案の条、眼をしょぼつかせてこそこそ帰って来た。弟たちと遊びに行けば勘定は権右衛門が払わねばならず、それをきらってこっそり値切りの利くところへ泊りに行ったのだと、彼等はにらんだ。ところが、権右衛門はそれもあるが、一つには身を以《もっ》て金の上手な使い方を示すつもりだったのだ。権右衛門は女郎を相手に、いろいろ東京の景気を聞いたと言った。沈没船の引揚げが失敗すれば、もとの無一文だ。その時は東京でうまい金儲《かねもう》けの道を考えねばならぬと、今から心くばりしているなど、所詮《しょせん》彼等にはうかがい知れぬ権右衛門の肚だった。

引揚作業の人夫監督には市治郎は見るべき腕を示した。和歌山で馬力挽きしていた経験が人夫の人心収攬《しゅうらん》にものを言ったのだ。意外なほど作業は順調に進んで、予想以上の成功だった。百万円こしらえるという権右衛門の本望は達せられた。昭和三年、権右衛門が四十三の時である。

権右衛門は亡父勘助の墓を紀州湯浅に建てた。墓供養をかねて亡父二十回忌の法事には親戚《しんせき》と称して集って来た人間の数が老幼男女とりまぜて四十九人あった。記念写真を撮影し、出来上ったのを見ると、まず政江が両手を膝《ひざ》の前にぐいと突き出しているのが目立った。そこにはダイヤモンドと覚しき指輪がぼけた光を大きく放っていた。春松は洋服を着込んでいた。これも異色を放った。市治郎、伝三郎、三亀雄の紋服姿は何か浪曲師めいた。権右衛門は前列の真中へ据えられたはずだのに、どういう訳か随分端の方へ片寄って、おまけに太い首をひょいとうしろへ向けていた。

みんなは私が鼻の上に汗をためて、息を弾ませて、小鳥みたいにちょんちょんとして、つまりいそいそとして、見合いに出掛けたといって嗤《わら》ったけれど、そんなことはない。いそいそなんぞ私はしやしなかった。といって、そんな時私たちの年頃の娘がわざとらしく口にする「いやでいやでたまらなかった」――それは嘘だ。恥かしいことだけど、どういう訳かその年になるまでついぞ縁談がなかったのだもの、まるでおろおろ小躍りしているはたの人たちほどではなかったにしても、矢張り二十四の年並みに少しは灯のつく想いに心が温まったのは事実だ。けれど、いそいそだなんて、そんなことはなかった。なんという事を言う人達だろう。

想っただけでもいやな言葉だけど、華やかな結婚、そんなものを夢みているわけではなかった。貴公子や騎士の出現、ここにこうして書くだけでもぞっとする。けれど、私だって世間並みに一人の娘、矢張り何かが訪れて来そうな、思いも掛けぬことが起りそうな、そんな憧《あこが》れ、といって悪ければ、期待はもっていた。だから、いきなり殺風景な写真を見せつけられ、うむを言わさず、見合いに行けと言われて、はいと承知して、いいえ、承知させられて、――そして私がいそいそと――、あんまりだ。殺風景なないと、男の人の使うような言葉をもちいたが、全くその写真を見たときの私の気持はそれより外に現わせない。それとも、いっそ惨めと言おうか。それを考えてくれたら、鼻の上に汗をためて――そんな陰口は利けなかった筈《はず》だ。

その写真の人は眼鏡を掛けていたのだ。と言ってもひとにはわかるまい。けれど、とにかく私にとっては、その人は眼鏡を掛けていたのだ。いや、こんな気障《きざ》な言い方はよそう。――ほんとうに、まだ二十九だというのに、どうしてあんな眼鏡の掛け方をするのだろう。何故もっとしゃんと、――この頃は相当年配の人だって随分お洒落《しゃれ》で、太いセルロイドの縁を青年くさく皺《しわ》の上に見せているのに、――まるでその人と来たら、わざとではないかとはじめ思った。思いたかったくらい、今にもずり落ちそうな、ついでに水洟《みずばな》も落ちそうな、泣くとき紐《ひも》でこしらえた輪を薄い耳の肉から外して、硝子《ガラス》のくもりを太短い親指の先でこすって、はれぼったい瞼《まぶた》をちょっと動かす、――そんな仕種《しぐさ》まで想像される、――一口で言えば爺《じじ》むさい掛け方、いいえ、そんな言い方では言い足りない。風采《ふうさい》の上がらぬ人といってもいろいろあるけれど、本当にどこから見ても風采が上がらぬ人ってそうたんとあるものではない、それをその人ばかりは、誰が見たって、この私の欲眼で見たって、――いや、止《よ》そう。私だってちょっとも綺麗《きれい》じゃない。歯列を矯正したら、まだいくらか見られる、――いいえ、どっちみち私は醜女、しこめです。だから、その人だって、私の写真を見て、さぞがっかりしたことだろう。私の生れた大阪の方言でいえばおんべこちゃ、そう思って私はむしろおかしかった。あんまりおかしくて、涙が出て、折角縁談にありついたという気持がいっぺんに流されて、ざまあ見ろ。はしたない言葉まで思わず口ずさんで、悲しかった。浮々した気持なぞありようがなかった。くどいようだけれど、それだのにいそいそなんて、そんな……。

もっとも、その当日、まるでお芝居に出るみたいに、生れてはじめて肌ぬぎになって背中にまでお白粉《しろい》をつけるなど、念入りにお化粧したので、もう少しで約束の時間に遅れそうになり、大急ぎでかけつけたものだから、それを見合いはともかくそんな大袈裟《おおげさ》な化粧をしたということにさすがに娘らしい興奮もあったものだから、いくらかいそいそしているように、はた眼には見えたのかも知れない。と、こう言い切ってしまっては至極あっけないが、いや、そう誤解されたと思っていることにしよう。

とにかく出掛けた。ところが、約束の場所へそれこそ大急ぎでかけつけてみると、その人はまだ来ていなかった。別室とでもいうところでひっそり待っていると、仲人《なこうど》さんが顔を出し、実は親御さん達はとっくに見えているのだが、本人さんは都合で少し遅れることになった、というのは、本人さんは今日も仕事の関係上欠勤するわけにいかず、平常どおり出勤し、社がひけてからここへやって来ることになっているのだが、たぶん急に用事ができて脱《ぬ》けられぬと思う、よってもう暫《しば》らく待っていただけないか、いま社へ電話しているから、それにしても今日は良いお天気で本当に――、ぼうっとして顔もよう見なかったなんて恥かしいことにはなるまい、いいえ、ネクタイの好みが良いか悪いかまでちゃんと見届けてやるんだなどと、まるで浅ましく肚《はら》の中で眼をきょろつかせた意気込んだ気持がいっぺんにすかされたようで、いやだわ、いやだわ、こんなことなら来るんじゃなかったわと、わざと二十歳前の娘みたいにくねくねとすね、それをはたの者がなだめる、――そんな騒ぎの、しかしどちらかといえば、ひそびそした時間が一時間経って、やっとその人は来た。赤い顔でふうふう息を弾ませ、酒をのんでいると一眼でわかった。

あとで聞いたことだが、その人はその日社がひけて、かねての手筈《てはず》どおり見合いの席へ行こうとしたところを、友達に一杯やろうかと誘われたのだった。見合いがあるからと断ればよいものを、そしてまたその口実なら立派に通る筈だのに、また、当然そう言わねばならぬのに、その人はそれが言えなかった。これは私にとって、どういうことになるんだろう。日頃、附合いの良いたちで、無理に誘われると断り切れなかったなんて、浅い口実だ。何ごとにつけてもいやと言い切れぬ気の弱いたちで……などといってみたところで、しかし外の場合と違うではないか。それとも見合いなんかどうでも良かったのだろうか。私なんかと見合いするのが恥かしくて、見合いに行くと言えなかったのだろうか。いずれにしても私は聞いて口惜しかった。けれど、いいえ、そんな風には考えたくなかった。矢張り見合いは気になっていたのだが、まだいくらか時間の余裕はあったから、少しだけつきあって、いよいよとなれば席を外して駈《か》けつけよう、そんな風な虫のよいことを考えてついて行ったところ、こんどはその席を外すということが容易でなく、結局ずるずると引っ張られて、到頭《とうとう》遅刻してしまったのだ——と、そんな風に考えたかった。つまりは底抜けに気の弱い人、決して私との見合いを軽々しく考えたのでも、またわざと遅刻したのでもないと、ずっとあとになってからだが、そう考えることにした。するといくらか心慰まったが、それにしても随分頼りない人だということには変りはない。全くそれを聞かされた時は、何という頼りない人かとあきれるほど情けなかった。いや、頼りないといえば、そんな事情をきかされるまでもなく、既にその見合いの席上で簡単にわかってしまったことなのだ。遅刻はするし、酔っぱらっては来るし、もうこんな人とは結婚なんかするものかと思ったが、そう思ったことがかえって気が楽になったのか、相手が口を利かぬ前にこちらから物を言う気になり、大学では何を専攻《こう》されましたかと訊《き》くと、はあ、線香ですか、好きです。頼りないというより、むしろ滑稽《けい》なくらいだった。誰も笑わず、けれど皆びっくりした。私は何故だか気の毒で、暫らく父御さんの顔を見られなかったが、やがて見ると、律義そうなその顔に猛烈な獅子《しし》鼻がさびしくのっかっており、そしてまたそれとそっくりの鼻がその人の顔にも野暮ったくくっついているのが、笑いたいほどおかしく分って、私は何ということもなしに憂鬱《ゆううつ》になり、結婚するものかという気持がますます強くなった。それでもう私はあと口も利かず、陰気な唇をじっと噛《か》み続けたまま、そして見合いは終った。

その時の私の態度と来たら、まるではたの人がはらはらしたくらい、不機嫌そのものであったから、もう私は嫌われたも同然だと、むしろサバサバする気持だったが、暫らくして来た返事は不思議にも気に入ったとのことで、すっかり驚いた。こちらからもすぐ返事して、異存はありませんと、簡単に目出度《めでた》く、——ああ、恥かしいことだ。考える暇もなくとたんにそんな風に心を決めて、飛びつくように返事して、全く想えば恥かしい。あんな人とは絶対に結婚なんかするものかと、かたく心に決め、はたの人にもいっていたくらいだのに、まるで掌《てのひら》をかえすように——浅ましい。ほんとうに私は焦っていたのだろうか。もしそうなら、いっそう恥かしい。いいえ、そんなことはない。焦ったりなんぞ私はしやしなかった。ただ私は、人に好かれたかった、自分に自信をもちたかった、自分の容貌《ようぼう》にさえ己惚《うぬぼ》れたかったのだ。だから、はじめて見合いして、仲人口を借りていえば、ほんとうに何から何まで気に入りましたといわれれば、私も女だ。いくらかその人を見直す気になり、ぼそんと笑ったときのその人の、びっくりするほど白い歯を想いだし、なんと上品な笑顔だったかと無理に自分に言いきかせ、これあるがために私も救われると、そんな生意気な表現を心に描いたのだった。私はそれまで男の人に好かれた経験はなかった。たとえ仲人口にしろ、何から何まで気に入りましたなんて、言われた経験はなかった。私がその時いくらか心ときめいたとしても、はしたないなぞと言わないでほしい。仲人さんのそのお言葉をきいた晩、更けてから、こっそり寝床で鏡を覗《のぞ》いたからって、嗤《わら》わないでほしい。

ところが、何ということだ。その人がお友達に見合いの感想を問われて、語ったことには、——酔っぱらってしまって、どんな顔の女かさっぱり分らなかった。しかし、とにかく見合いをした以上、断るということは相手の心を傷つけることになる。見合いなんか一生のうちに一度すれば良いことだ。だから、ともかく貰《もら》うことにした、――それをあとでそのお友達が私に冗談紛れに言って下すった。私は恥かしくて、顔の上に火が走り、それがちらちら心を焼いて、己惚れも自信もすっかり跡形もなくなってしまった。するど、そのお友達はお饒舌《じょうぜつ》の上に随分屁理屈《へりくつ》屋さんで、だから奥さん、あなたは幸福ですよ。そして言うことには、僕の知ってる男で、嘘じゃない、六十回見合いをした奴《やっこ》がいます。それというのも奴さんも奴さんだが、奴さんのおふくろというのが俗にいう女傑なんで、あれでもなしこれでもなしとさまざま息子の嫁を探したあげく、到頭奴さんの勤めている工場の社長の家へ日参して、どうぞお宅のお嬢さんを倅《せがれ》の嫁にいただかせて下さいと、百万遍からたのみ、しまいには洋風の応接間の敷物の上にぺたりと土下座し、頭をすりつけ、結局ものにしたというんです。もっとも、奴さんはその工場でたった一人の大学出だということも社長のお眼鏡に適《かな》ったらしいんだが、なに、奴さん大学は中途退学で、履歴書をごまかして書いたんですよ。いまじゃ社長の女婿だというんで、工場長というのに収まってしまって、ついこの間まではダットサンを乗り廻《ま》わしていましたがね。ところで、奥さん、そんな男と結婚するよりは、軽部君と結婚した方がなんぼう幸福だか、いや、僕がいうまでもなく、既に軽部夫人のあなたの方がよく御存知だ。聞きたくなかった。そんなお談義聞きたくなかった。私はただ、何ということもなしに欺《だま》されたという想いのみが強く、そんなお談義は耳にはいらず、無性に腹が立って腹が立って、お友達にではない、あの人にでもない、自分自身に腹が立って……。しかし腹が立つといえば、いわゆる婚約期間中にも随分腹の立つことが多かった。ほんとうにしょっちゅう腹を立てて、自分でもあきれるくらい、自分がみじめに見えたくらい、また、あの人が気の毒になったくらい、けれど、あの人もいけなかった。

婚約してから式を挙げるまで三月、その間何度かあの人と会い、一緒にお芝居へ行ったり、お食事をしたりしたが、そのはじめて二人きりでお会いした日のことはいまも忘れられない。いいえ、甘い想い出なんかのためではない。はっきり言えば、その反対だ。文楽《ぶんらく》へ連れてってやるとのことで、約束の時間に四《よ》ツ橋《ばし》の文楽座の前へ出掛けたところ、文楽はもう三日前に千秋楽で、小屋が閉っていた。ひとけのない小屋の前でしょんぼり佇《たたず》んで、あの人の来るのを待った。約束の時間はとっくに来ているのに、眼鏡を掛けたあの人はなかなかやって来なかった。誰かが見て嗤ってやしないだろうかと、思わずそのあたりきょろきょろ見廻わす自分が、可哀想だった。待ち呆《ぼう》けをくっている女の子の姿勢で、ハンドバックからあの人の手紙をだして、読み直してみた。その日の打ち合わせを書いたほかに、僕は文楽が大好きです、ことに文三の人形はあなたにも是非見せてあげたいなどとあり、そのみみずが這《は》うような文字で書かれた手紙が改めていやになった。それに文三とは誰だろう。そんな人形使いはいない。たぶん文五郎《ぶんごろう》と栄三《えいざ》をごっちゃにしたのだろう。おまけに文楽が文薬となっており、東京の帝国大学を出た人にこんな人がざらにいるとすれば、ほんとうにおかしな、由々しいことだと、私は眼玉をくるくる動かして腹を立てていた。散々待たせて、あの人はのそっとやって来、じつは欠勤した同僚の仕事をかわってやっていたため遅れたのだ、と口のなかでもぐもぐ弁解した。一時間待ちましたわ、と本を読むような調子で言うと、はあ、一時間も待ちましたか。文楽は今日はございませんのよ、と言うと、はあ、文楽は今日はありませんか。人の口真似ばかしするのだ。御堂筋《みどうすじ》を並んで歩きながら、風がありますから今日はいくらか寒いですわねと言うと、はあ、寒いですな、風があるからと口のなかでもぐもぐ……、それでなくてさえ十分腹を立てていた私は、川の中へ飛び込んでやろうかと思った。そんな私の気持があの人に通じたかどうか、文楽のかわりにと連れて行って下すったのが、ほかに行くところもあろうに法善寺の寄席《よせ》の花月だった。何も寄席だからわるいというわけではないが、矢張り婚約の若い男女が二人ではじめて行くとすれば、音楽会だとかお芝居だとかシネマだとか適当な場所が考えられそうなもの、それを落語や手品や漫才では、しんみりの仕様もないではないか、とそんなことを考えていると、ちっとも笑えなかった。寄席を出るともう大ぶ更《おそ》かったから、家まで送ってもらったが、駅から家まで八丁の、暗いさびしい道を肩を並べて歩きながら、私は強情にひとことも口を利かなかった。じつは恥かしいことだが、おなかが空《す》いて、ペコペコだったのだ。あの人は私に夕飯をご馳走《ちそう》するのを忘れていたのだ。なんて気の利かない、間抜けた人だろうと、一晩中眉《まゆ》をひそめていた。

　しかし、その次会《お》うた時はさすがにこの前の手抜かりに気がついたのか、まず夕飯に誘って下すった。あらかじめ考えて置いたのだろう、迷わずにすっと連れて行って下すったのは、冬の夜に適《ふさ》わしい道頓堀のかき舟で、酢がきやお雑炊や、フライまでいただいた。ときどき波が来て私たちの坐《すわ》っている床がちょっと揺れたり、川に映っている対岸の灯が湯気曇りした硝子《ガラス》障子越しにながめられたり、ほんとうに許嫁《いいなずけ》どうしが会うているというほのぼのした気持を味わうのにそう苦心は要らなかったほど、思いがけなく心愉《たの》しかったが、いざお勘定という時になって、そんな気持はいっぺんに萎《な》えてしまった。仲居さんが差し出したお勘定書を見た途端、あの人は失敗《しも》たと叫んで、白い歯の間からぺろりと舌をだした。そしてみるみる蒼《あお》くなった。中腰のままだった。仲居さんは、あの人が財布の中のお金を取り出すのに、不自然なほど手間が掛るので、諦《あきら》めてぺたりと坐りこんで、煙草すら吸いかねまい恰好《かっこう》で、だらしなく火鉢に手を掛け、じろじろ私の方を見るのだった。何という不作法な仲居さんだろうか、と私はぷいと横をむいたままでいたが、あ、お勘定が足りないのだとすぐ気がつきハンドバックから財布を出して、黙ってあの人の前へおしやり、ああ恥かしい、恥かしいと半分心のなかで泣きだしていた。それでやっとお勘定もお祝儀もすませることが出来たのだが、もしその時私がそうたくさん持ち合わせがなかったら、どんなことになっただろう。想ってもぞっとする。そんなこともあろうかと考えたわけではないが、とにかく女の私でさえちゃんと用意して来ているのに、ほんとうにこの人と来たら、お勘定が足りないなんてどんな気でいるのだろうか、それも貧乏でお金が無いというのならともかく、ちゃんとした親御さんもあり、無ければ無いで外の場合ではないんだし、その旨言って貰うことも出来た筈《はず》だのに……と、もう一月も間がない結婚のことを想って、私は悲しかった。

ところが、あとでわかったことだが、ほんとうは矢張りその日の用意にと親御さんから貰っていたのだ。それをあの人は昼間会社で同僚に無心されて、断り切れず貸してやったのだった。それであといくらも残らなかったがたぶん足りるだろうとのんきなことを考えながら、私をかき舟に誘ったということだった。しかし、いくらのんきとはいえ、さすがに心配で、足りるだろうか、足りなければどうしようかなど考えながら食べていると、まるで味などわからなかったと言う。なるほどそう言えば、私が話しかけてもとんちんかんな受け答えばかししていたのは、いつものこととはいいながら、ひとつにはやはりそのせいもあったのかも知れない。それにしても、そんな心配をするくらいなら、また、もしかすると私にも恥をかかすようなことになるとわかっているのだから、同僚に無心された時、いっそきっぱりと断ったらよかりそうなものだ、また、そうするのが当然なのだ、と、それをきいた時私は思ったが、それがあの人には出来ないのだ。気性として出来ないのだ。しかもそれは、なにも今日明日に始まったことではなく、じつはあの人のお饒舌のお友達に言わせると、京都の高等学校にいた頃からのわるい癖なのだそうだ。

その頃あの人は、人の顔さえ見れば、金貸したろか金貸したろか、と、まるで口癖めいて言っていたという。だから、はじめのうちは、こいつ失敬な奴だ、金があると思って、いやに見せびらかしてやがるなどと、随分誤解されていたらしい。ところが、事実あの人には五十銭の金もない時がしばしばであった。校内の食堂はむろん、あちこちの飯屋でも随分昼飯代を借りていて、いわばけっして人に金を貸すべき状態ではなかった。それをそんな風に金貸したろかと言いふらし、また、頼まれると、めったにいやとはいわず、即座によっしゃと安請合いするのは、たぶん底抜けのお人善しだったせいもあるだろうが、一つには、至極のんきなたちで、たやすく金策できるように思い込んでしまうからなのである。ところが、それが容易でない。他の人は知らず、ことにあの人にとってはそれはむしろ絶望的と言ってもよいくらいなのである。

頼まれて、よっしゃ、今ないけど直ぐこしらえて来たる、二時間だけ待っててくれへんかと言って、教室を飛び出すものの、じつはあの人には金策の当てが全くないのだ。こうーっと、いろいろと考えていると、頭が痛くなり、しまいには、何が因果で金借りに走りまわらんならんと思うのだが、けれど、頼まれた以上、というのはつまり請合った以上というのに外ならないのだが、あの人にとってはもはや金策は義務にひとしい。だから、まず順序として、親戚《しんせき》で借りることを考えてみる。京都には親戚が二軒、下鴨と鹿ヶ《ししが》谷《たに》にあり、さて学校から歩いて行ってどっちの方が近いかなどとは、この際贅沢《ぜいたく》な考え、じつのところどちらへも行きたくない。行けない。両方とも既にしばしば借りて相当借金も嵩《かさ》んでいるのだ。といって、ほかに心当りもなく、自然あの人の足はうかうかと下鴨なら下鴨へ来てしまう。けれど、門をくぐる気はせず、暫《しば》らく佇んで引きかえし、こんどはもう一方の鹿ヶ谷まで行く。下鴨から鹿ヶ谷までかなりの道のりだが、なぜだか市電に乗る気はせず、せかせかと歩くのだ。

そんなあの人の恰好が眼に見えるようだ。高等学校の生徒らしく、お尻《しり》に手拭《てぬぐ》いをぶら下げているのだが、それが妙に塩垂れて、たぶん一向に威勢のあがらぬ恰好だったろう。いや、それに違いあるまい。その頃も眼鏡を、そう、きっと掛けていたことだろう。爺《じじ》むさい掛け方で……。

やがて、あの人は銀閣寺《ぎんかくじ》の停留所附近から疏水《そすい》伝いに折れて、やっと鹿ヶ谷まで辿《たど》りつく。けれど、やはり肝心の家の門はくぐらず、せかせかと素通りしてしまう。そしてちょっと考えて、神楽坂の方へとぼとぼ……、その坂下のごみごみした小路のなかに学生相手の小質屋があり、今はそこを唯一のたのみとしているわけだが、しかし質種《しちぐさ》はない。いろいろ考えた末、ポケットにさしてある万年筆に思い当り、そや、これで十円借りようと、のんきなことを考える。むろん誰が考えても無謀な考えにちがいないが、あの人はしばらくその無謀さに気がつかない。なんとかなるだろうと、ふらふらと暖簾《のれん》をくぐり、そして簡単に恥をかかされて、外に出ると、大学の時計台が見え、もう約束の二時間は経っているのだった。いつものことなのだそうだ。

あ、軽部の奴また待ち呆《ぼう》けくわせやがったと、相手の人がぷりぷりしている頃、あの人は京阪《けいはん》電車に乗っている。じつは約束を忘れたわけではなく、それどころか、最後の切札に、大阪の実家へ無心に帰るのである。たび重なって言いにくいところを、これも約束した手前だと、無理矢理勇気をつけ、誤魔化して貰《もら》い、そして再び京都に戻って来ると、もうすっかり黄昏《たそがれ》で、しびれをきらした友達がいつまでも約束の場所に待っている筈もない。失敗《しも》た、とあの人は約束の時間におくれたことに改めて思いあたり、そして京都の夜の町をかけずりまわって、その友達を探すのである。ところが、せかせかと空しく探し歩いているうちに、ひょっくり、別の友達に出くわし、いきなり、金貸してくれと言われるが、無いとも貸せぬともあの人は言えぬ。と、いって、はじめの人に渡すつもりの金ゆえ、すぐよっしゃとはさすがに言えず、しばらくもぐもぐためらっている。が、結局うやむやのうちに借りられてしまうのである。

ところが、はじめのうち誰もそんな事情は知らなかった。わざわざ大阪まで金策に行ったとは想像もつかなかった。だから、待ち呆けくわされてみると、なんだか一杯くわされたような気がするのである。いやとは言えない性格だというところにつけこんで、利用してやろうという気もいくらかあったから、ますます一杯くわされた気持が強いのだ。金貸したろかなどという口癖は、まるでそんな、利用してやろうなどといういやしい気持を見すかしてのことではなかろうかとすら思われたのだ。しかし、やがてあの人にはそんな悪気は些《いささ》かもないことがわかった。自分で使うよりは友人に使ってもらう方がずっと有意義だという綺麗《きれい》な気持、いやそれすらも自ら気づいてない、いわば単なる底ぬけのお人よしだからだとわかった。すると、もう誰もみな安心して平気であの人を利用するようになった。ところが、今まで人の顔さえ見れば、金貸したろか金貸したろかと利用されてばかしいたあの人が、やがて、人の顔さえ見れば、金貸してくれ金貸してくれと言うようになった。にたっと笑いながら、金もってへんかと言うのだ。変ったというより、つまりしょっちゅう人に借りられているため、いよいよのっぴきならぬほど金に困って来たと見るべきところだろうが、ともかくこれまで随分馬鹿にし切っていたから、その変り方には皆は驚いた。ことにその笑顔には弱った。これまで散々利用して来たこちらの醜い心を見すかすような笑顔なのだ。だからあれば無論のこと、無くてもいやとは言えないのだ。げんにあの人は無い場合でもよっしゃとひき受けたのである。それを利用して来た手前でも、そんなことは言えぬ。けれど、誰もあの人のような風には出来ぬ。だから、無ければ無いと断る。すると、あの人はにたっと笑ってもう二度とその言葉をくりかえさぬ。あれば貸すんだがと弁解すると、いや、構《か》めへん、構めへんとあっさり言う。しかし、その何気ない言い方が、思いがけなく皆の心につき刺さるのだ。皆は自分たちの醜い心にはじめて思いあたり、もはやあの人の前で頭の上がらぬ想いに顔をしかめてしまうのだった……。

と、そんな昔話をながながと語った挙句、その理屈屋のお友達は、全く軽部君の前ではつくづく自分の醜さがいやになりましたよと言ったが、あの人に金を借りられてあの人の立派さがわかったなんて、ほんとうにおかしなことを言う人だ。あの人はそんなに立派な人だろうか。私もあの人に金を借りられたが、ちっともそんなことは感じなかった。いや、むしろますますあの人に絶望したくらいだ。

それはもう式も間近かに迫ったある日のこと、はたの人にすすめられて、美粧院へ行ったかえり、心斎橋《しんさいばし》の雑閙《ざっとう》のなかで、ちょこちょこちらへ歩いて来るあの人の姿を見つけ、あらと立ちすくんでいると、向うでも気づき、えへっといった笑い顔で寄って来て、どちらへとも何とも挨拶《あいさつ》せぬまえから、いきなり、ああ、ええとこで会《お》うた、ちょっと金貸してくれはれしまへんかと言って、にたにた笑っているのだ。火の出る想いがし、もじもじしていると、二円でよろしい。あきれながら渡すと、ちょっと急ぎますよってとぴょこんと頭を下げて、すーと行ってしまった。心斎橋筋の雑閙のなかでひともあろうに許嫁《いいなずけ》に小銭を借りるなんて、これが私の夫になる人のすることなのか、と地団駄踏みながら家に帰り、破約するのは今だと家の人にそのことを話したが、父は、へえ？　軽部君がねえ、そんなことをやったかねえ、こいつは愉快だ、と上機嫌に笑うばかりで、てんで私の話なんか受けつけようとしなかった。私はなんだか自分までが馬鹿にされたような気になり、ああ、いやだ、いやだ、昼行燈《ひるあんどん》みたいにぼうっとして、頼りない人だと思っていたら、道の真中で私に金を借りるような心臓の強いところがあったり、ほんとうに私は不幸だわ、と白い歯をむきだして不貞《ふて》くされていた。すると、母は、何を言います、夫のものは妻のもの、妻のものは夫のもの、いったいあんたは小さい時から人に金を貸すのがいやで、妹なんかにでも随分けちくさかったが、たかだか二円のことじゃありませんか、と妙に見当はずれた、しかし痛いことを言い、そして、あんたは軽部さんのことをそんな風に言うけれど、私はなんだか素直な、初心《うぶ》な人だと思うよ、変に小才の利いた、きびきびした人の所へお嫁にやって、今頃は虐《いじ》められてるんじゃないかと思うより、軽部さんのような人の所へやる方が、いくら安心か分りゃしない云々《うんぬん》。巧《うま》い理屈もあるものだと聞いていると、母は、それにねえ、よく世間で言うじゃないか。女房の尻に敷かれる人はかえって出世するものだって……。ああ、いやらしい言葉だと私は眉《まゆ》をひそめたが、あとでその母の言葉をつくづく考えて、なぜだかはっとした。

二月の吉日、式を挙げて、直ぐ軽部清正、同政子（旧姓都出）と二人の名を並べた結婚通知状を三百通、知人という知人へ一人残らず送った。勿論《もちろん》私の入智慧《いれぢえ》、というほどのたいしたことではないけれど、しかしそんな些細《ささい》なことすら放って置けばあの人は気がつかず、紙質、活字の指定、見本刷りの校正まで私が眼を通した。それから間もなく私は、さきに書いたような、金銭に関するあの人の悪い癖を聞いたので、直ぐあの人に以後絶対に他人には金を貸しませんと誓わせ、なお、毎日二回ずつあの人の財布のなかに入れてやるほかは、余分な金を持たせず、月給日には私が社の会計へ行って貰った。毎日財布を調べて支出の内容をきびしくきくのは勿論である。そんな風に厳重にしたので、まず大丈夫だと思っていたところ、ある日、あの人の留守中見知らぬ人が訪ねて来て、いきなり僕八木沢ですと言い、あと何にも言わずもじもじしているので、薄気味悪くなり、何か御用事ですかときくと、その人はちょっと妙な顔をして、奥さん、何にも軽部君からお聞きじゃないのですかと言う。思わずどきんとして、いいえと答えると、その人は、実は軽部君からお金を借りることになっているのですが、軽部君のおっしゃるのには女房にその旨話して置くから家へ来て女房から貰ってくれということでしたので、約束どおり参ったようなわけなんですと言い、それじゃほんとうに奥さんは何にも御存知なかったんですな、軽部君は何にも話しておいてくれなかったんですなと、驚いた顔にいくらかむっとした色を浮べた。なるほどあの人のやりそうなことだ、と私はその人の言うことを全部信用したが、といって聞いてもいないのに見知らぬ人に貸せるわけもなく、さまざまいいわけして帰って貰い、気まりがわるいというより、ほんとうに気の毒だった。夜、あの人が帰って来るなり、はしたないことだが、いきなり胸倉を摑《つか》まえてそのことをきくと、案の定、言いそびれててん、とぼそんとした。私は自分でも恥かしいくらい大きな声になり、あなたはそれで平気なんですか、八木沢さんが今日来られることはわかってたんでしょう、八木沢さんになんと弁解するおつもりですとわめき立てた。すると、あの人は急に悲しい顔をして、八木沢君にはいま金もって行ったから、それで済んだと言った。そのお金はどうしたんですか、どこでつくったんですか。そう言いながら、ふとあの人の胸のあたりを見ると、いつもと容子《ようす》がちがう。驚いてオーバーを脱がせた。案の定、上着もチョッキもなかった。質入れしたのだ、ときくまでもなくわかり、私ははじめてあの人を折檻《せっかん》した。自分がヒステリーになったかと思ったくらい、きつく折檻した。しかし、私がそんな手荒なことをしたと言って、誰も責めないでほしい。私の身になってみたら、誰でも一度はそんな風にしたくなる筈《はず》だ。といっても、私の言ってるのは、何もただ質入れのことだけじゃない。あの人は私に折檻されながら、酒をのんでるわけでもないのに、いつの間にかすやすやと眠ってしまった。ほんとうにそう言う人なのだ。それを私は言いたいのです。結果があとさきになったけれど、誰だってそんな風に眠ってしまうあの人を見れば、折檻したくなるではないか。少なくとも小突いたり、鼻をつまんだり、そんな苛《いじ》め方をしてみたくなる筈だ。嘘と思うなら、あの人と結婚してみるがいい。いいえ、誰もあの人と結婚することは出来ない。私はあの人の妻だもの。そんな風にして眠ってしまったあの人の寝顔を見ていると、私は急にあてどもない嫉妬《しっと》を感じた。あの人は私のもの、私だけのものだ。私は妊娠しているのです。

私は生れて来る子供のためにもあの人に偉くなって貰わねばと思い、以前よりまして声をはげまして、あの人にそう言うようになったが、あの人はちっとも偉くならない。女房の尻《しり》に敷かれる人はかえって出世するものだ、と母が言った言葉は出鱈目《でたらめ》だろうか。それともあの人はちっとも私の尻に敷かれていないのだろうか。ともかくあの人は会社の年に二回の恒例昇給にも取り残されることがしばしばなのだ。あの人の社には帝大出の人はほかに沢山いるわけではなし、また、あの人はひと一倍働き者で、遅刻も早引も欠席もしないで、いいえ、私がさせないで、勤勉につとめているのに、賞与までひとより少ないとはどうしたことであろうと、私は不思議でならなかったが、じつはあの人は出退のタイムレコードを押すことをいつも忘れているので、庶務の方ではあの人がいつも無届欠勤をしているようにとっていたのだ、とわかった。一事が万事、なるほど昇給に取り残されるのも無理はないと悲しくわかり、その旨あの人にきつく言うと、あの人は、そんなことまでいちいち気をつけて偉くならんといかんのか、といつにない怖い顔をして私をにらみつけた。そして、昼間はひとの分まで仕事を引き受けて、よほど疲れるのだろうか、すぐ横になって、寝入ってしまうのでした。

放浪

一

大阪は二ッ井戸「まからんや」呉服店の番頭は現糞《げんくそ》の悪い男や、言うちゃ悪いが人殺しやと、在所のお婆《ばば》は順平に言い聴かせた。

――「まからんや」は月に二度、疵《きず》ものやしみつきや、それから何じゃかや一杯呉服物を一反風呂敷《いったんぶろしき》に入れ、南海《なんかい》電車に乗り、岸和田《きしわだ》で降りて二里の道あるいて六貫村へ着物売《べ》りに来ると、きまって現糞悪く雨が降って、雨男である。三年前にも来て雨を降らせた。よりによって順平のお母が産気づいて、例《いっ》もは自転車に乗って来るべき産婆が雨降っているからとて傘さして高下駄《たかげた》はいてとぼとぼと辛気臭かった。それで手違《てちご》うて順平は生れたけれど、母親はとられた。兄の文吉は月たらず故きつい難産であったけれど、その時ばかりは天気運が良くて……。

聴いて順平は何とも感じなかった。そんな年でもなく、寝床にはいって癖で足の親指と隣の指をこすり合わせていると、きまってこむら返りして痛く、またうっとりとした。度重なるうち、下腹が引きつるような痛みに驚いたが、お婆は脱腸の気だとは勘《ぬ》づかなかった。寝いると小便をした。お婆は粗相を押えるために夜もおちおち寝ず、濡れていると敲《たた》き起し、のう順平よ、良う聴きなはれや。そして意地悪い快感で声も震え、わりゃ継子《ままこ》やぞ。

泉北《せんぼく》郡六貫村よろづや雑貨店の当主高峰康太郎はお婆の娘おむらと五年連れ添い、文吉、順平と二人の子までなしたる仲であったが、おむらが産で死ぬと、これ倖《さいわ》いと後妻を入れた。これ倖いとはひょっとすると後妻のおそでの方で、康太郎は評判の温和《おとな》しい男で財産も少しはあった。兄の文吉は康太郎の姉聟《あねむこ》の金造に養子に貰《もら》われたから良いが、弟の順平は乳飲子で可哀想だとお婆が引き取り、ミルクで育てている。お婆が死ねば順平は行きどころが無いゆえ継母のいる家へ帰らねばならず、今にして寝小便を癒《なお》しておかねば所詮《しょせん》いじめられる。後妻には連子があり、おまけに康太郎の子供も産んで、男の子だ。

……お婆はひそかに康太郎を恨んでいたのであろうか。順平さえ娘の腹に宿らなんだら、「まからんや」が雨さえ降らせなんだらと思い、一途《いちず》に年のせいではなかった。言うまじきことを言い聴かせるという残酷めいた喜びに打負けるのが度重なって、次第に効果はあった。継子だとはどんな味か知らぬが、順平は七つの頃から何となく情けない気持が身に沁みた。お婆の素振りが変になり、みるみるしなびて、死んで、順平は父の所に戻された。

ひがんでいるという言葉がやがて順平の身辺を取巻いた。一つ違いの義弟《おとうと》と二つ違いの義姉《あね》がいて、その義姉が器量よしだと子供心にも判った。義姉は母の躾《しつけ》がよかったのか、村の小学校で、文吉や順平の成績が芳しくないのは可哀想だと面と向って同情顔した。兄の文吉はもう十一であるから何とか言いかえしてくれるべきだのに、いつもげらげら笑っていた。眼尻というより眼全体が斜めに下っていて、笑えば愛嬌《あいきょう》よく、また泣き笑いにも見られた。背が順平よりも低く、顔色も悪かった。頼りない兄であったが、順平には頼るべきたった一人の人だったから、学校がひけると、文吉の後に随《つ》いて金造の家へ行くことにした。

金造は蜜柑《みかん》山をもち、慾張《よくば》りと言われた。男の子が無く、義理で養子に入れたが、岸和田の工場で働かせている娘が子供をもうけ、それが男の子であったから、いきなり気が変り、文吉はこき使われた。牛小屋の掃除をした。蜜柑をむしった。肥料を汲《く》んだ。薪《まき》を割った。子守をした。その他いろいろ働いた。順平は文吉の手助けをした。兄よ！　わりゃ教場で糞《くそ》したとな。弟よ、わりゃ寝小便止めとけよ。そんなことを言いかわして喜んでいた。

康太郎の眼はまだ黒かったが、しかしこの父はもう普通の人ではなかった。悪性の病をわずらって悪臭を放ち、それを消すために安香水の匂いをプンプンさせていたが、そんな頭の働かせ方がむしろ不思議だとされていた。寝ていると、壁に活動写真がうつるそうであった。ある日、浪花節《なにわぶし》語りが店の前に来て語っているから見て来いといい、順平が行こうとすると、継母は呶鳴《どな》りつけて、われも気違いか。そう言って継母はにがにがし気であった。その日から衰弱はげしく、大阪生玉前町《いくたままえまち》の料理仕出し屋丸亀に嫁いでいる妹のおみよがかけつけると一瞬正気になり、間もなく康太郎は息を引きとった。

焼香順のことでおみよ叔母《おば》は継母のおそでと口喧嘩《くちげんか》した。それではなんぼ何でも文吉や順平が可哀想やおまへんかと叔母は言い、気晴しに紅葉を見るのだとて二人を連れて近くの牛滝山《うしたきやま》へ行った。滝の前の茶店で大福餅《だいふくもち》を食べさせながらおみよ叔母は、叔母はんの香奠《こうでん》はどこの誰よりも一番ぎょうさんやよってお前達は肩身が広いと言い聴かせ、そしてぽんと胸をたたいて襟を突きあげた。

十歳の順平はおみよ叔母に連れられて大阪へ行った。村から岸和田の駅まで二里の途《みち》は途中に池があった。大きな池なので吃驚《びっくり》した。順平は国定教科書の「作太郎は父に連れられて峠を……」という文句を何となく思い出したが、後の文句がどうしても頭に泛《うか》んで来なかった。見送るといって随《つ》いて来た文吉は、順平よ、わりゃ叔母さんの荷物持たんかいやとたしなめた。順平は信玄袋《しんげんぶくろ》を担いでいたが、左の肩が空いていたのだ。文吉の両肩には荷物があった。叔母はしかし、蜜柑の小さな籠《かご》を持っているだけで、それは金造が土産にくれたもの、何倍にもなってかえる見込がついていた。

岸和田の駅から引っ返す文吉が、じきに日が暮れて一人歩きは怖いこっちゃろと叔母は同情して五十銭くれると、文吉は、金はいらぬ、金造伯父《おじ》がわしの貯金帳こしらえてくれていると言って受取らず、帰って行った。そんなことがあるものか、文吉は金造に欺《だま》されている、今に思い知る時があるやろと、電車が動き出して叔母は順平に言った。はじめて乗る電車にまごついて、きょろきょろしている順平は、碌々《ろくろく》耳にはいらなかった。電車が難波に着くと、心にちょっとした張りがついた。大阪へ行ったらしっかりせんと田舎者やと笑われるぞと、兄らしくいましめてくれた文吉の言葉を想い出したのだ。

叔母の家についた。眩《まぼゆ》い電灯の光の下でさまざまな人に引き合わされたが、耳の奥がじーんと鳴り、人の顔がすーッと遠ざかって小さくなったり、いきなりでっかく見えたり、想いに反して呆然《ぼうぜん》としていた。しっかりしよと下腹に力をいれると差し込んで来て、我慢するのが大変だった。香奠返しや土産物を整理していた叔母が、順ちゃんよ、お前の学校行きの道具はと訊くと、すかさず、ここにあら。信玄袋から取り出してみせ、はじめて些《いささ》か得意であった。しかるに「ここにあら」がおかしいと嗤《わら》われて、それは叔母の娘で、尋常一年生だから自分より一つ年下の美津子さんだとあとで知った。美津子は蝨《しらみ》を湧かしていてポリポリ頭を掻《か》いていたが、その手が吃驚するほど白かった。

遅い夕飯が出された。刺身などが出されたから間誤《まご》ついて下をむいたまま黙々と食べ終り、漬物の醤油《しょうゆ》の余りを嘗《な》めていると、叔母は、お前は今日から丸亀の坊んちやよってそんなけちんぼな真似せいでもええと言い、そして女中の方を向いてわざとらしい泪《なみだ》を泛べた。酒をのんでいた叔父《おじ》が二ことと三こと喋《しゃべ》ると叔母は、猫の子よりましだんがナと言った。ふんと叔父はうなずいて、えらい瘦《や》せとおるが、こいでもこの年になりよるまで二石ぐらい米は喰《く》ろとるやろと言った。

さっぱりした着物を着せられたが、養子とは兄の文吉のようなものだと思っていた身に、何かしっくりしない気持がした。買喰いの銭を与えられると、不思議に思った。田舎の家は雑貨屋で、棒ねじ、犬の糞、どんぐりなどの駄菓子を商っているのに、手も出せなかったのだ。一と六の日は駒《こま》ヶ池《いけ》の夜店があり、丸亀の前にも艶歌師《えんかし》が立ったり、アイスクリン屋が店を張ったりした。二銭五厘ずつ貰って美津子と夜店に行く時は、帯の中に銅貨を巻き込んで、都会の子供らしい見栄《みえ》を張った。しかし、筍《たけのこ》を逆さにした形のアイスクリンの器をせんべいとは知らず、中身を嘗めているうちに器が破けてハッとし、弁償しなければならぬと蒼《あお》くなって嗤《わら》われるなど、いくら眼をキョロキョロさせていても、やはり以後堅く戒めるべき事が随分多かった。

ある日、銭湯へ行くとて家を出た。道分ってんのかとの叔母の声を聞き流して、分ってまんがナ。流暢《りゅうちょう》に出た大阪弁にはずみづけられてどんどん駆け出し、勢よく飛び込んでみると、おやッ！　明るいところから急に変った暗さの中にも、だいぶ容子《ようす》が違うとやがて気が付いて、わいは……、わいは……、あと声が出ず、いきなり引きかえしたが、そこは銭湯の隣の果物屋《あかもんや》の奥座敷で、中風で寝ているお爺《じい》がきょとんとした顔であと見送っていた。表へ出ると、ちょうど使いから帰って来た滅法背の高いそこの小僧に、なんぞ用だっかと問われ、いきなり風呂銭《ふろせん》に持っていた一銭銅貨を投げ出し、物も言わずに蜜柑を一つ掴《つか》んで逃げ出した。こともあろうにそれは一個三銭の蜜柑で、その時のせわしない容子がおかしいと、ちょくちょく丸亀の料理場へ果物を届けに来るその小僧があとで板場（料理人のこと）や女中に笑いながら話し、それが叔父叔母の耳にはいった。お前、えらいぼろい事したいうやないか。叔母にその事を言われると、順平はぺたりと畳に手をついて、もう二度と致しまへん。うなだれ、眼に涙さえ泛べた。滑稽《おちょけ》話の積《つも》りであった叔母は呆気にとられ、そんな順平が血のつながるだけにいっそいじらしく、また不気味でもあったので、何してんねんや、えらいかしこまって。そう言って、大袈裟《おおげさ》に笑い声を立てた。叱られているのではなかったのかと、ほっとすると、順平は媚《こ》びた笑いを黄色い顔に一杯浮べて、果物屋のお爺が坊《ぼ》ん坊んは何処さんの子供衆《し》や、学校何年やと訊いたなどと俄《にわ》かに饒舌《じょうぜつ》になった。が、果物屋のお爺というの、唖《おし》であり、間もなく息を引きとった。

　尋常五年になった。誰に教えられるともなく始めた寝る前の「お休み」がすっかり身についていた。色が黒いとて茶断ちしている叔母に面と向って色が白いとお世辞を言うことも覚えた。また、しょっちゅう料理場でうろうろしていて、叔父からあれ取れこれ取ってくれとちょっとした用事をいいつけられるのを待つという風であった。気をくばって家の容子を見ているうちに、板場の腕を仕込んで、行末《ゆくすえ》は美津子の聟《むこ》にし身代も譲ってもよいという叔父叔母の肚《はら》の中が読み取れていたからである。

叔父は生れ故郷の四日市《よっかいち》から大阪へ流れて来た時の所持金が僅《わず》か十六銭、下寺町の坂で立ちん坊をして荷車の後押しをしたのを振出しに、土方、沖仲仕、飯屋の下廻《したまわ》り、板場、夜泣きうどん屋、関東煮《かんとだき》の屋台などさまざまな職業を経て、今日、生国魂《いくたま》神社前に料理仕出し屋の一戸を構え、自分でも苦労人やと言いふらしているだけに、順平を仕込むのにも、一人前の板場になるにはまず水を使うことから始めねばならぬと、寒中に氷の張ったバケツで皿洗いをさせ、また二度や三度指を切るのも承知の上で、大根をむかせて、けん（刺身のつま）の切り方を教えた。庖丁《ほうちょう》が狂って手を切ると、まず、けんが赤《あこ》うなってるぜと言われた。手の痛みはどないやとも訊《き》いてくれないのを、十三の年では可哀想だと女子衆《おなごし》の囁《ささや》きが耳にはいるままに、やはり養子は実の子と違うのかと改めて情けない気持になった。

叔父叔母はしかし、順平をわざわざ継子《ままこ》扱いにはしなかった。そんな暇もないといった顔だった。奇体《けったい》な子供だと思っても、深く心に止めなかった。商売柄、婚礼料理、町内の運動会の弁当、念仏講の精進料理などの註文《ちゅうもん》が命だったから、近所の評判が大事だった。生国魂神社の夏祭には、良家の坊ん坊ん並みに御輿《みこし》担ぎの揃いの法被《はっぴ》もこしらえてくれた。そんな時には、美津子の聟《むこ》になれるという希望に燃えて、美津子を見る眼が貪慾《どんよく》な光を放ち、ぼんぼんみたいに甘えてやろ、大根を切る時庖丁振り舞わして立廻りの真似もしてみたろ、お菜の苦情言うてみたろ、叔父叔母はどんな顔するやろと思うのだったが、順平は実行しかねた。その頃、もう人に勘付かれたはずだが、やはり誰にも知られたくない一つの秘密、脱腸がそれと分るくらい醜くたれ下っていることに片輪者のような負目《ひけめ》を感じ、これあるがために自分の一生は駄目だと何か諦《あきら》めていた。想い出すたびに、ぎゃあーと腹の底から唸《うな》り声が出た。ぽかぽかぺんぺんうらうらうらと変な独言《ひとりごと》も呟《つぶや》いた。

ある日、美津子が行水をした。白い身体がすくっと立ちあがった。あっちィ行きィ。順平は身の置き場の無いような恥かしい気持になった。夜思い出すと、急に、ぽかぽかぺんぺんうらうらうら。念仏のように唱えた。美津子にはっきり嫌われたと蒼い顔で唱えた。近所のカフェから流行歌が聞えて来た。何がなし郷愁をそそられ、文吉のことなども想い出し泣いたろ、そう思うと、するする涙がこぼれて来て存分に泣いた。二度と見ない決心だったが、あくる日、美津子が行水していると、そわそわした。そんな順平を仕込んだのは板場の木下である。

板場の木下は、東京で牛乳配達、新聞配達、料理屋の帳場などしながら苦学していたが、大震災に遭《あ》い、大阪へ逃げて来たと言った。汚い身装《みな》りで雇われて来た日、一緒に銭湯へ行ったが、木下が小さい巾着《きんちゃく》を覗《のぞ》いて一枚一枚小銭を探し出すのを見て同情した。震災のとき火の手を逃れて隅田川《すみだがわ》に飛び込んで泳いだ、袴《はかま》をはいた女学生も並んで泳いでいたが、身につけているものが邪魔になってとうとう溺死《できし》しちゃったという木下の話を聞くと、順平は訳もなく惹《ひ》き付けられ、好きになった。大阪も随分揺れたことだろうなと、長い髪の毛にシャボンをつけながら木下が問うと、えらい揺れたぜと順平はいい、こまごま説明したが、その日揺れ出した途端まだ学校から退《ひ》けて来ない美津子のことに気がつくと、悲壮な表情を装いながら学校へ駆けつけ、地震怖かったやろ、そう言って美津子の手を握ったら、なんや、阿呆《あほ》らしい、地震みたいなもん、ちょっとも怖いことあーらへんわ、そして握られた手はそのままだったが、奇体《けったい》な順ちゃん、甚平《じんべい》さん（助平のこと）と言われて随分情けなかったなどとは、さすがに言わなかった。

女学生の袴が水の上にぽっかりひらいて……という木下の話は順平の大人を眼覚ました。弁護士の試験を受けるために早稲田の講義録を取っているという木下は、道で年頃の女に会うときまって尻振《しりふ》りダンスをやった。順平も尻を振って見せ、げらげら笑い、そして素早くあたりを見廻《みまわ》した。

ある時、気がついてみると、こともあろうに女中部屋にたたずんでいた。あくる日、千日前で「海女《あま》の実演」という見世物小屋にはいり、海女の白い足や晒《さらし》を巻いた胸のふくらみをじっと見つめていた。そしてまた、ちがった日には、「ろくろ首」の疲れたような女の顔にうっとりとなっていた。十六になっていた。二皮目《ふたかわめ》だから今に女泣かせの良い男になると木下に無責任な褒め方をされて、もう女学生になっていた美津子の鏡台からレートクリームを盗み出し顔や手につけた。匂いを勘づかれぬように、人の傍に寄らぬことにした。が、知れて、美津子の嘲笑を買ったと思った。二皮目だと己惚《うぬぼ》れて鏡を覗くと、兄の文吉に似ていた。眼が斜めに下っているところ、おでこで鼻の低いところ、顔幅が広くて顎《あご》のすぼんだところ、そっくりであった。ひとの顔を注意してみると、皆自分よりましな顔をしていた。硫黄の匂いする美顔水をつけて化粧してみても追っつかないと思い諦めて、やがて十九になった。数多くある負目《ひけめ》の上に容貌《ようぼう》のことで、いよいよ美津子に嫌われるという想いが強くなった。

ただ一途《いちず》にこれのみと頼りにしている板場の腕が、この調子で行けば結構丸亀の料理場を支えて行けるほどになったのを、叔父叔母《おじおば》は喜び、当人もその気でひたすらへり下って身をいれて板場をやっている忠実めいた態度がしかし美津子にはエスプリがないと思われて嫌に思っていたのだった。容貌は第二でその頃学校の往きかえりに何となく物を言うようになった関西大学専門部の某生徒など、随分妙な顔をしていた。しかし、この生徒はエスプリというような言葉を心得ていて、美津子は得るところ少くなかった。∛《ルートサン》と封をした手紙をやりとりし、美津子の胸のふくらみが急に目立って来たと順平にも判った。うかうかと夜歩きを美津子はして、某生徒に胸を押えられ、ガタガタ醜悪に震えた。生国魂神社境内の夜の空気にカチカチと歯の音が冴《さ》えるのであった。やがて、思いが余って、捨てたらいいやしと美津子は乾燥した声でいい、捨てられた。

日が経ち、妊娠していると親にも判った。女学校の卒業式をもう済ませていることで、両親は赤新聞の種にならないで良かったと安堵《あんど》した。ある夜更け美津子の寝室の前に佇《たたず》んでいたと言われて、嫌疑は順平にかかった。順平はなぜか否定する気にもならなかったが、しかし、美津子を見る目が恨みを呑《の》んだ。雨の夜、ふらふらと美津子の寝顔に近づいたが、やはり無暴だった。美津子の眼は白く冴えて、怖しく、狂暴な血が一度にひいた。

丸亀夫婦は美津子から相手は順平でないと告げられると、あわてて、頗《すこぶ》る改って順平を長火鉢の前へ呼び寄せ、不束《ふつつか》な娘やけど、貰《もら》ってくれといった。順平はハッと両手をついて、ありがとうございますと、かねてこの事あるを予期していた如き挨拶《あいさつ》であった。見れば、畳の上にハラハラと涙をこぼし眼をこすりもしないで、芝居がかった容子《ようす》であるから、丸亀夫婦も舞台に立ったような思入れを暫時《ざんじ》した。一杯行こうと叔父の差し出す盃《さかずき》を順平はかしこまって戴《いただ》き、呑み乾《ほ》して返す。それだけの動作の間にも、しーんとした空気が張っていた。その空気が破れたかと思うと、順平は、阿呆の自分にもこれだけは言わして欲しい言葉、けれど美津子さんは御承諾のことでっかと、律義めいた問い方をした。尼になる気持で……などと言うたら口を縫い込むぞと言い聴かされていた美津子は、いけしゃあしゃあと、わてとあんたは元から許嫁《いいなずけ》やないのと言った。両親《ふたおや》はさすがに顔をしかめたが、順平はだらしなくニコニコして胸を張り、想いの叶《かな》った嬉《うれ》しさがありありと態度に出た。いやらしい程機嫌を誰彼にもとった。阿呆ほど強いもんはないと、叔母はさすがに炯眼《けいがん》だった。

婚礼の日が急がれた。美津子の腹が目立たぬうちにと急がれたのだ。暦を調べると、良い日は皆目なかったので、迷った挙句、仏滅の十五日を月の中の日で仲が良いとてそれに決められた。婚礼の日六貫村の文吉は朝早くから金造の家を出て、柿の枝を肩に担いで二里の道歩いて、岸和田から南海電車に乗った。難波の終点に着いたのは正午頃だったが、大阪の町ははじめてのこと故、小一里《こいちり》もない生国魂神社前の丸亀の料理場に姿を現わしたのは、もう黄昏《たそがれ》どきであった。

その日の婚礼料理に使うにらみ鯛《だい》を焼いていた順平が振り向くと、文吉がエヘラエヘラ笑って突っ立っていた。十年振りの兄だが少しも変っていないのですぐ分って、兄よ、わりゃ来てくれたんかと順平は団扇《うちわ》をもったまま傍へ寄った。白い料理着をきている順平の姿が文吉には大変立派に見え、背も伸びたと思えたので、そのことを言った。順平は料理場用の高下駄《たかげた》をはいているので高く見えたのだった。二十二歳の文吉は四尺七寸しかなかった。順平は九寸ぐらいあった。順平は柿をむいて見せた。皮がくるくると離れ、漆喰《しっくい》に届いたので文吉は感心し、褒めた。

その夜、婚礼の席がおひらきになる頃、文吉は腹が痛み出した。膳《ぜん》のものを残らず食い、酒ものんだからだった。かねが蛔虫《かいちゅう》を湧かしていたのである。便所に立とうとすると、借着の紋附の裾《すそ》が長すぎて、足にからまった。倒れて、そのまま、痛い痛いとのた打ちまわった。別室に運ばれ、医者を迎えた。腸から絞り出して、夜着を汚した。臭気の中で順平は看護した。やっと落ちついて文吉が寝いると、順平は寝室へ行った。夜も更けていて、もう美津子は寝込んでいた。だらしなく手を投げ出していた。ふと気が付いてみると、阿呆んだら。突きとばされていた。

あくる朝、文吉の腹痛はけろりと癒《なお》った。早《はよ》う帰らんと金造に叱られると言ったので、順平は難波まで送って行った。源生寺坂《げんしょうじ》を降りて黒門市場を抜け、千日前へ行き出雲屋へはいった。また腹痛になるとことだと思ったが、やはり田舎で大根や葉っぱばかり食べている文吉にうまいものを食べさせてやりたいと、順平は思ったのだ。二円ほど小遣いを持っていたので、まむしや鮒《ふな》の刺身を註文《ちゅうもん》した。一つには、出雲屋の料理はまむしと鮒の刺身ときも吸のほかはまずいが、さすが名代《なだい》だけあって、このまむしのタレや鮒の刺身のすいそだけは他処《よそ》の店では真似が出来ぬなど、板場らしい物の言振りをしたかったのだ。文吉はぺちゃくちゃと音をさせて食べながら、おそで（継母《ままはは》）の連子の浜子さんは高等科を卒業して今は大阪の大学病院で看護婦をしているそうでえらい出世であるが、順平さんのお嫁さんは浜子さんより別嬪《べっぴん》さんである、俺は夜着の中へ糞《くそ》して情けない兄であるが、かんにんしてくれと言った。聴けば、金造は強慾《ごうよく》で文吉を下男のように扱い、それで貯金帳を作ってやっているというのも嘘らしく、その証拠に、この間も村雨羊羹《むらさめようかん》を買うとて十銭盗んだら、折檻《せっかん》されて顔がはれたということだ。そんな兄と別れて帰る途々《みちみち》、順平は、たとえ美津子に素気なくされ続けても、我慢して丸亀の跡を継ぎ、文吉を迎えに行かねばならぬと思った。癖で興奮して、出世しようしようと反り身になって歩き、下腹に力をいれると、いつもより差込み方がひどかった。

名ばかりの亭主《じ》で、むなしく、日々が過ぎた。一寸の虫にも五分の魂やないか、いっそ冷淡に構えて焦らしてやる方が良いやろと、ことを察した板場の木下が忠告してくれたが、そこまでの意気も思索も泛《うか》ばなかった。わざと順平の子だと言いならして、某生徒の子供が美津子の腹から出た。好奇心で近寄ったが、順平は産室に入れてもらえなかった。しかし、産婆は心得て順平に産れたての子を渡した。抱かされて覗《のぞ》いてみると、鼻の低いところなど自分に似ているのだ。本当の父親も低かったのだが。

近所の手前もあり、いいつけられて風呂《ふろ》へ抱いて行ったりしているうちに、何故か赤ん坊への愛情が湧いて来た。しかし赤ん坊は間もなく死んだ。風呂の湯が耳にはいった為だと医者が言った。それで、わざと順平がいれたのであろうという忌わしい言葉が囁《ささや》かれた。ある日、便所に隠れてこっそり泣いていると、木下がはいって来て、今まで言おう言おうと思っていたのだが……とはじめてしんみり慰めてくれた。そうして木下は、僕はもうこんな欺瞞《ぎまん》的な家には居らぬ決心したと言った。木下は、四十にはまだだいぶ間があるというものの、髪の毛も薄く、弁護士には前途遼遠《りょうえん》だった。性根を入れていないから、板場の腕もたいしたものにはならず、実は何かと嫌気がさしていたのだ。馴染《なじ》みの女給が近ごろ東京へ行った由《よし》きいたので、後を追うて行きたいと思っていた。その女給に通うために丸亀に月給の前借が四ヶ月分あるが、踏み倒す魂胆であった。

その夜、二人でカフェへ行った。傍へ来た女の安香水の匂いに思いがけなく死んだ父のことを思い出し、しんみりしている順平の容子を何と思ったか、木下は耳に口を寄せて来て、この女子《おなご》は金で自由になる、世話したげよか。順平は吃驚《びっくり》して、金は出しまっさかい、木下はんあんた口説きなはれ、あんたに譲りまっさ。いつか、そんな男になっていた。脱腸をはじめ、数えれば切りのない多くの負目《ひけめ》が、皮膚のようにへばりついていたのだ。

二

文吉は夜なかに起されると、大八車に筍《たけのこ》を積んだ。真暗がりの田舎道を、提灯《ちょうちん》つけて岸和田まで牽《ひ》いて行った。轍《わだち》の音が心細く腹に響いた。次第に空の色が薄れて、岸和田の青物市場に着いた時は、もう朝であった。筍を渡すと、三十円くれた。腹巻の底へしっかり入れて、ちょいちょい押えてみんことにゃと金造に言われたことを思い出し、そのようにした。ふと、これだけの金があれば大阪へ行ってまむしや鮒の刺身が食えると思うと、足が震えた。空《から》の車をガラガラ牽いて岸和田の駅まで来ると、電車の音がした。車を駅前の電柱にしばりつけて、大阪までの切符を買い、プラットフォームに出た。電車が来るまで少し間があった。そわそわして決心が鈍って来るようで、何度も便所へ行きたくなった。便所から出て来ると電車が来たので慌てて乗った。動き出してうとうと眠った。車掌に揺り動かされて眼を覚すと、難波ァ、難波終点でございまァーす。早《はよ》う着いたなァと嬉しい気持で構内をちょこちょこ走りし、日射しの明るい南海道をまっすぐ出雲屋の表へ駆けつけると、まだ店が開いていなかった。千日前は朝で、活動小屋の石だたみがまだ濡《ぬ》れていた。きょろきょろしながら活動写真の絵看板を見上げて歩いた。頸筋《くびすじ》が痛くなった。道頓堀の方へ渡るゴーストップで駐在さんにきびしい注意を受けた。道頓堀から戎橋を渡り心斎橋筋を歩いた。一軒一軒飾窓を覗きまわったので疲れ、引きかえして戎橋の上で佇《たたず》んでいると、橋の下を水上警察のモーターボートが走って行った。後から下肥《しもごえ》を積んだ船が通った。ふと六貫村のことが聯想《れんそう》され、金造の声がきこえた。わりゃ、伊勢乞食《いせこじき》やぞ、杭《くい》（食い）にかかったらなんぼでも離れくさらん。にわかに空腹を感じて、出雲屋へ行こうと歩き出したが方角が分らなかった。人に訊《き》くにも誰に訊いて良いか見当つかず、何となく心細い気持になった。中座の前で浮かぬ顔をして絵看板を見上げていると、活動の半額券を買わんかと男が寄って来た。半額券を買うとは何の事か訳が知れなかったから、答えるすべもなかったが、これ倖《さいわ》いと、ちょっくら物を訊《たず》ねますが、出雲屋は。この向いやと男は怒った様な調子で言った。振り向くと、なるほど看板が掛っている。が、そこは順平に連れてもらった店と違うようだ。出雲屋が何軒もあるとは思えなかったから、狐につままれたと思った。しかし、鰻《うなぎ》を焼く匂いにはげしく誘われて、ままよとはいり、餓鬼のように食べた。勘定を払って出ると、まだ二十七円と少しあった。中座の隣に蓄音器屋があった。蓄音器屋の隣に食物屋があった。蓄音器屋と食物屋の間に、狭苦しい路地があった。そこを抜けるとお寺の境内のようであった。左へ出ると、楽天地が見えた。あそこが千日前だと分った嬉《うれ》しさで早足に歩いた。楽天地の向いの活動小屋で喧《やかま》しくベルが鳴っていたので、何か慌てて切符を買った。まだ出し物が始っていなかったから、拍子抜けがし、緞帳《どんちょう》を穴の明くほど見つめていた。客の数も増え、いよいよ始った。ラムネを飲み、フライビンズをかじり、写真が佳境にはいって来ると、よう、よう！　ええぞ！　とわめいて四辺《あたり》の人に叱られた。美しい女が猿ぐつわをはめられる場面が出ると、だしぬけに、女への慾望《よくぼう》が起った。小屋を出しなに勘定してみたら、まだ二十六円八十銭あった。大阪には遊廓《ゆうかく》があるといつか聴いたことを想い出した。そこでは女が親切にしてくれるということだ。えへらえへら笑いながら、姫買いをする所はどこかと道通る人に訊ねると、早熟《ませ》た小せがれやナ、年なんぼやねンと相手にされなかった。二十三だと言うと、相手は本当に出来ないといった顔だったが、それでも、自動車に乗れと親切に言ってくれた。生れてはじめての自動車で飛田遊廓の大門前まで行った。二十六円十六銭。廓《くるわ》の中をうろうろしていると、攌《つかま》えられ、するすると引き上げられた。ぼうっとしているうちに十円とられて、十六円十六銭。妓《おんな》の部屋で、盆踊りの歌をうたうと、良《え》え声やワ、もう一ペン歌いなはれナ。褒められていっそう声張りあげると、あちこちの部屋で、客や妓が笑った。ねえ、ちょっと、わてお寿司《すし》食べたいワ、何ぞ食べへん？　食べましょうよ。擦り寄られ、よっしゃ。二人前取り寄せて、十一円十六銭。食べているうちに、お時間でっせと言いに来た。帰ったら嫌やし、もっと居てえナ。わざと鼻声で、言われると、よう起きなかった。生れてはじめて親切にされるという喜びに骨までうずいた。又線香つけて、最後の十円札の姿も消えた。妓はしかしいぎたなく眠るのだった。おいと声を掛けて起す元気もない。ふと金造の顔が浮び、おびえた。帰ることになり、階段を降りて来ると、大きな鏡に、妓と並んだ姿がうつった。ひねしなびて四尺七寸の小さな体が、いっそう縮まる想いがした。送り出されて、もう外は夜であった。廓の中が真昼のように明るく、柳が風に揺れてい五十銭で書生下駄を買った。一円六十銭。鼻緒がきつくて足が痛んだがそれでもカラカラと音は良かった。いっぺん被《かぶ》ってみたいと思っていた鳥打帽子を買った。おでこが隠れて、新しい布の匂がプンプンした。胸すかしを飲んだ。三杯まで飲んだが、あと咽喉《のど》へ通らなかった。一円十銭。うどん屋へはいり、狐うどんとあんかけうどんをとった。どちらも半分食べ残した。九十二銭。新世界を歩いていたが、絵看板を見たいともはいってみたいとも思わなかった。薬屋で猫××を買い天王寺公園にはいり、ガス灯の下のベンチに腰掛けていた。十銭白銅四枚と一銭銅貨二枚握った手が、びっしょり汗をかいていた。順平に一眼会いたいと思った。が、三十円使い込んだ顔が何で会わさりょうかと思った。岸和田の駅で置き捨てた車はどうなっているか。提灯に火をいれねばなるまい。金造なんか怖くないと思った。ガス灯の光が冴《さ》えて夜が更けた。動物園の虎の吼声が聞えた。叢《くさむら》の中にはいり、猫××をのんだ。空が眼の前に覆いかぶさって来て、口から白い煙を吹き出し、そして永い間のた打ち廻《まわ》っていた。

三

夜が明けて、文吉は天王寺市民病院へ担ぎ込まれた。雑魚場《ざこば》から帰ったままの恰好《かっこう》で順平が駆けつけた時は、むろん遅かった。かすかに煙を吹き出していたようだったと看護婦から聴いて、順平は声をあげて泣いた。遺書めいたものもなかったが、腹巻の中にいつぞや出した古手紙が皺《しわ》くちゃになってはいっていたため、順平に知らせがあり、せめて死顔でも見ることが出来たとは、やはり兄弟のえにしだと言われて順平は、どんな事情か判らぬが、よくよく思いつめる前に一度訪ねてくれるなり、手紙くれるなりしてくれれば、何とか救う道もあったものをと何度も何度も繰り返して愚痴った。病院の食堂で玉子丼を顔を突っ込むようにして食べていると、涙が落ちて、何がなし金造への怒りが胸を締めつけて来た。

　が、村での葬式を済ませた時、ふと気が付いてみると、やはり、金造には恨みがましい言葉は一言もいわなかったようだった。くどく持ち出された三十円の金を、弁償いたしますと大人しく出て、すごすごと大阪へ戻って来るとちょうどその日は婚礼料理の註《ちゅ》文《うもん》があって目出度《めでた》い目出度いと立ち騒いでいる家へ料理を運び、更《おそ》くまで居残ってそこの台所で吸物の味加減をなおしたり酒の燗《かん》の手伝いをしたりした挙句、祝儀袋を貰《もら》って外へ出ると皎々《こうこう》たる月夜だった。下寺町から生国魂神社への坂道は人通りもなく、登って行く高下駄の音、犬の遠吠《とおぼ》え……そんな夜更けの町の寂しさに、ふと郷愁を感じ、兄よ、わりゃ死んだナ。振舞酒の酔いも手伝って、いきなり引き返し、坂道を降りて道頓堀へ出ると、足は芝居裏の遊廓へ向いた。殆《ほと》んど表戸を閉めている中に一軒だけ、遣手《やりて》婆《ばばあ》が軒先で居眠りしている家を見つけ、登席《あが》った。客商売に似合わぬ汚い部屋でぽつねんと待っていると、おおけにと妓がはいって来た。

むせるような臭気が鼻をつくと、順平には、この妓をと、嘘のように思われた。しかし、本能的に女に拒まれるという怖れから、肩にさわるのも躊躇《ちゅうちょ》され、まごまごしている内に、妓は眠ってしまった。いびきを聴いていると、美津子の傍でむなしく情けない想いをした日々のことが聯想された。

朝、丸亀へ帰る途々《みちみち》、叔父叔母《おじおば》に叱られるという気持で心が暗かったが、ふと丸亀から逐電しようと心を決めると、ほっとした。家へ帰り、どないしてたんや、家あけてという声をきき流して、あちこちで貰う祝儀をひそかに貯めて二百円ほどになっている金を取り出し、着替えした。飛び出すんやぞ、二度と帰らへんのやぞという顔で叔父叔母や美津子を睨《にら》みつけたが、察してはくれなかったようだ。それと気付いて引き止めてくれるなり、優しい言葉を掛けてくれるなりしてくれたら思い止《とど》まりたかったが、肚《はら》の中を読んでくれないから随分張合がなく、暫《しばら》くぐずついていたが、結局、着物を着替えたからには飛び出すより仕方ない、そんな気持でしょんぼり家を出た。

あとで、叔母は悪い奴にそそのかされて家出しよりましてんと言いふらした。家出という言葉が好きであった。叔父は身代譲ったろうと思《おも》てたのに、阿呆《あほ》んだらめがと、これは本音らしかった。美津子は、当分外出もはばかられるようで、何かいやな気がして、ふくれていた。また、順平に飛び出されてみると体裁も悪いが、しかし、ほんの少し心淋《さび》しい気持も持った。しつこく迫っていた順平に、いつかは許してもよいという気が或いは心の底にあったのではないかと思われて、しかしこれは余りに滑稽《こっけい》な空想だとすぐ打ち消した。

順平は千日前金刀比羅《ことひら》裏の安宿に泊った。どういう気持で丸亀を飛び出したのか自分でも納得出来ず、所詮《しょせん》は狂言めいたものかも知れなかった。紺絣《こんがすり》の着物を買い、良家の坊ん坊んみたいにぶらぶら何の当てもなく遊びまわった。昼は千日前や道頓堀の活動小屋へ行った。夜は宿の近くの喫茶バー「リリアン」で遊んだ。リリアンで五円、十円と見る見る金の消えて行くことに身を切られるような想いをしながら、それでも、高峰さん高峰さんと姓を呼ばれるのが嬉しくて、女給たちのたかるままになっていた。

ある夜、わざと澄まし雑煮を註文し、一口飲んでみて、こんな下手な味つけで食えるかいや、吸物というもんはナ、出し昆布の揚げ加減で味いうもんが決るんやぜと浅はかな智慧《ちえ》を振りまいていると、髪の毛の長い男がいきなり傍へ寄って来て、あんさんとは今日こんお初にござんす、野郎若輩ながら軒下三寸を借り受けましての仁義失礼さんにござんすと、場違いの仁義でわざとらしいはったりを掛けて来た。順平が真蒼《まっさお》になってふるえていると、女給がいきなり、高峰さん煙草買いましょう、そう言って順平の雑魚場行きのでかい財布を取り出して、あけた。男は覗《のぞ》いて見て、にわかに打って変ってえらい大きな財布でんナと顔じゅう皺だらけに笑い出し、まるで酔っぱらったようにぐにゃぐにゃした。男はオイチョカブの北田と言い、千日前界隈《かいわい》で顔の売れたでん公であった。

オイチョカブの北田にそそのかされて、その夜新世界の或る家で四、五人のでん公と賭博《とばく》をした。インケツ、ニゾ、サンタ、シスン、ゴケ、ロッポー、ナキネ、オイチョ、カブ、ニゲなどと読み方も教わり、気の無い張り方をすると、「質屋《ヒチヤ》の外に荷《ニ》が降り」とカブが出来、金になった。生まれてはじめてほのぼのとした勝利感を覚え、何かしら自信に胸の血が温った。が、続けて張っているうちに結局はあり金全部とられてしまい、むろんインチキだった。けれど、そうと知っても北田になじる気は起らなかった。あくる日、北田は又《かねまた》でシチューと半しまを食わせてくれた。おおけに御馳走《ごっそ》さんと頭を下げる順平を、北田はさすがに哀れに思ったか、どや、いっちょう女を世話したろか、と言ってくれた。リリアンの小鈴に肩入れしてけっかんのやろと図星を指されてぽうっと赧《あか》くなり一途《いちず》に北田が頼しかったが、肩入れはしてるんやけどナ、わいは女にもてへんよって、兄貴、お前わいの代りに小鈴をものにしてくれよ。そういう態度はいつか木下に言った時と同じだったが、北田は既に小鈴をものにしているだけに、かえって気味が悪かった。

オイチョカブの北田は金がなくなると本職にかえった。夜更けの盛り場を選んで彼の売る絵は、こっそり開いてみると下手な西洋の美人写真だったり、義士の討入りだったりする。絶対にインチキとは違うよ、一見胸がときめいてなどと、中腰になってわざと何かを怖れるようなそわそわした態度で早口に喋《しゃべ》り立て、仁が寄って来ると、まず金を出すのがサクラの順平だった。絵心のある北田は画を引きうつして売ることもある。そんな時はその筋の眼はいっそうきびしい。サクラの順平もしばしば危い橋を渡る想いに冷《ひや》っとしたが、それだけにまるで凶器の世界にはいった様な気持で歩き振りも違って来た。

気の変り易い北田は売屋《ばいや》をやることもあった。天満《てんま》京阪《けいはん》裏の古着屋で一円二十銭出して大阪××新聞の法被《はっぴ》を着込み、売るものはサンデー毎日や週刊朝日の月遅れ、または大阪パックの表紙の発行日を紙ペーパーでこすり消したもの、三冊十五銭で如何《いか》にも安いと郊外の住宅を戸別訪問して泣きたんで売り歩く。かと思うと、キング、講談倶楽部《くらぶ》、富士、主婦の友、講談雑誌の月遅れ新本五冊とりまぜて五十銭、これは主に戎橋通の昼夜銀行の前で夜更けて女給の帰りを当て込むのだ。仕入先は難波の元屋で、そこで屑値《くずね》で買い集めた古本を剝《は》がして、連絡もなく乱雑に重ねて厚みをつけもっともらしい表紙をつけ、縁を切り揃えて、月遅れの新本が出来上る。中身は飛び飛びの頁《ページ》で読まれたものでないから、その場で読めぬようあらかじめセロファンで包んでおくと、如何《いか》にも新本だ。順平はサクラになったり、時には真打になったり、夜更けの商売で、顔色も凄《すご》く蒼白《あおじろ》んだ。儲けの何割かをきちんきちんとくれるオイチョカブの北田を順平は几帳面《きちょうめん》な男だと思い、ふと女心めいたなつかしさを覚えていた。

ある日、北田は賭博の元手も無し売屋も飽いたとて、高峰どこぞ無心の当てはないやろか。と言ったその言葉の裏は、丸亀へ無心に行けだとは順平にも判ったが、そればっかりはと拝んでいるうちに、ふと義姉《あね》の浜子のことを頭に泛べた。阪大《はんだい》病院で看護婦をしていると、死んだ文吉が言っていた。訪ねて行くと、背丈も伸びて綺麗《きれい》な一人前の女になっている浜子は、順平と知って瞬間あらとなつかしい声をあげたが、どうみてもまっとうな暮しをしているとは見えぬ順平の恰好を素早く見とってしまうと、にわかに何気ない顔をつくろい、どこぞお悪いんですの。患者に物言うように寄って来て、そして目交《めまぜ》で病院の外へ誘い出した。玉江橋《たまえばし》の畔《ほとり》で、北田に教ったとおり、訳は憚《はばか》るが実は今は丸亀を飛び出して無一文、朝から何も食べていないと無心すると、赤い財布からおずおずと五円札出してくれた。死んだ文吉のことなどちょっと立話した後、浜子は、短気を出したら損やし、丸亀へ戻って出世して六貫村へ錦《にしき》を飾って帰らんとあかんしと意見した。順平はそうや、そうやと思うと、急に泣いたろという気持がこみ上げて来てぼろぼろと涙をこぼし、姉やん、出世しまっせ、今の暮しから足を洗《あろ》うて真面目にやりまっさと言わなくても良いことまで言っていると、無性に興奮して来て拳《こぶし》をかため体を震わせ、うつ向いていた顔をきっとあげると、汚い川水がかすんだ眼にうつった。浜子が小走りに病院の方へ去ってしまうと、どこからかオイチョカブの北田が現われて来て、高峰お前なかなか味をやるやないか、泣きたんがあない巧《うま》いこと行くテ相当なわるやぞと褒めてくれたが、順平はきょとんとしていた。その金は直ぐ賭博に負けて取られてしまった。

ある日、美津子が近々聟《むこ》を迎えるという噂を聴いた。翌日、それとなく近所へ容子を探りに行くと本当らしかった。その足で阪大病院へ行った。泣きたんで行けという北田の忠告を俟《ま》つまでもなく、意見されると、存分に涙が出た。五円貰《もら》った。その内一円八十銭で銘酒一本買ってお祝、高峰順平と書いて丸亀へ届けさせ、残りの金を張ると、阿呆に目が出ると愛想をつかされるほど目が出た。

北田と山分けし、見送られて梅田の駅から東京行きの汽車に乗った。美津子が聟をとるときいては大阪の土地がまるで怖いもののように思われたのと、一つには出世しなければならぬという想いにせき立てられたのだ。東京には木下がいるはずで、丸亀にいる頃、一度遊びに来いとハガキを貰ったことがあった。

東京駅に着き、半日掛って漸《ようや》く荒川《あらかわ》放水路近くの木下の住いを探し当てた。弁護士になっているだろうと思ったのに、其処《そこ》は見るからに貧民街で、木下は夜になると玉ノ井へ出掛けて焼鳥の屋台店を出しているのだった。木下もやがて四十で、弁護士になることは内心諦《あきら》めているらしく、彼の売る一本二銭の焼鳥は、ねぎが八分で、もつが二分、酒、ポートワイン、泡盛、ウイスキーなど、どこの屋台よりも薄かった。木下は毎夜緻《ち》密《みつ》に儲の勘定をし、儲けの四割で暮しを賄い、他の四割は絶対に手をつけぬ積立貯金にし、残りの二割を箱に入れ、たまるとそれで女を買うのだった。

木下が女と遊んでいる間、順平は一人で屋台を切り廻《まわ》さねばならなかった。どぶと消毒薬の臭気が異様に漂うていて、夜が更けると大阪では聞き馴《な》れぬあんまの笛が物悲しく、月の冴《さ》えた晩人通りがまばらになると殺気が漲《みなぎ》っているようだった。大阪のでん公《あん》と比べものにならぬほど歯切れの良い土地者が暖簾《のれん》をくぐると、どぎまぎした。兄ちゃんは上方だねといわれると、へえ、そうでんねと揉手《もみで》をし、串《くし》の勘定も間違いがちだった。それでも臓物の買出しから、牛丼の御飯の炊出し、鉢洗い、その他気のつく限りのことを、遊んでいろという木下の言葉も耳にはいらぬ振りして小まめに働いていたが、ふと気がついてみると、木下は自分の居候していることを嫌っているようであった。遠廻しに、君はこんなことをしなくても良い立派な腕をもっているじゃないかと木下はいい、どこか良い働き口を探して出て行ってくれという木下の肚《はら》の中は順平にも読み取れた。木下は順平が来てからの米の減り方に身を切られるような気持がしていたのだ。けれども順平はどんな苦労も厭《いと》いはしないが、いまはあの魚の腸《はらわた》の匂いがしみこんだ料理場の空気というものは、何としてもいやだった。丸亀の料理場を想い出すからであった。そんな心の底に、美津子のことがあった。

しかし、結局は居辛《いづら》くて、浅草《あさくさ》の寿司屋《すしや》へ住込みで雇われた。やらせて見ると一人前の腕を持っているが、二十三とは本当に出来ないほど頼りない男だと見られて、それだけに使い易いからと追廻《まわ》しという資格であった。あがりだよ。へえ。さびを擦りな。へえ。皿を洗いな。よろしおま。目の廻るほど追いまわされた。わさびを擦っていると、涙が出て来て、いつの間にかそれが本当の涙になりシクシク泣いた。出世する気で東京へ来たというものの、末の見込みが立とうはずもなかった。

ある夜、下腹部に急激な痛みが来て、我慢し切れなく、休ませて貰い天井の低い二階の雇人部屋で寝ころんでいるうちに、体が飛び上るほどの痛さになり、痛ァい！　痛ァい！　と呶鳴《どな》った。

声で吃驚《びっくり》して上って来た女中が土色になった顔を見ると、あわてて医者を呼びに行った。脱腸の悪化で、手術ということになった。十日余り寝た切りで静養して、やっと起き上れるようになった時、はじめて主人が、身寄りの者はないのかと訊《たず》ねた。大阪にありますと答えると、大阪までの汽車賃にしろと十円くれた。押しいただき、出世したらきっと御恩返しは致しますと、例によって涙を流し、きっとした顔に覚悟の色も見せて、そして、大阪行きの汽車に乗った。

夕方、梅田の駅に着きその足で「リリアン」へ行った。女給の顔触れも変っていて、小鈴は居なかった。一人だけ顔馴染《かおなじ》みの女が小鈴は別府《べっぷ》へ駈落《かけお》ちしたといった。相手は表具屋の息子で、それ、あんたも知ってるやろ、タンチー一杯でねばって、その代りチップは三円もくれてた人や。気がつけば、自分も今はタンチー一杯註文《ちゅうもん》しているだけだ。一本だけと酒をとり、果物《フルーツ》をおごってやって、オイチョカブの北田のことを訊《き》くと、こともあろうに北田は小鈴の後を追うて別府へ行ったらしい。勘定払って外へ出ると、もう二十銭しかなかった。夜の町をうろうろ歩きまわり、戎橋の梅ヶ枝《うめがえ》で狐《し》うどんをたべ、バットを買うと、一銭余った。夜が更けると、もう冬近い風が身に沁みて、鼻が痛んだ。暖いところを求めて難波の駅から地下鉄の方へ降りて行き、南海高島屋《たかしまや》地階の鉄扉の前にうずくまっていたが、やがてごろりと横になり、いつか寝込んでしまった。

朝、生国魂神社の鳥居のかげで暫《しばら》く突っ立っていたが、やがて足は田蓑橋《たみのばし》の阪大病院へ向った。当てもなく生国魂まで行ったために空腹はいっそうはげしく、一里の道は遠かった。途々《みちみち》、何故丸亀へ無心に行かなかったのかと思案したが、理由は納得出来なかった。病院へ訪ねて行くと、浜子は今度は眼に泪《なみだ》さえ泛《うか》べて、声も震えた。薄給から金をしぼり取られて行くことへの悲しさと怒りからであったが、しかし、そうとばかり言い切れないほど順平は見窄《みすぼ》らしい恰好《かっこう》をしていた。言うも甲斐《かい》ない意見だったが、やはり、私に頼らんとやって行く甲斐性を出してくれへんのかとくどくど意見し、七円恵んでくれた。懐からバットの箱を出し、その中に金を入れて、しまいこみながら、涙を出し、また、にこにこと笑った。浜子と別れるとあまい気持があとに残り、もっともっと意見して欲しい気持だった。玉江橋の近くの飯屋へはいって、牛丼を註文した。さすが大阪の牛丼は本物の牛肉を使っていると思った。木下の屋台店で売っていた牛丼は繊維《すじ》が多く、色もどす赤い馬肉だった。食べながら、別府へ行けば千に一つ小鈴かオイチョカブの北田に会えるかも知れぬと、ふと思った。

天保山《てんぽうざん》の大阪商船待合所で別府までの切符を買うと、八十銭残ったので、二十銭で餡《あん》パンを買って船に乗った。船の中で十五銭毛布代をとられて情けない気がしたが、食事が出た時は嬉《うれ》しかった。餡パンで別府まで腹をもたす積りだった。小豆島《しょうどしま》沖合の霧で船足が遅れて、別府湾にはいったのはもう夜だった。山の麓《ふもと》の灯が次第に迫って来て、突堤でモリナガキャラメルのネオンサインが点滅した。

船が横づけになり、桟橋にぱっと灯がつくと、あッ！　順平の眼に思わず涙がにじんだ。旅館の法被《はっぴ》を羽織り提灯《ちょうちん》をもったオイチョカブの北田が、例の凄《すご》みを帯びた眼でじっとこちらを睨《にら》んでいたのだ。兄貴！　兄貴！　とわめきながら船を降りた。北田は暫く呆気にとられて物も言えなかったが、順平が、兄貴わいが別府へ来るのんよう知ってたナというと、阿呆《あほ》んだら奴《め》、わいはお前らを出迎えに来たんやないぞ、客を引きに来たんやと、四辺《あたり》をはばかる小声で、それでもさすがに鋭く言った。

聞けば、北田は今は温泉旅館の客引きをしており、小鈴も同じ旅館の女中、いわば二人は共稼ぎの本当の夫婦になっているのだという。だんだん聞くと、北田はかねてから小鈴と深い仲で、そのうちに小鈴は孕《はら》んで、無論相手は北田であったが、北田は一旦《いったん》言い逃れる積りで、どこの馬の骨の種か分るもんかと突っ放したところ、こともあろうに小鈴はリリアンへ通っていた表具屋の息子と駈落ちしたので、さてはやっぱり男がいたのかと胸は煮えくり返り、行先は別府らしいと耳にはさんだその足で来てみると、いた。温泉宿でしんみりやっているところを押えて因縁つけて別れさせたことは別れさせたが、小鈴はそのとき――どない言いやがったと思う？　と、北田はいきなり順平に訊いたが、答えるすべもなくぽかんとしていると、北田はすぐ話を続けて――わては子供が可哀想やから駈落ちしたんや。どこの馬の骨か分らんようなでん公の種を宿して、認知もしてもらえんで、子供に肩身の狭い想いをさせるより、表具屋の息子がちょっと間ァが抜けてるのを倖《さいわ》い、しつこく持ちかけて逐電し、表具屋の子やと否応《いやおう》はいわせず、晴れて夫婦になれば、お腹の子もなんぼう倖《しあわ》せや分らへん。そんな肚で逐電したのを因縁つけて、オイチョの北さん、あんたどない色つけてくれる気や。そんな不貞《ふて》くされに負ける自分ではなかったが、父性愛というんやろか、それとも今更惚《ほ》れ直したんやろか、気が折れて、仕込んで来た売屋の元も切れ、宿賃も嵩《かさ》んで来たままに小鈴はそこで女中に雇われ、自分は馴々《なれなれ》しく人に物いえる腕を頼りにそこの客引きになることに話合いしたその日から法被着て桟橋に立つと、船から降りて来た若い二個《ふたり》連れの女の方へわざと凭《もた》れかかるように寄り添うて、鞄《かばん》を取り、ひっそりした離れで、はばかりも近《ちこ》うございます、錠前つきの家族風呂《ぶろ》もございますと連れ込んで、チップもいれて三円の儲けになった。金を貯めて、小鈴とやがて産れる子供と三人で地道に暮す積りやと北田は言い、そして、高峰、お前も温泉場の料理屋へ板場にはいり、給金を貯めて、せめて海岸通に焼鳥屋の屋台を張るぐらいの甲斐性者になれと意見してくれた。

その夜は北田が身銭を切って自分の宿へ泊めてくれることになった。食事のとき小鈴が給仕してくれたが、かつて北田に小鈴に肩入れしているとて世話してやろかと冷やかされたことも忘れてしまい、オイチョさんと夫婦にならはったそうでお目出度《めでと》うとお世辞を言った。

翌日、北田は流川《ながれがわ》通の都亭という小料理屋へ世話してくれた。都亭の主人から、大阪の会席料理屋で修業し、浅草の寿司屋にも暫くいたそうだが、家《うち》は御覧の通り腰掛け店で会席など改った料理はやらず、今のところ季節柄河豚《ふぐ》料理一点張りだが、河豚《てつ》は知ってるのかと訊かれると、順平は、知りまへんとはどうしても口に出なかった。北田の手前もあった。板場の腕だけがたった一つの誇りだったのだ。そうか、知ってるか、そりゃ有難いと主人は言ったが、しかし結局は、当分の間だけだがと追廻しに使われ、かえってほっとした。

一月ほど経った或る日、朝っぱらから四人づれの客が来て、河豚刺身とちりを註文した。二人いる板場のうち、一人は四、五日前暇をとり、一人は前の晩カンバンになってからどこかへ遊びに行ってまだ帰って来ず、追廻しの順平がひとり料理場を掃除しているところだった。主人に相談すると、お前出来るだろうと言われ、へえ出来まっせとこんどは自信のある声で言った。一月の間に板場のやり口をちゃんと見覚えていたから、訳もなかった。腕を認めて貰《もら》える機会だと、庖丁《ほうちょう》さばきも鮮かで、酢も吟味した。

夜、警察の者が来て、都亭の主人を拘引して行き、間もなく順平にも呼出しが来た。ぶるぶる震えて行くと、案の条朝の客が河豚料理に中毒して、四人のうち三人までは命だけ喰い止めたが、一人は死んだという。主人はひとまず帰され、順平は留置された。だらんと着物を拡げて、首を突き出し、じじむさい恰好で板の上に坐《すわ》っている日が何日も続くと、もう泣く元気もなかった。寒かろうとて北田が毛布を差入れしてくれた。

十日許《ばか》り経った昼頃、紋附を着た立派な服装の人がぶっ倒れるように留置場へはいって来た。口髭《くちひげ》を生やし、黙々として考えに耽《ふけ》っている姿が如何《いか》にも威厳のある感じだったから、こんな偉い人でも留置されるのかと些《いささ》か心が慰まった。ふと、この人は選挙違反だろうと思った。鄭重《ていちょう》に挨拶《あいさつ》して毛布を差出し、使って下さいと言うと、じろりと横目でにらみ、黙って受取った。あとで調べの為に呼び出された時、係の刑事に訊くと、あれは山菓子盗《と》りだと言った。葬式があれば知人を装うて葬儀場や告別式場に行き、良い加減な名刺一枚で、会葬御礼のパスや商品切手を貰う常習犯で、被害は数千円に達しているということだった。なんや阿呆《あほ》らしいと思ったが、しかし毛布を取り戻す勇気は出なかった。中毒で人一人殺したのだから、最悪の場合は死刑だとふと思い込むと、順平はもう一心不乱に南無阿弥陀仏《なむあみだぶつ》、南無阿弥陀仏と呟《つぶや》いていた。そんな順平を山菓子盗りは哀れにも笑止千万にも思い、河豚料理で人を殺したぐらいでそうなってたまるものか、悪く行って過失致死罪……という前例も余り聞かぬから、結局はお前の主人が営業停止を喰らうぐらいが関の山だろうと慰めてくれ、今はこの人が何よりの頼りだった。

都亭の主人はしかし営業停止にならなかった。そんな前例を作れば、ことは都亭一軒のみならず温泉場の料理屋全体が汚名を蒙《こうむ》ることになり、ひいてはここで河豚を食うなと喧伝《けんでん》され、市の繁栄にも影響するところが多いと都亭の主人は唱えて、料理店組合を動かした。そして、問題は都亭の主人の責任といえば無論言えるが、しかし真《しん》のそして直接の原因はルンペン崩れの追廻《まわ》しの順平にあることは余りにも明白だ、そんな怪しい渡り者に河豚を料理させたというのも、河豚料理が出来るという嘘を真に受けただけであって、真に受けたのは不注意というよりもむしろ詐欺にかかったというべきだ。実際都亭は詐欺漢のためにたとえ一時でも店の信用を汚されて、いわば泥棒に追い銭、泣面に蜂、むろん再びこの様な不祥事をくりかえさぬよう刑罰を以《もっ》てすべきは当然ながら、それならば泣面を罰すべきか、蜂を罰すべきか、問題は温泉場全体のことだと、必死になって策動した。オイチョカブの北田は何をッと一時は腹の虫があばれたが、しかし彼も今は土地での気受けもよく、それに小鈴のお産も遠いことではなかった。泣きたんの手で順平の無罪を頼み歩いたが、尻《しり》はまくらなかった。

間もなく順平は送局され、一年三ヶ月の判決を下された。情状酌量すべき所無いでもないが、都亭の主人を欺いて社会にとって危険極まる人物となり、ために貴重な一つの生命を奪ったことは罪に値するという訳だった。一年三ヶ月と聴いて、涙を流し、ぺこんと頭を下げた。

徳島の刑務所へ送られた。ここでは河豚料理をさせる訳ではないからと、賄場で働かされた。板場の腕がこんな所で役に立つかと妙な気がした。賄いの仕事は楽であったが、煮ているものを絶対口に入れてはいけぬと言われたことを守るのは辛《つら》かった。ある日、我慢が出来ずに、とうとう禁を犯したところを見つけられ、懲罰のため、仙台《せんだい》の刑務所に転送されることになった。

護送の途中、汽車で大阪駅を通った。編笠《あみがさ》の中から車窓の外を覗《のぞ》くと、いつの間に建ったのか駅前に大きな劇場が二つも並んでいた。護送の巡査が駅で餡パンを買ってくれた。何ヶ月振りの餡気のものかと、ちぎる手が震えた。

懲罰のためというだけあって、仙台刑務所での作業は辛かった。土を運んだり木を組んだり、仕事の目的は分らなかったが、毎日同じような労働が続いた。顔色も変った。

馴《な》れぬことだから、始終泡を喰っていた。朝仕事に出る時は浜子のことが頭に泛《うか》んだ。

夕方仕事を終えて帰る時は美津子、食事の時は小鈴の笑い顔を想った。夜寝ると彼女た

ちの夢をみた。セーラー服の美津子を背中に負うているかと思うと、いつの間にかそれ

は浜子に変っており、看護婦服の浜子を感じたかと思うと、こんどは小鈴の肩の柔さだ

った。

一年経ち、紀元節の大赦《たいしゃ》で二日早く刑を終えると読み上げられた時、泣いて喜んだ。刑務所を出る時、大阪で働くと言うと、大阪までの汽車賃と弁当代、ほかに労働の報酬だと二十一円戴《いただ》いた。仙台の町で十四円出して、人絹《じんけん》の大島《おおしま》の古着、帯、シャツ、足袋《たび》、下駄《げた》など身のまわりのものを買った。知らぬ間に物価の上っているのに驚いた。物を買う時、紙袋の中から金を取り出して、見てはいれ、また取り出し、手渡す時、一枚一枚たしかめて、何か考え込み、やがて納得して渡し、釣銭を貰う時も、袋に入れては取り出してみて調べ、考え込み、漸《ようや》く納得して入れるという癖がついた。また道を歩きながら、ふと方角が分らなくなり、今来た道と行く道との区別がつかず、暫《しばら》く町角に突っ立っているのだった。

仙台の駅から汽車に乗った。汽車弁はうまかった。東京駅で乗り換える時、途中下車して町の容子《ようす》など見てみたいと思ったが、何かせきたてられる想いですぐ大阪行きの汽車に乗り、着くと夜だった。電力節約のためとは知らず、ネオンや外灯の消されている夜の大阪の暗さは勝手の違う感じがした。何はともあれ千日前に行き、木村屋の五銭喫

茶でコーヒとジャムトーストをたべると十一銭とられた。コーヒが一銭高くなったとは気付かず、勘定場で釣銭を貰う時、何度も思案して大変手間どった。大阪劇場の地下室で無料の乙女ジャズバンドを聴き、それから生国魂神社前へ行った。夜が更けるまで佇《たたず》んでいた辛抱のおかげで、やっと美津子の姿を見つけることが出来た。美津子は風呂へ行くらしく、風呂敷に包んだものは金盥《かなだらい》だと夜目にも分ったが、遠ざかって行く美津子を追う目が急に涙をにじませると、もう何も見えなかった。泣いているこのわいを一ぺん見てくれと心に叫んだ甲斐《かい》あってか、美津子はふと振り向いたが、かねがね彼女は近眼だった。

その夜、千日前金刀比羅裏の第一三笠館で一泊二十銭の割部屋に寝て、朝眼が覚めると、あっと飛び起きたが、刑務所でないと分り、まだあといくらでも眠れると思えばぞくぞくするほど嬉《うれ》しく、別府通いの汽船の窓でちらり見かわす顔と顔……と別府音頭を口ずさんだ。二十銭宿の定《きま》りで、朝九時になると蒲団《ふとん》をあげて泊り客を追い出す。九時に宿を出て十一銭の朝飯をたべ、電車で田蓑橋まで行った。橋を渡るのももどかしく、阪大病院へかけつけると浜子はいなかった。結婚したと聞かされ、外来患者用のベンチに腰をおろしたまま暫くは動けなかった。今日は無心ではない、ただ顔を一目見たかっただけやと呟き呟きして玉江橋まで歩いて行った。橋の上から川の流れを見ていると、何の生き甲斐《がい》もない情けない気持がした。ふと懐の金を想い出し、そうや、まだ使える金があるんやったと、紙袋を取り出し、永い間掛って勘定してみると、六円五十二銭あった。何に使おうかと思案した。良い思案も泛ばぬので、もう一度勘定してみることにし、紙袋を懐ろから取り出した途端、あっ！　川へ落してしまった。眼先が真暗になったような気持の中で、ただ一筋、交番へ届けるという希望があった。歩き出して、紙袋をすべり落した右の手を眺めた。醜い体の中で、その手だけが血色もよく肉も盛り上って、板場の修業に冴《さ》えた美しさだった。そうや、この手があるうちはわいは食べて行けるんやったと、気がついて、蒼《あお》い顔がかすかに紅《あか》みを帯びた。交番へ行く道に迷うて、立ち止まった途端、ふと方角を失い、頭の中がじーんと熱っぽく鳴った。

順平は、かつて父親の康太郎がしていたように、首をかしげて、いつまでも突っ立っていた。

女の橋

一

「もしもし、伊吹屋《いぶきや》はんのお店だっか」

「へえ……。伊吹屋だす。毎度ごひいきに……」

「わて、宗右衛門町《そうえもんちょう》の大和屋《やまとや》のお安だ……。毎度おおけに……あのウ……番頭はん、おいでだっしゃろか」

「番頭はんだっか。いやはります」

「えらい済んまへんが、ちょっと……」

「へえ……。大和屋はんのお安はんだんな」

「へえ、そうだす」

女中は受話機を置くと、キンキンした声で、

「——番頭はん！　大和屋はんのお安はんからえらいええ電話掛ってまっせ！」

わざと冷やかすように呼ぶと、

「阿呆《あほ》いいなはんな。そんなギャラギャラした用事と違うわい。お安さんやったら坊《ぼ》ン坊《ぼ》ンのことで掛って来たんや。よう覚えときなはれ」

寄ってきた番頭の藤吉《とうきち》は、そう叱りつけながら、女中の手から受話機を受け取ると、

「——お待っ遠はん……わて藤吉だす毎度坊ン坊ンが……」

「滅相もない。こっちゃこそ毎度……あの、もしもし……」

「へえ……」

「只今、坊ン坊ンがお越しになりはりましたさかい、ちょっと……」

「そら、おおけに……。毎度ごきんとうに知らしとくなはって、ご苦労はん……」

電話口でぺこんと律義な若はげの頭を下げて、

「——いつもと同じように、お酒は三本までにして、二時間ぐらい遊ばせて帰したげとくなはれ」

「へえ。そないさして貰《もら》いま。わてがちゃんと飲みこんでまっさかい、めったなことはして貰えしめへんよって、安心しとくれやす」

「へえ。そらもうあんたに頼んだるさかい、なんぼ坊ン坊ンが遊びに行きはっても、大和屋はんなら、安心だす。御寮《ごりよう》はんも喜んだはりま。大和屋はんは義理固いお茶屋やさかい、安心して遊びに行かせられる、めったなことに身ィ持ちくずす気づかいはおまへんいうてナ……。だいいちお安さんみたいなええ仲居はんが眼ェ光らしてくれたはるさ

かい……」

「うまいこと……」

「いや、ほんまだっせ」

「さよか。ほな、わても三本出すとこは二本にして、坊ン坊ンに間違いのないように、鬼婆《おにばば》になって監督しま」

「あはは……。ところで、坊ン坊ン今日は誰呼んだはりまンねン……？」

すると、相手の声はちょっと狼狽《ろうばい》気味に
「小鈴はんだす」

「何？　小鈴……？」

と、藤吉は眉《まゆ》をひそめて、

「――この頃、小鈴ばっかしだんな。もうちょっとほかの芸者おまへんのンか」

はたで聴いていると、まるで藤吉が遊びに行っているような言い方だった。

「へえ、そら芸子衆はたんといたはりまっけど、どない言うても小鈴はんを呼んでくれと……」

「……坊ン坊ンが言うたはりまンのンか」

「へえ……」

「へえやおまへんぜ。――お安さん！」

と、口調が改まって、

「——わていつも頼んでまっしゃろ。坊ン坊ンが遊びに行きはったら、酒は三本、芸子は同じ芸子を三べんも続けて呼ばんように、よう気イつけとくなはれと」

「へえ、そらよう判ってま。坊ン坊ンに悪い虫がついたらどんならんさかい、お安が藤《ふじ》沢《さわ》の樟脳《しょうのう》の虫よけになってくれて、よう胸に畳んどりまンねン」

「ほな、なんぜ小鈴たらいう芸子呼んだんや」

「わてが呼んだんと違いま。坊ン坊ンがなんぼ言うても、きいてやおまへんねン」

「難儀やなア。——まア、仕様ない。今日はもう仕様ないさかい、こんどめからよう気イつけとくなはれや」

「へえ。よう気イつけま。——ほな、じゃ帰《い》んで貰いまっさかい……」

「間違いないように、帰しとくなはれや。——おおけに御苦労はんだした」

電話を切ると、藤吉は、

「どうも小鈴たらいう芸者を呼び過ぎる」

と、ひとりごとを呟《つぶや》いた。

二

東横堀《ひがしよこぼり》は船場《せんば》の内である。

横堀川に斜めに架った筋違橋《すじかいばし》の東詰《ひがしづめ》を、南へ二丁、川に添うて行くと、伊吹屋という瀬戸物問屋がある。

伊吹屋は瀬戸物町《せとものちよう》の問屋の中でも最も船場らしい丁稚《でっち》奉公のきびしい店だったが、藤吉は十二の歳にこの店に奉公して、紺の木綿の厚司《あつし》に紺の紐《ひも》の前掛をつけてから、若はげの頭の薄くなった四十三の今日まで、ざっと数えて三十年の間、伊吹屋の丁稚、中番《なか》頭、大番頭として暮して来て、いわば船場の古い奉公人気質《かたぎ》が皮膚にしみついた男であった。

彼にとって最も大切なものは「お店」であり、いいかえれば伊吹屋の暖簾《のれん》であった。彼は三十年の半生をこの暖簾に捧《ささ》げて来たのだが、残る半生もまたこの暖簾に捧げることを少しも悔いないばかりか、むしろそれを自分の使命だと心得、そのために自分の幸福を犠牲にしてもいいと思っていた。いや、それが幸福だと思っているのかも知れない。殊《こと》に永年仕えて来た主人の恭太郎が先年亡くなると、藤吉はもう妻帯の望みも暖簾をわけて貰う望みも捨ててしまって、ひたすら伊吹屋の暖簾を守ることに余生を捧げようと覚悟しているのだった。

それというのも、恭太郎に代って伊吹屋の当主となった若旦那《わかだんな》の恭助が、いわゆる総領の甚六《じんろく》でたよりない。お人善しで、世間知らずで、気が弱く、いわば「船場の坊ンち」の見本のような男である。下手に一人歩きさせると伊吹屋の暖簾をつぶしてしまうかも知れない。

そこで、藤吉は恭助には商売に手をださせず、ぼんやり「坊ンチ」風に遊んでもらうのが何より無難だと考えた。──もっとも藤吉にいわれるまでもなく、恭助は当年二十五歳といういわば遊びまわりたい年頃だし、誘惑にも脆《もろ》い道楽息子の素質も少しはあった。

その素質を余り発揮されては暖簾に傷がつくと、藤吉は考えた。そこで藤吉はある日恭助を宗右衛門町の大和屋へ連れて行って、

「坊ン坊ンを頼みます」

恭助はその日から、公然と大和屋で遊べる身分になったが、その代り大和屋以外の茶屋では遊べなくなった。

藤吉の肚《はら》では、どうせ放って置いても放蕩《ほうとう》するだろうし、ことに中年を過ぎてから放蕩の味を覚えられたりしては手がつけられない、だから今のうちに先代の恭太郎の代から出入りしている大和屋へ頼んで、自分の監視の眼の届いたところで遊ばせて置けば、間違いの生ずる率が少くなるだろう、ハシカは子供のうちに罹《かか》って置くものだ──というのであった。で、藤吉は大和屋の女将《おかみ》や、仲居のお安に頼んで、恭助の大和屋での行動の一切を、その都度電話で報告してもらうことにした。

「坊ン坊ン今お越しになりはりました」

「坊ン坊ンそろそろ帰《い》にはります」

「坊ン坊ンもう一本飲ませてくれ言うてはりまっけど、おつけしても大事おまへんか」

「坊ン坊ン今俥《くるま》に乗らはりました」

この真綿でしめるような、監視づきの遊ばせ方は、しかし藤吉の創意ではない。実はこれが船場のしきたりの一つなのである。

だから、藤吉は「大船に乗ったような気」になっていたのだ。

ところが、近頃彼は、恭助が小鈴という芸者を呼び過ぎていることに気がついた。おまけに、恭助の大和屋通いも以前にくらべると、目立ってひんぱんになって来ている。

「これはどんならん」

と、藤吉は狼狽した。

一人の芸者に夢中になることは、一番危い遊び方なのだ——と、藤吉もさすがに正当に判断を下した。

何よりもいけないのは、恭助がまだ独身だという点である。

藤吉はまず大和屋のお安に小鈴を遠ざけるように頼む一方、恭助の嫁探しにかけずり廻《まわ》った。

一番頭としては差出たふるまいといえばいえたが、しかし藤吉は大旦那《おおだんな》が亡くなった今日、それが番頭の勤めだとかたく信じて疑わなかった。藤吉のような男にとっては、自分の行動について疑いというようなものは、耳かきですくうほどもないのである。何故なら彼は船場のしきたり通り行動しているからだ。

靭《うつぼ》のある乾物問屋の長女が内々恭助の嫁にえらばれた。器量はわるいが家柄がしっかりしている。

三

話があるといって電話で呼び出して置きながら、小鈴は法善寺の「夫婦善哉《めおとぜんざい》」では、

「この頃ちょっとも呼んでくれしめへんな」

と、言ったきり、あとは無口に氷ぜんざいをすすっていた。

が、そこを出て、道頓堀を横切って太左衛門橋まで来ると、小鈴は、

「ちょっと……」

涼んで行きまひょと、恭助の袖《そで》を引いて、欄干に凭《もた》れた。

青楼の灯を泛《うか》べて流れる道頓堀川を暫《しば》らく眺めていたが、やがて小鈴はそのままの姿勢で、

「わて、赤子《やや》が出来まんねえ」

いきなりだが、ぽそんとした声で言った。

「えっ……」

驚いた恭助の咄嗟《とっさ》の頭に、笠屋町《かさやまち》の「吹き寄せ」の一室で、はじめて小鈴を抱いた時の小鈴の肢体が生々しい悔恨となって泛んだ。

「——ほんまか」

「うん」

と、恭助の顔を見上げて、恥しそうにうなずいた。耳の附根まで赧《あか》い。

それを見ると、単純でお人善しの恭助は、もう頓狂《とんきょう》な声で、

「ほな、はよ結婚せないかん。わい、お母《か》ンや番頭に言うて、お前を貰《もろ》てもらう」

「でも、わて芸者やさかい……。うん言やはるやろか」

「言うも言わんもあるもんか、赤子が出来たら、一緒になるのンあたりまえや」

「ほな、ほんまにわてを貰てくれはる……？」

思わず恭助の手を握り、小鈴は朋輩《ほうばい》からきいた秘密の医者へ行かなくてよかったと思った。

「うん」

と、握りかえした。じっとり汗がにじんだ。

「ほな、……」

と、小鈴は恥しそうに、

「――わて、今日から手習いしまっさ」

「字イ読み書き出来《でけ》んかったら、あんたのお嫁はんになって恥かかんはんわ」

「手習い……？」

その日から、小鈴は手習いをはじめた。

小鈴は貧しい家に育ったので、義務教育も殆《ほと》んど受けぬうちから、オチョボ（芸妓《げいぎ》の下地《したじ》ッ子）に売られ、稽古《けいこ》本の変態仮名はやっと読めたが、新聞一つ読めず、手紙一つ

自分では書けなかったのだ。

「七つ八つからいろはを覚え、はの字忘れていろばかり……、わてはその反対や」

彼女の手習いをわらう朋輩に、小鈴はそう言って一緒にわらった。

一月ばかりたつと、小鈴はやっと平仮名だけは書けるようになった。

お腹の子はもう四月だ。目立つので小鈴はお座敷を休んで、畳屋町《たたみやまち》の路地の中にある屋形に、母親と二人ひっこもって、亀のように無口な母親からお針をならったり、手習いしたり、たまに外出しても高津神社の境内にある安井稲荷《やすいいなり》へ詣《まい》ったりするだけだった。安井稲荷は安井さん（安い産）といい、お産の神であった。

こんな風にして、伊吹屋から良い使の来るのを待っていると、ある日番頭の藤吉がやって来た。

「さアさア、よう来とくなはった。まアお楽にしとくれやす。今一本おつけしまっさかい……」

目出度《めでた》い話だからと、おかしいほどそんなにしてもてなそうとするのを、しかし藤吉はいかにも迷惑らしく、実は縁切りの話を持って来たのだった。

「そらあんまりだす……」

あと続かず、泣き伏してしまうのを情事の経験のない、四十三の独身者《ひとり》の藤吉は、顔の筋肉一つ動かさず見ていた。

「えらい野暮なことおたずねしまっけど、坊ン坊ンはこの別れ話ご承諾のことでっか」

日頃無口な母親が娘に代って、これだけ言った。

「へえ、そらもう……」

恭助は藤吉や母親から、まず小鈴と別れること、靭の乾物問屋の娘を貰《もら》うこと、小鈴のお腹の子は引き取って、一応里子にやり、時機を見てから伊吹屋へ連れかえること――という条件を押しつけられると、一応小鈴と相談してからともいえぬくらい気の弱い男だったのだ。靭の乾物問屋の娘の器量の愚さも口の中でブツブツ言うだけで、はっきりいやとはいえなかった。それほど煮え切らぬ男なのだ。

――と、藤吉の話から察すると、もう小鈴の母親はさすがに苦労人で、小鈴を諦《あきら》めさせるよりほかはないと思った。

「あんな頼りない男はやめときなはれ」

とは、さすがに藤吉の前をはばかって口に出さなかったが、藤吉が、

「では、一つ一筆《いっぴつ》しるしに書いて貰えまへんやろか」

と、手切金の受取りをかねた証文を書かそうとすると、黙って硯箱《すずりばこ》を取りに立ったのは、この苦労人の母親だった。

証文を書く時、藤吉には予期せぬ愁嘆場《しゅうたんば》があった。

「せっかく伊吹屋の御寮はんになろう思い手習したのに……。読み書き覚えたのは、こんな証文書かされるためやったンか」

そう言って小鈴は再び泣きくずれたのだ。これは藤吉の勘定にはいっていなかった。

さすがの藤吉も自分の役割のむごさに思い当った。しかし藤吉にとっては暖簾《のれん》より強いものはない。小鈴の涙もいわば暖簾に腕押しであった。

藤吉は証文をふところに入れると、畳屋町を出た足で、すぐ靭へ廻った。

そして靭の乾物問屋で、

「伊吹屋はなんちゅうても、番頭はんがしっかりしたはりまっさかいな」

と言われ、藤吉は、

「阿呆《あほ》らしい。わてらまだひよこであきまへんわ」

そう言いながら、世にも幸福な顔をした。

四

二十年近くの歳月が流れて、大正十一年の夏が来た。

ある日の午《ひる》すぎ、大和屋の玄関へ、

「お勝姐《ねえ》ちゃんいやはりまっか」

と、しょんぼりはいって来た四十前後の女があった。

よれよれの単衣《ひとえ》に、チビた下駄《げた》、髪は油気がなくカサカサと乾いて、顔色も蒼白《あおじろ》くすぐれず、全体薄汚れているが、顔の造作はこぢんまりまとまってどこか垢抜《あかぬ》けして、昔はさぞやという面影も残っていた。

もう五十近い仲居のお安は、一眼見るなり、

「まア、あんた、小鈴はんやおまへんか」

と、判った。

お安の知らせで、すぐ中から出て来た年増芸者の勝子は、昔の朋輩の小鈴の変り果てた姿を見るなり、もう涙ぐんで、暫く口も利けなかったが、やがて近くの氷屋へ誘って、

「あれからどないしたはってん……?」

と、訊《き》くと、

「あれからテ、赤子うんでから……?」

「うん。わて宮詣りの祝《いわい》持って行ったわ、もう畳屋町の露地にいてはらへんかったさかい、びっくりした……」

「あんたにだけ知らして行こう思たんやけど……」

その時のことを想いだすように、ふっと遠い視線になって、

「――赤子は取られてしまうし、坊ン坊ンは……」

「……坊ン坊ンて、……ああ、あの……」

恭助のことかと勝子は想いだして微笑した。小鈴も寂しく微笑んで、

「坊ン坊ンは鞠からお嫁はん貰いおるし、みっとものうて大阪におられへんさかい、とうとう夜逃げみたいに畳屋町の露地引っ越して、名古屋《なごや》イ行きましてん」

「ふーん、で、名古屋でもやっぱし……」

芸者に出たのかときくと、うなずいて、

「出たことは出たけど、ひかされたり旦那《だんな》が死んだり、やけを起して逃げたり、……まアいろいろなことがおました。三味線、師匠したり、寄席《よせ》の下座引いたり、とうとうおちぶれて、大阪ィ戻ってきましてん」

「ふーん。で、今は……」

「鰻谷《うなぎだに》の路地で二階借りしてまんねん」

「おばちゃんは……？」

母親のことだ。

「死にました。この十月で七年だす」

しょんぼり氷白玉をつついていた。

「ほな、今は一人……？」

「いや……」

と首を振って、ふと赧くなった。

「ふーん、これは……」

親指を出して、亭主は何をする男かと、きいてみた。

「……………」

すぐには答えなかったが、やがて、

「まア、ぼちぼちやってま」

そうとしか答えられぬ亭主の職業なんだろうと、勝子はみすぼらしい小鈴の身なりを眺めた。

小鈴はしばらく氷白玉をつついていたが、やがて、

「中座《なか》の『娘道成寺《むすめどうじょうじ》』はもう直きでんな」

ぽそんと言った。

勝子ははっとして、

「ああ、あれ……」

外《そ》らそうとした。

中座の『娘道成寺』というのは、花柳《はなやぎ》流の踊の一門が、月末の中座の一日を借りて、舞踏会を催す、その中にこの春女学校を卒業するのと同時に名取《なとり》を貰った伊吹屋の長女の雪子の名取りの披露をかねた「娘道成寺」の踊りもはいっていた。それをさすがに小鈴はどこかで聴いて来たのであろう。雪子は小鈴が恭助にうまされた子である。生まれるなりすぐ手離したというものの、やはり血のつながる子と思えば、小鈴はひとごとではなかったのであろう。

外らしたが、小鈴は執拗《しっこ》く、

「あの『娘道成寺』の長唄《ながうた》は宗右衛門町の芸子衆が出やはるいうことでっしゃろ?」

「うん。そんなこっちゃ」

「お勝姐ちゃんも弾きはりまんの?」

三味線のことだ。

「………」

うなずくと、小鈴はいきなり勝子の手をつかんで
「お勝姐ちゃん、わての一生の願いです。その三味線わてに弾かして貰えまへんやろか」

「えっ……？」

なんぜ……？　と訊きかけたが、さすがに勝子はきかずとも小鈴の気持はわかった。

――うんでから今日まで二十年の間、一度も会わなかった。いや、会おうとしても会わせてもらえなかった娘の晴れの舞台に、ひそかに昔の朋輩《ほうばい》の替玉となって三味線を弾きたいという気持は、自身芸者だけに勝子にはかえって人一倍わかった。親子の名乗りはあげられなくとも、娘の踊りの三味線を弾くことが、娘を身近かに引き寄せることになるわけだ――と思うともう勝子は眼をうるませた。

「――小鈴はん、弾きなはれ、弾きはなれ。わての替玉になって……。けど小鈴はん、あんた身体は……」

一眼見て病気と判る顔色だった。息使いも荒い。

「大丈夫だす。昔取った杵柄《きねづか》、娘道成寺ぐらい弾きこなしてみせますわいな」

科白《せりふ》の調子でそう言いながら、小鈴はまだ涙を流して、舞台に着る衣裳《いしよう》のことを、おずおず頼むのだった。

「心配無用、万事わてがのみこんでま」

勝子は半泣きの顔で、ポンと胸を敲《たた》いて、

「――おばちゃん、氷スイトウ二つ！」

五

痩《や》せおとろえている小鈴は、勝子から借着《かりぎ》すると、身幅が余った。が、それでも巧《うま》く着こなした。ひと知れず他の芸者にまじって赤い毛氈《もうせん》を敷いた床の上に坐《すわ》った時、この世で一番幸福な瞬間であった。

しかし、小鈴よりももっと幸福な気持を抱いているかも知れない人間が、その時桟敷《さじき》にちょこんと坐っていた。藤吉であった。

その桟敷の中には、藤吉のほかに恭助と、それから招待した北浜の井村株店の次男坊の君男が、「娘道成寺」の幕のあくのを、待っていた。

藤吉が君男を招待したのは、勿論《もちろん》理由がある。

よせばよいのに、恭助が株に手を出したのだ。恭助はもう四十五歳、藤吉が、

「船場の商人、新規なことに手ェ出したらあきまへん。投機ほど船場に会わんもんはおまへん」

と、とめても、もう昔のように、何から何まで藤吉の言いなりになるのには良い加減

た。

「ほな、やめとこか」

とは言わず、北浜の井村を通じて買《かい》の一手でやっているうちに、大穴をあけてしまった。

この穴を埋めるには、伊吹屋の暖簾《のれん》を投げ出してしまうより道はない——と判った時、藤吉の頭に浮んだのは、美しい雪子を井村の次男坊と縁組させることだった。

それにはまず、当の次男坊の君男から攻め落すに若《し》かずと、内々写真を見せると、もう君男はころりと参った。

この上は、今日の雪子の舞台姿を見せれば、君男はもう誰がどんな女を見せても振向きもしないだろうと、わざわざ招待したのである。

井村と縁組みして置けば、まず伊吹屋の暖簾は大丈夫だと、今日の中座は藤吉の一生一代の大芝居だが、その芝居はもう半成功したのも同然だと、藤吉は何もかも申し分のない気持で幕のあくのを待っていた。

ところが、幕があいて床の上の長唄連中の顔を見たとたん、藤吉は毛虫を嚙《か》んだような顔になった。そして、恭助の方を見ると、恭助も気づいたのか真青《まつさお》になっていた。

小鈴がなぜこんなところへ出て来たのかと、考える余裕もなく、狐につままれた気持で、不吉な想いが重く頭をしめつけた。

拍手の音がして、美しい雪子が舞台へ出てきたが、藤吉も恭助もぼうっとしてまるで遠い眺めであった。君男はソワソワしていた。

やがて、踊りが終る頃、三味線を弾いていた小鈴はいきなり撥《ばち》を落すと、前のめりに倒れてしまった。

あわてて幕を引いている間に、藤吉はソワソワと君男と恭助を表に連れだした。芝居茶屋へ上った。恭助は小鈴のことが気になりながら、

「知らん顔、知らん顔、何も知らん顔……」

と言っているような藤吉の眼にうながされた、芝居茶屋の一室に坐ると、

「まア一杯」

と、二十も年の違う君男に盃《さかずき》を差し出し、

「――あんたはいける口だっしゃろ」

情けないお世辞を言っていた。

幕をひき、楽屋へ連れ込まれた小鈴は、昔の朋輩にみとられながら、次第に虫の息になって行った。

楽屋へ来ていた勝子は、舞台姿のままの雪子が小鈴を見舞うと、もうたまり切れず、

「嬢《とう》はん……」

と、廊下に連れ出して、何もかも打ち明けた。

「え……？　ほんなら、あの女の人うちの……」

母親だときくなり、雪子は転げるように小鈴の枕元ににじり寄ったが、もうその時は

小鈴の息は切れていた。

道頓堀の夜更け、戸板にのせられて中座の楽屋を出た小鈴の亡骸《なきがら》は、雪子や勝子に附きそわれて、太左衛門橋を渡って行った。

太左衛門橋を渡り、畳屋町を真っ直ぐ、鰻谷の露地裏へ送って行く道々、雪子は、

「うちは阿呆やった。うちは阿呆やった……」

と、呟《つぶや》きながら、自分はもう船場とは何の縁もない人間だという想いが、ふっと頭をかすめた。

船場の娘

一

「……ウインター　イズ　ゴーン　スプリング　ハズ　カム。……」

講義録のリーダーを読んでいる秀吉の耳に、ふと何処《どこ》からかハモニカの音が聴えて来た。うらぶれた物哀しいメロデーはこの頃流行している「枯れすすき」の曲だと、すぐ判った。

「……冬は去った《ウインターイズゴーン》。春が来た《スプリングハズカム》」

……そして春が去り、夏が来て、今日は七月の二十五日、横堀《よこぼり》の瀬戸物《せともの》町では軒並みに並んだ瀬戸物問屋が、幔幕《まんまく》を張り、提灯《ちょうちん》をつるし、一斉に商売を休む天神祭《てんじんまつり》である。

瀬戸物町では年に一度の陶器祭があり、天神祭はいわば貰《もら》い祭だが、大阪の氷の相場がこの日を境にして上下するという天神祭である。いわば大阪一の夏祭だ。奉公人達は何《いず》れもいそいそとして、紺色の紐《ひも》の前掛け（これが瀬戸物町の丁稚《でっち》のしきたりである）

を脱ぎ捨てて、夜をまたずにそわそわとお渡御《わたり》見物に出掛けるのだったが、彼らが出掛けたあとは、この界隈《かいわい》は急にひっそりと静まりかえって、まるで祭の夜とは思えない。

それだけに「枯れすすき」のメロデーはいっそう物哀しく聴えるのだろうか、恐らく、どこかの店の丁稚がお渡御見物にも出掛けずに、ひそかに丁稚部屋に閉じこもって、ひとり吹くハモニカの音にあえかな郷愁を温めながら、寂しく祭の夜を過しているのであろうと思うと、ますます哀調が加わるようだった。

聴いている秀吉もまた、じつは一人ひそかに閉じこもって、講義録を読んでいるのだ。いや、閉じこめられていると言ってもいいかも知れない。何れにしても、ハモニカを吹いている見知らぬ男の気持が、しみじみと判るようだった。

秀吉は十三の年に福井県武生町《たけふちよう》の尋常小学校を出た足で、すぐ大阪へ出て瀬戸物町の伊吹屋へ奉公し、木綿の厚司《あつし》に紺の紐の前掛けをさせられたその日から今日までざっと十年の間、五時より遅く起きた朝はなく、十一時より早く寝た夜はなく、日がな一日こきつかわれて、古綿を千切って捨てたようにクタクタに疲れ、おまけに食事は朝は漬物だけ、昼も梅干だけ、晩にやっと野菜の煮付けがつくだけで、それも飯の量を食べ過ぎないようにわざと不味《まず》い味をつけてあるので、年中腹が空《す》いたが、たまに夜店の一個五厘の野菜天婦羅《てんぷら》や一串《くし》一銭五厘のドラ焼を食べて栄養をとろうにも、盆と正月に四十銭ずつ貰う小遣いの外には一銭も給料は貰えないという状態では手が出ず、頭の禿《は》げる年まで勤めてやっと暖簾をわけて貰うのが、たった一つのたのしみというわびしい丁稚奉公である。

僅《わず》かにそんな秀吉を慰めてくれるのは、いつかは東京へ出て弁護士になろうという希望と、伊吹屋の一人娘の雪子との淡い恋であった。が、その雪子もこの春、梅花《ばいか》女学校を卒業して、来年の春には北浜の株屋へ嫁に行くという話である。

今夜、秀吉が雪子と一緒にお渡御見物に行く約束をしながら、それをすっぽかして、ひとり丁稚部屋に閉じこもっているのも、あるいはその雪子の縁談を耳にしたからであろうか。それとも、最近二人の仲をかんづいたらしい中番頭《なか》の藤吉の眼が怖くて、外出が憚《はば》かられるのであろうか。それともまた、一刻の暇も惜《お》しんで講義録にかじりついていたいという焦躁《しょうそう》に、ふと背を焼かれたのであろうか。

何れにしても「枯れすすき」のメロデーは秀吉の耳に何かやるせなく、思わず胸が温まったが、やがて、嬢《とう》さんのことを諦《あきら》めるとすれば、もう東京へ出て弁護士になる勉強をすることだけが自分に残されたただ一つの道だと、気を取り直して、

「……ウインター　イズ　ゴーン。スプリング……」

春《スプリング》が来れば、嬢さんはお嫁に行くのだと、読み出した時、

「秀吉ッとん、秀吉ッとん！」

女の声が聴えた。聴き覚えのある甲高い声は、あ、嬢さんだと狼狽《ろうばい》した途端、もう雪子は金鶴《きんつる》香水の匂いと一緒にバタバタとはいって来て、

「秀吉ッとんの阿呆《あほ》！　嘘つき！」

息を弾ませているので、柔い胸のふくらみが若く波打っていた。秀吉はちらとそれを見て、

「………」

鉛のように黙っていた。

「うち一時間からまったしィ」

と、雪子は青みがちに澄んだ眼で秀吉をにらみつけて、

「――あんたと一緒に天神さんのお渡御見よおもて、阿呆の細工に、筋違橋の上で待ってたのに、あんたというたら、一体どないしてたの？　ちょっとも来《け》えへんやないの。永いことあんな所《とこ》で立ってたら、人がギロギロ見やはるし、何ぞ立ちん坊か、横堀ィ身投げする女子《おなご》みたいで、みっともないさかい、諦めて戻って来たら、なんや、こんな所《とこ》でまだぐずぐずしていんやなア。意地悪《いけず》！　うちもう知らん」

「済んまへん」

「あんた、ここで何したはってん？」

「英語勉強してましてん」

「ふーん」

と、鼻の先を上に向けて、

「――あんたえらい勉強家やねんなア。瀬戸物屋ィ奉公してて、英語勉強するテ、今に横堀に瀬戸物のあんたの銅像立つょう。末は博士か大臣や」

雪子がわざと蓮葉《はっさい》(お転婆《てんば》の意)じみて言うと、

「嬢さん、それ皮肉だっか。嬢さん！　僕は何も博士や大臣になりたくて勉強してるのと違います」

と、案の定秀吉は顔を赧《あか》くして、唇を尖《とが》らせた。

冷やかされたり、冗談を言われたりすると、すぐむっとなる性質だった。十年奉公して来ても、すっかり奉公人気質《かたぎ》にはなり切れず、腹の底にはやはり北陸生れらしい頑《かたく》な生真面目さが、依怙地《いこじ》なまでに根を張っているのだ。

それが雪子には、秀吉の美しい顔立ちにもまさる魅力だった。

「判っとる。弁護士になろうおもて、勉強してるねンやろ？」

「そうです。僕は弁護士になりたいんです」

と、はや秀吉は坐《すわ》り直すと、せきを切ったように喋《しゃべ》り出した。

「――いえ、きっと成ってみせます。俺の親父は高利貸に欺《だま》されて、とうとう監獄イ行きました。裁判の時、弁護士つけたら、監獄まで行かんでも済んだのに、弁護士は金のない者には弁護してくれません。金のある者は弁護士をたのんだり、検事に渡りをつけたりして、無罪や執行猶予になったりしてるのに、僕の親父みたいな貧乏人は耳かきですくうような軽い罪でも懲役に行かんなりまへん。僕弁護士になったら、無料で貧乏人の弁護をして、助けたります」

一息に喋ると、もう秀吉の眼は弁護士になりたさの情熱にギラギラと燃えて、いきな

り講義録の開かれた頁《ページ》を指すと、

「──嬢さん、これ何ちゅう意味です。メニイスターズ　ブライト　オン　ザ……」

「ブライト　オン　ザ　スカイ……。空に輝いている。メニイ　スターズ。沢山の星。……空には沢山の星が輝いていますやないの」

と、雪子は秀吉に寄り添えるのがうれしさに、講義録を覗《のぞ》き込んで、そう教えたが、急に顔をあげると、

「──あんた弁護士になるのんはええけど、うちに待ち呆《ぼう》けくわしてまで、何も英語勉強せんでもええやないの。なんぜうちとお祭見にいて呉《く》れへんネん」

「嬢さんと一緒に歩いたら、人に見られますさかい」

「見られたかテかめへん。知らん男の人と一緒に歩くのと違う。あんた、うちの家の人やないの」

「でも……」

　すると、雪子はいきなり秀吉の手を握って
「うち、こないして、あんたと手ェつないで……」

「あ、嬢さん、人に見られたら……」

「いかんのンか。あんた、うちの子供の時、いつも手ェ引っ張って、学校イ連れていて呉れたやないの？」

　そして雪子は、さア、物干へ上ってお渡御見ようと、秀吉の手を引っぱるようにして、

物干へ上った。

「秀吉ッとん、もっとこっちイ来とうみ、来とうみ。お渡御見える」

「へえ」

しかし、離れていると、

「なんぜそんなに離れてみるのン？　あんた、もううちが嫌いになったンか？」

「嬢さん、僕は奉公人です。身分が……」

と、終《しま》いまで言わせず、雪子は、いきなり秀吉の傍へすり寄って、

「身分が違《ちご》たら、好きになっても夫婦になられへんのンか。いや、うちそんな旧弊きらいや」

「嬢さんは来年の春、北浜イ……」

「行けへん。お嫁になんか行けへん。うちそんなお家《うち》の犠牲になるのンいやや、お家というもんは、そら大事なもんやけど、自分の倖《しあわ》せかテ大事や。秀吉ッとん、あんたそう思えんか。うちとあんたと夫婦になる」

「嬢さん、何言やはります。僕は前科者の息子です」

そう言うと、雪子はいきなり、

「うちかテ妾《めかけ》の子や」

「えっ……？」

「うち芸者の子や」

と、けろりとした顔だった。秀吉は、雪子が嘘を言っているのかと、思わずむっとなるところだったが、

「今日まで誰にも言えへんかったけど、今のお母はんうちのほんまのお母はんと違うねン。うちのほんまのお母はんは南の宗右衛門町で芸者したはって、お父はんのお妾にならはってん。うちそのお妾の子や。生れたらすぐこの家へ連れて来られて、嬢さん、嬢さんいうて大きな顔して育って来たけど、ほんまは小そうなって暮してんならん人間や。……なア、秀吉ッとん、あんたは前科者の子供やいうて小そうなったはるけど、うちかテ日陰者《ひかげもの》の子供や。夫婦になったかテ、かめへん」

と、雪子の話を聴くと、思わず眼が濡《ぬ》れた。

「…………」

「秀吉ッとん、あんたなんぜ黙ったはんのん?」

「…………」

「返辞し度《と》う!」

「…………」

「なんぜ涙こぼしたはんのん?」

「嬢さん!」

「秀吉ッとん!」

思わず両方から抱きしめた。

「逃げよう、うちと一緒に逃げ度う！」

「え？」

と、秀吉は雪子の頰から口を離した。

「うち北浜イお嫁入りせえへん。あんたと一緒やなかったら、倖せになれへん」

「嬢《とう》さん、そりゃいけまへん」

と、秀吉は驚いて雪子の身体を離して、

「——嬢さんは北浜ィ行って下さい。僕は一人で東京へ行って勉強します」

「いやいや、一緒に逃げよう」

二十四の男より十八の娘の方が大胆だった。

「でも……」

渋っていると、

「雪子！　雪子！」

階下の方から声が来た。

「あッ、御寮はんが呼んだはります」

「逃げよう、秀吉ッとん！　逃げ度う！」

「雪子、雪子！」

「御寮はんが……」

「逃げ度う！」

お渡御はもう見えず、ハモニカの曲は「籠《かご》の鳥」に変っていた。

二

それから四、五日たった夜、秀吉は梅田の駅のプラットホームで、しょんぼり終列車を待っていた。

東京へ出て勉強するという希望に燃えているはずだのに、雪子に無断でこっそり逃げるように出て来たことを想えば、さすがに淋《さび》しかった。

雪子との恋になぜもっと強く生きなかったという後悔もふと頭をかすめたが、やはり奉公人の弱さがあった。

汽車がはいって来た。

大阪もこれで見納めかと、ふと振り向いた途端、

「あッ!」

思わず声が出た。階段を駈《か》け登って来る女の姿が眼にはいったのだ。

「嬢さん!」

雪子であった。

「ああ、間に合《お》うて良かった」

と、雪子は嬉《うれ》しそうだったが、すぐ例の青みがちに澄んだ眼でにらみつけると、

「——秀吉ッとん！　あんたなぜうちに黙って、一人で東京へ行くのン？」

うちも一緒に行くと言いながら、雪子はさっさと汽車に乗ってしまった。

「嬢さん！　そらいけません」

秀吉はあわてて随《つ》いて行きながら、

「——そんなことしたら、僕、旦那《だんな》はんや御寮はんに申訳あれしまへん」

「ほな、あんた、うちの倖せなんか、どないなってもかめへんのやな。もううちが嫌いになったのンか」

「いえ、そんなこと……」

「ほな、一緒に行こう。うちちゃんと覚悟して出て来てん」

と、旅行鞄《かばん》を網棚の上に乗せようとする手を、秀吉は摑《つか》んで離さず、

「嬢さん、そんなこと言わんと、僕に一人で東京へ行かしとくなはれ」

「いや」

「どうぞ家へ帰っとくなはれ」

「いや」

雪子はくるりと背中を向けた。首筋の生毛《うぶげ》が柔かそうで、肩のなだらかな線も、秀吉の眼にふとなやましかった。仕方がない、一緒に東京へ逃げよう——そう思った時、

「秀吉ッとん！」

と、鋭く呼ばれた。

「あッ。番頭はん！」

中番頭の藤吉があわただしくはいって来たのだった。

「秀吉ッとん！　お前大それたことをする気イか」

「いえ、僕は何も……」

藤吉はしかし、もう秀吉には取り合わず、

「さア、嬢さん、降りまひょ。間に合うてよろしおました。こんな奴と一緒に行ったら、えらいめに会いまっせ」

「いや。うち秀吉ッとんと一緒に行く」

雪子は冷ややかに言った。秀吉はそんな雪子を見ると、ああ俺は嬢さんに惚《ほ》れていると思った。しかし、藤吉は、

「嬢さん、そんな無理言わんと、今夜のところはわてに免じて、大人しく戻っとくなはれ。この通りだす」

拝むようにして言うと、いやがる雪子の手を引っ張って、降りてしまった。もう汽車が動きだしていた。

「秀吉ッとん！」

「嬢さん！」

汽車の中と外と、二つの声はしかしすぐ聴えなくなった。

三

一と月がたった。

暦の上では秋だが、まだむし暑い。ことに今日の日中の暑さと来ては、まるで土用より暑いくらいである。

じっとしていても、汗がツルリツルリと肌の上を流れる。気が変になるような、いやな暑さである。

女中が昼の食事を知らせに来たが、雪子は食べたくなかった。しかし、食欲《しょくよく》がないのは暑さのせいばかりではなかった。

「ごはん抜いてばっかししたはりましたら、毒だっせ。ほんに嬢さんはこの頃とんと痩《や》せはりましたぜ」

女中が言うと、雪子は、

「痩せたかテかめへん。糸みたいに痩せてしもたら、お嫁に行かんでもええやろ」

そんな心の底には、やはり秀吉のことがあった。

「あっちイ行っ度《と》う！」

一人で秀吉のことを考えたかった。

「へえ」

女中は出て行きながら、

籠の鳥でも智慧《ちえ》ある鳥は
人眼しのんで会いに来る

と、歌っていた。

「そんな歌やめ度う！」

出て行った女中は、しかし直《す》ぐ戻って来た。

「嬢さん、東京からお電話だっせ」

「東京から……？」

思わず胸が騒いだ。

「へえ？　東京の新聞社アたらいう所《とこ》から掛ってます」

女中の言葉を皆まで聴かず、電話口へ飛んで行った。

「もしもし、うち雪子だす」

「あ、嬢さんですか」

電話の声は遠かったが、秀吉だとすぐ判りなつかしさに気が遠くなるほど、雪子は甘くしびれて、

「秀吉ッとん！」

「お達者ですか」

「ううん」

と、電話口で甘えるように首を振って、

「――うち、あれから寂しゅうて悲しゅうて、ごはんもろくろく咽《のど》へ通れへんねン。――あんたあれからどないしとったはン？」

「僕東京へ来てから、新聞社へはいって、給仕をしながら、夜学へ通っています」

新聞社の電話を借りて掛けているらしかった。

「夜学イはいって勉強……」

と言い掛けた時、藤吉がぬっと顔を出したので、あわてて、

「――あ、そう？　秋子さんも来やはるのン？　ほな、うちも同窓会イ行こうかなア」

「もしもし秋子さんテ何のことです」

秀吉は狼狽《ろうばい》していた。

藤吉はすぐ顔をひっ込めたので、

「いま、藤吉がうちの電話の話聴きに来たさかい、ごまかしてン。――夜学イはいって英語勉強してるのン。ウインター　イズ　ゴーンを……」

「ええ。もう大丈夫ですか。番頭はんいなくなりましたか」

「うん」

と、微笑したが、ふと悲しそうになって、

「――もう、うち英語教えてあげられへんなア」

涙がこぼれた。

「いいえ、嬢《とう》さんにその気があったら、僕いつでも教えていただきます」

「いつでも言うたカテ、そんな……」

すると、電話の声は急に改まって、

「嬢さん、東京へ来て、英語教えて下さいますか」

「えッ？」

と、驚いて、

「――ほなら、うち東京イ行ってもええ？」

「ぜひ、僕東京へ来て、いろいろ考えましたが、やっぱり嬢さんのことが忘れられません。嬢さんと二人で暮す方が本当の倖せや、考えました」

「そんで、電話してくれたの」

「ええ」

「うち、今晩たつ。電報打つさかい、迎えに来度《きと》う！」

「行きます、行きます」

電話の声も弾んでいた。

「電報どこィ打ったらええのン？」

「東京市……」

と言いかけた時、ぼつりと電話が切れたので、

「あ、もしもし……」

と、言おうとすると、ゴオッーという音と共にはげしく揺れ出した。

「あ、地震！」

雪子はぱったり受話機を落して柱にしがみついた。柱から時計が落ちて来た。

時計の針は十一時五十三分を指したまま、停っていた。

四

……五年がたった。

もう春が近いのか、川風も何か生暖かく、ふと艶めいた道頓堀の宵である。

しかし、先刻から太左衛門橋の上にしょんぼりとたたずんで、カフェや青楼の灯を泛《うか》べて流れる水を、ぼんやり覗《のぞ》きこんでいる男の顔は、みるからに寒々とうらぶれていた。

男は鉛のようにじっと動かず、川風に吹かれていたが、やがて、虚《うつ》ろな顔をあげてふと振り向いた途端、通り掛った女の顔見て、

「あッ」

向うでも気づいて、

「あ」

と、かすかに声をあげた。

「――秀……吉ッとんやおまへんか」

「ああ、やっぱし嬢さん……でしたか……」

姿は変っているが、青みがちに澄んだ眼は忘れもしない、雪子だった。

雪子は暫《しば》らく物も言わずに突っ立っていたが、やがて秀吉の肩に触れるくらいすり寄って来て、

「あんた、生きたはったの?」

嬉《うれ》しいとも悲しいとも判らぬような声だった。

「えッ?」

「うち、あんたもう死んだはるものやおもてたワ。――あれ、五年前だしたなア。あんたが東京の新聞社から電話掛けてくれはったのンは」

「ええ。電話を掛けている最中に、あの大地震で電話が切れてしもて……」

「あとで聴《き》いたら、東京は大震災で、うち東京ィ行くにも行かれへんし、だいいちあんたの居所探すいうても、それ訊こうおもてるうちに、切れたもんやさかい、とんと見当はつかへんし……。そのうちに、あんたがあの地震で死なはったいう噂をきいたもんやさかい、うちその噂ほんまやおもて、とうとうあんたのことは諦《あきら》めて……」

「北浜イ……?」

すかさず言った。

雪子はうなずいて、

「お嫁にいてしまいましてん。あの地震で東京や横浜《よこはま》のお店はつぶれてしもたのが切《き》っかけで、家の商売もあかんようになって、うちが行かなんだら、二進《にっち》も三進《さっち》も行かんいうことになって……」

と、うなだれると、髪油の匂いがふと鼻をついた。

「聴きました。聴きました。僕も嬢さんが北浜ィ行かはったことは、風のたよりに聴きました」

すると、雪子はうふふと、寂しく笑って

「嬢さんやなんテ……。うち、もう嬢さんでも奥さんでもあれしめへん。――秀吉ッとんうち何に見える？」

「…………」

判っているが、さすがに答えられなかった。

「この服装見たら判りまっしゃろ。芸者だす――秀吉ッとん、芸者の子はやっぱし芸者になりました」

「そりゃまた……」

どうしてと、ちいさな声だった。

「嫁入り先きで、うちが芸者の子や、妾《めかけ》の子やいうことが判ってしもて、そんな素性の子は置いとけんと……。追いだされたその足で、宗右衛門町へ来て、とうとうこんな姿になってしまいましてん」

「…………」

「今日もお友達と一緒に中座《なか》へ芝居見にいた帰りだす。お友達はめおとぜんざいイ寄ろ言わはったんやけど、うちお座敷があるさかい、一足先に帰るいうて、別れてこの橋の上通ったさかい、あんたに会えたんやけど、めおとぜんざいイ寄っとたら、会われへんかったかも判れしめへんなア。――秀吉ッとん、あんた弁護士になってくれはりましたか」

「いや」

秀吉はさびしく首を振って、

「――前科者の息子はやっぱし……。あの地震で命だけは助かりましたが、それからというものは、散々苦労した挙句、ごらんの通りのルンペンになって、大阪イ舞い戻って来ました。今日も一日中働き口を探してぶらぶら歩きまわった足で、道頓堀へ来てこの橋の上でしょんぼり明日のごはんのことを思案していたところです」

「秀吉ッとん、こんな所で立話もでけへん。一緒にどこぞへお伴しまひょ」

芸者らしい口調に、ふと悲しくなりながら、

「どこへ……？」

「どこへなりと……。あんたの来いというところへ」

言いながら、じっと秀吉の顔を見つめた。燃えるような眼だった。五年前、一緒に逃

げようと迫った時のあの眼と同じだ。

秀吉はふっと胸が熱くなったが、しかし、

「いや僕は……。またこんどお眼に掛った時にでも……」

と、気弱く断った。そんな自分がわれながら情けなかった。が、今は二人でうどん屋へ行く金もない状態なのだ。

「そう……？」

雪子はちょっと考えこんでいたが、やがて何思ったのか、早口に、

「──あんた、まだお一人……？」

秀吉は黙って首を振った。

「あ。そう。やっぱり……」

思わず下を向いた。長い睫毛《まつげ》がふと濡《ぬ》れているようだった。

「──で、奥さんはお達者……？」

「ありがとう。身体だけはまァ」

暫《しばら》く二人とも黙っていた。

「暖かくなったワ。もうじき春でんなア」

「ウインター　イズ　ゴーン」

秀吉はしみじみと一人ごとのようにつぶやくと、雪子も、

「スプリング　ハズ　カム」

眼と眼で微笑み会った。

「――うちもう行きまっさ。ご縁があったらまたお眼に……。さいなら」

「さいなら」

雪子は行きかけたが、ふと振り向いて、

「奥さんによろしく」

「ありがとう。嬢さんもお達者で……」

「おおけに。さいなら」

そして、雪子は太左衛門橋を渡って行った。

もうそこは宗右衛門町だ。

すれ違う芸者が、

「雪子姐《ねえ》ちゃん、今晩は……」

「今晩は、小花ちゃん」

そして、また、

「雪子姐ちゃん、今晩は……」

「今晩は、玉子ちゃん」

「雪子姐ちゃん、今晩は……」

「今晩は、小桃ちゃん」

道頓堀のカフェからは「テナモンヤナイカナイカ道頓堀よウ！」という道頓堀行進曲

が聴えていた。
雪子は何ごともなかったような表情で、大和屋の玄関へはいって行った。

大阪の女

一

「……いらっしゃいませ」

と、言い掛けて、雪子はあっと息を飲むと、

「——まア、島村はん！」

と、キンキンした声をあげた。もう四十を幾つも過ぎているが、若い娘のように明るく疳高《かんだか》い声は、三年前と少しも変らず弾んでいた。

前より少しやつれているところは、さすがに罹災《りさい》者らしかったが、しかし声を聴けば、やはりもとの「千草」の陽気なおばさんのままだった。ああ、この声を、島村はなつかしさにしびれると同時に、何か安心して、

「やっぱし、おばさんの店だった」

「小そうなってしまいましたやろ」

と、雪子は笑いながら、

「——これでも、あんた、えらい苦労して建てましてんぜ。こんなマッチ箱か鰻《うなぎ》の寝間《ねま》か判らんようなバラックでも、三月掛りましてん。苦労しました」

「そうだろうなあ。いや、しかし、よく建ったね。僕はね、まさか『千草』が復活してるとは思わなかったから、まア焼跡の匂いでも嗅《か》いで、昔の『千草』を想い出すかな——ぐらいの気持でブラブラやって来たんだよ。そしたら、看板が出てるだろう。おやっと思ってはいってみると……」

「みっともないおばはんが、相変らずけったいな顔をして、阿呆みたいに立ってたいうわけでっか」

もう白粉気《おしろいけ》は殆《ほと》んどないが、しかし、どこか垢抜《あかぬ》けている美しい雪子が、わざと自分のことをそんな風に言っているのを聴くと、島村は大阪へ帰って来たという想いが強かった。大阪のほかでは聴けない言葉なのだ。

島村は応召前、東京の学校に籍を置いていたが、大阪の船場——道修町《どしようまち》の薬屋の息子として育ち、大阪の感覚というものが皮膚にしみこんでいるせいか、東京の空気には妙に親しめなかった。だから帰省して大阪の空気に触れると、ほっとするのだったが、しかし、例えば大阪の喫茶店も「東京茶房」だとか「銀座《ぎんざ》茶房」だとか「コロンバン」だとか、東京風の店が多く、ああ大阪の喫茶店だと思えるのは、「千草」くらいのものであった。自然、島村は帰省するたびに「千草」へ足を運び、応召する時も「千草」にだけはあわただしい時間を割いて挨拶《あいさつ》に行ったくらいである。戦地でも大阪なつかしい気持の中には「千草」のこともあった。

一昨日、復員して帰って来たばかしの島村が、どこよりも先に「千草」の焼跡を見に来たのも、してみれば学生時代のささやかな青春の回顧であったわけだが、しかし四十を過ぎた「千草」のおばさんの雪子に、いくら何でも青春の想いが傾いていたわけではない。雪子の一人娘でその頃十八歳であった葉子の初々しい姿の方に、淡い想いが傾いていたのではなかろうか。

「……ところで、葉子ちゃんは……？」

その葉子の姿が見当らないので、やはり島村はそう訊《たず》ねてみた。

「葉子死にました」

雪子の答えは簡単であった。

「えっ？」

島村は思わず飛び上って、青くなった。

そんな島村を見て、雪子は笑いながら、

「あはは……。嘘だす、嘘だす。ほんまは死にかけましてん」

「なアんだ。一杯かつがれた」

島村はしかしもう嬉《うれ》しそうに笑って、

「——死にかけたって、病気で……？　空襲で……？」

雪子はうなずいて、

「ほんまに、もうちょっというとこだしたぜ。あの晩わてら太左衛門橋を渡って逃げましたんやが……」

「あの晩って、三月の……？」

「そうだす。十三日だした。大阪の南がすっかり焼けてしもた日ィだす。竜巻に追われて、道頓堀まで来ましたら、もう道頓堀も火の海でっしゃろ。というて、引き返すに引き返されしめへんし、火の中をくぐって太左衛門橋を葉子と二人で渡って北へ逃げましてん。そうしたら、あんたちょうど二人が橋を渡り切ったと思った途端に、橋がばさんと二つになって焼け落ちましてな。もうちょっとおそかったら、橋と一緒に葉子もわても川へ落ちてたとこだした。今から思たら、わてらが渡りかけた時は、もう橋が燃えてましたような」

「ふーん。どうしてまたそんな危い橋を……」

渡る気になったのかと、島村はきいたが、

「うふふ……」

雪子はちょっと鼻の先で笑っただけで、答えなかった。

雪子自身にも、なぜ燃えている太左衛門橋を渡って逃げる気になったのか、不思議であった。ただ何となく、もうこの橋もこれが渡り収めや、二度と再びこの橋を渡ることは出来んやろ。――そう思うと、危険も怖さも忘れて、危い、危いと停める葉子の手を引っ張って、無我夢中で橋の上を走っていたのだ。そして、渡り切って宗右衛門町を抜け、畳屋町の方へ逃げながら、ひょいと振りかえると、ちょうど橋は二つに割れて燃え落ちようとする所で……。

「ああ。あの橋を最後に渡ったのは、自分達親娘《おやこ》やった！」

と、その時そう呟《つぶや》くと、思わず涙がこみ上げて来たが、しかし、なぜ涙が出たか、その理由は、娘の葉子にも島村にも言えなかった。……

雪子はふとその時のことを想い出して、遠い想いに胸を熱くしていたが、

「……で、今、葉子ちゃんは……？」

という島村の声にはっとわれにかえって、

「ああ、葉子だっか。今、そこらの闇市ィ晩のお菜《さい》の肉買いに行ってまんねん」

「へえ、そいつは豪勢だな」

「何が豪勢だすかいな。このバラックかてあんた、借金して建てましてん。しかしまア、あの時死んでたら、昔のお客さんの顔も見られへんし、インフレや食糧や何やかや言うても、生きてるほどありがたいことはおまへんなア」

そう言っているところへ、葉子が只今《ただいま》と帰って来て、島村を見つけると、

「あら」

と、立ちすくんだ。みるみる赧《あか》くなり、耳の附根まで燃えていた。

色が白いだけに、その赧さは可哀相なくらい目立って、母親の雪子の方が照れてしま

いながら、ふと島村の方を見ると、島村も、

「今日は……」

と、ぎこちなく頭を下げただけで、あと何かそわそわと赧くなって、発火石のすくなくなったらしいライターをしきりにパチパチさせて、煙草に火をつけようと焦っている図が雪子にはおかしかった。

雪子はそんな二人の容子《ようす》を見ると、

「おや、ひょっとしたら好き同士と違うやろか」

と、さすがに敏感で、ふと微笑した。何かしらほのぼのとした想いが湧いて来るようだった。が、雪子はふと島村の横顔を見て、すっきりした鼻筋や美しい眉《まゆ》に、良家の息子らしい上品さを感ずると、なぜか急に狼狽《ろうばい》して、眉をくもらせた。

二

島村はそれから殆んど毎日のように「千草」へやって来た。

島村の実家は代々道修町の有名な薬問屋で、工場も自宅も巧《うま》く焼け残ったし、毎日ブラブラと遊んでいても何不自由のない身分とはいえ、しかしさすがに島村も毎日勤めもせず「千草」へやって来る無為徒食《むいとしょく》の自分に照れたのか、

「――親父は僕を自分の会社の常務にしたがっているんだが、僕は成りたくないんだ。

だいいち、僕は商売のことは何にも知らぬし、うちで作っている薬の名前の半分も知らぬくらいだから、重役になったって仕方がないんだ。それにそんな僕が、ただ島村の息子だというそれだけの理由で、重役になるなんて、およそ民主主義じゃないからね。親父は島村の一族だけを重役にするといういわば大家族主義で行きたいらしいが、僕はそんなのは封建的だと思うよ。重役になりたくないものを無理矢理重役にしたって仕方がないと言ってやったら、じゃ勝手にしろと、親父めカンカンになって口も利かないんだ。うちに居ると、面白くないから、毎日飛び出して働く所を探してるんだが……」

と、いいわけのように言っていた。

そして、葉子を映画やレヴューに誘ったりしていた。

雪子は娘を束縛したりするのがきらいで、いわばひらけた母親であったから、若い時は二度ないのやからという気持で、葉子を出してやっていたが、島村が何の仕事も持たずにうかうか日を過しているのは、葉子のせいではなかろうかと、二人の後ろ姿を見ながら、ふと心が翳《かげ》ることもあった。

ところが、葉子はともかく、島村自身も映画やレヴューが心から面白いというわけでもなかったらしい。

ある日、千日前の大阪劇場へ「春の踊」を見に行った二人が帰って来たので、

「面白かった？」

と、雪子がきくと、

「うん、よかったわ」

　葉子は「林檎《りんご》の唄《うた》」がどうだとか、葦原千鶴子と秋月恵美子《あきづきえみこ》のルンバがどうだとか、勝浦千浪《かつうらちなみ》の男装がどうだとか、若い娘らしく言っていたが、島村は、

「見ていると、何だかチグハグでたまらなかったよ。そりゃ、『春の踊』が復活したのはうれしいがね、熱狂している女の子を見ていると敗戦のことも忘れてしまうが、だけど、舞台では今あんなに華やかに踊ったり歌ったりして、昔とちょっとも変らないのに、劇場の外では、千万人の日本人が餓死しかけてるのかと思うと、何だか変な気持だったよ」

　そう言いながら、島村は無為徒食の自分をふと責めているようであった。

　果して、島村はそれから四、五日たつと何かにせき立てられるように、

「大学時代の先生に会《お》うて来る」

　と、言って、上京した。

　そして、一週間ばかりして大阪へ帰って来た島村は、見ちがえるように生き生きとした声で、

「おばさん、とうとう仕事が見つかったよ」

「へえ、そらよろしおましたな。で、どんな仕事……？」

　雪子がきくと、島村は、

「それがね、物凄《ものすご》い仕事なんだよ」

と、せきこんで、半分は葉子に聴かせるつもりで、

「――僕はね、はじめ北海道へ行こうと思ったんだよ。北海道は月に四日分の食糧の配給しかないというだろう。僕は農科を出たんだから、ほかの人よりは開墾のことは自信があるからね。だから、まず先生に相談に行ったんだよ。そしたらね、先生は、君なんかが一人行って、こそこそ開墾したって、君一人食うだけが関の山だ、それよりも俺の研究を手伝わないかというんだね。ところが、聴いてみると、その研究たるや、大変なんだ。うまく行くと、食糧難が一ぺんに解決する――というのは大袈裟《おおげさ》だが、とにかく大したもんなんだね。で、どういう研究かというと……」

「まアまア、珈琲《コーヒー》でも飲んでから……」

「ああ、ありがとう……」

葉子が運んだ珈琲を一口すると、島村はもう夢中になって、

「――その研究というのは、酵素肥料の研究なんだ。酵素というと、さア何というかな、バイキンみたいなものだね。バイキンといっても今はやっている発疹《はっしん》チブスのバイキンとかそんなもんじゃない。餅《もち》にカビが出来るだろう。あれもバイキンでね、つまり醗酵《はっこう》させて出来たバイキン、これが酵素なんだ。この酵素を肥料にすると、凄《すご》いんだ。植木鉢でも何でも、ちょっとした土さえあれば、どんな食糧でも素人にたやすく作れるんだ。で、この酵素肥料をどうしてこしらえるかというと、芋をふかしてね、それに人参《にんじん》――この人参という奴は莫迦《ばか》によく醗酵するんだ。人参を入れて、そこへ砂糖を一つかみ、

——もっとも砂糖は今ないから入れられないが、入れるといっそう効果があるんだ。そうやって放って置いて、醱酵させるんだね。すると、酵素肥料が出来るんだ。これさえあればもう素人にも食糧が出来るんだよ。もうこれさえあれば自給自足は完全だよ。もう心配いらんよ。僕は断然この研究を手伝うことにしたよ」

島村は昂奮《こうふん》していた。

雪子は聴いていると、ふと戦争中よく聴かされた新型兵器の話を想いだした。「これさえあればもう大丈夫だ、もう既に完成していて、やがて、この秘密の兵器が素晴らしい戦果を……」云々《うんぬん》。

島村の話もそれと同じ夢物語ではないかという気がした。しかし、島村が青年らしく夢中になっているのを見れば、ひやかしては済まない気もしたので、

「そら、ありがたいことでんな。島村さんのおかげで、餓死が免れたら、こんな嬉《うれ》しいことおまへんな」

「いや、僕はただ手伝うだけだよ。研究は先生がやってくれる。僕はただ試験管洗いだ。しかし、試験管洗いでも、これで食糧の危機が救われると思うと、張り切ってやるよ」

島村は眼を輝して、

「——おばさん、僕は東京は好かんが、いよいよ東京へ行きますよ」

と、言った。

葉子は黙っていた。

ふと雪子が見ると、唇を噛《か》んでいる。島村が東京へ行ってしまうときいて、やはり悲しいのだろうか。

三

島村は東京へ行くと言いながら、しかしそれから一月も大阪に愚図《ぐず》愚図していた。そして、毎日のように「千草」へ顔を出すのだ。

春が過ぎて、やがて梅雨だった。雨の中をやって来る島村のレインコートを見ると、雪子はなにかがっかりした。何かそのレインコートが軽薄なような気がして、

「ああ、やっぱし若い人はあかんなア」

と、雪子は歯がゆかった。

「島村はんが東京行きを愚図ついたはるのんは、あんたが引き停めてるのと違うか」

ある夜、雪子は思いきって葉子に言ってみた。ほかに、ちょっと気になることもあったのだ。葉子はびっくりしたような眼で、雪子の顔を見あげて、

「ううん、そんなことあれへん。うち、何にも言えへん」

と、言ったが、急に眼を伏せたかと思うと、ポロリと涙を落した。

「葉子、あんた、なぜ泣いてるねん」

「…………」

「かまへん、なんぜも思たこと言い、恥しいことでもなんでも、わてには遠慮いらんさかい……」

しかし、葉子は黙っていた。日頃無口な娘だったが、それよりも、やはり恥しさが先に立つのであろうか。

「あんた、島村さんと何ぞあったんか」

ズバリと雪子は言った。

「えっ？」

葉子は畳の目をむしっていたが、急に

「——お母ちゃん、かんにんして！」

わっと泣き伏した。

襟首の生毛《うぶげ》は娘らしかったが、しかしこの娘がもう男を知っているのかと、雪子はさすがに

「あ。——」

と、軽い叫びが出たが、しかし、不思議に落ちついていた。娘を責める前に、自分を責めたい気持だった。

「謝らんでもええ。泣かんでもええ。泣いてたら、何にも判れへん。言うてごらん。お母ちゃんはちょっとも怒ってへんさかい。——で、島村はんはどない言うたはんのん？」

と、わざときいたのは、すぐに答えるのが恥しいのであろう。

「うん」

「島村はん、うちと結婚する言うたはるねん」

「で、あんたはどない言うたの？」

「うちか……？」

と、また口籠《くちご》もっていた。

「うん」

「うちな、何もかも本真《ほんま》のこと言うてん」

「何もかも……？」

「うん」

うなずいて、言いにくそうに、

「——お母ちゃんが芸者してたことや、うちが妾《めかけ》の子やいうこと、皆言うてん……」

「ふーん。言うたら、島村はんは……？」

「そんなこと構《かめ》へん。はじめから、薄々判ってた……」

「そう言やはったんか」

「うん」

島村の言うのには——

「――芸者や妾の子を軽蔑《けいべつ》するのは、古い考えだ。娘を芸者や娼妓《しょうぎ》に売ったのは、無智な庶民階級だが、僕はそういう親達を憐《あわれ》みこそすれ、憎みたいとは思わん。それにくらべて僕はブルヂョワの息子に生れたけれど、ブルヂョワやプチブルは大嫌いだ。彼らは娘を売らなかったけれど、自己保存の本能から、家と家との結婚の代表的見本みたいな見合結婚などという愚劣なものを、娘に押しつけて、娘を芸者や娼妓に売った親達以上に、娘を苦しめたりして来た。僕はこういう親達を、憐む前にまず憎みたいくらいだ。僕は庶民が好きなんだ。好きだったら一緒にしてやれというのは、いつも庶民階級の親だからね」

と言ったそうである。

「ふーん、そんなこと言ったはるのんか。好きやったら、一緒にしてやれ――か。島村はんはええこと言やはるなア」

雪子は娘の口からきいて、思わず唸《うな》ったが、しかし、

「お母ちゃん、島村はん、本真にうちと結婚してくれはるやろなア」

と、葉子が言うと、もうこの母親はそれに答えようとせず、ふと戸外の雨の音を聴いていた。

その顔は寂しかった。

四

それから二日後——

「……おばさんは僕が気に入らないんですね」

と、島村はしょげていた。

「そんなことおますかいな」

と、雪子はいつもの顔でいつもの声で笑っていた。

「だって、おばさんは葉子ちゃんに、僕のことは諦《あきら》めろと、言ったんだろう？」

「そら、言いました」

「それ見なさい、やっぱしおばさんは……」

この結婚に反対なんだろうと、島村はますますしょげかえった。

「何も反対したいことはおまへん。しかし、やっぱし身分が……」

「身分がどうとかこうとか、おばさんも旧弊だなア。今はそんな時代と違うがなア」

「そら、そうかも知れまへん。しかし、あんたのお父さんが、あんたと同じ考えでいてくれはりまっしゃろか」

「だから、親父は僕が説き伏せると言ってるじゃないか」

「……………」

雪子は暫《しば》らく黙っていた。

果して島村が口説いても、島村の父はうんと言うだろうか。いくら、民主主義だ、自由の世の中だといっても、芸者がうんだ――しかも妾の子を、島村の父が息子の嫁にするだろうか。よしんば、承知してくれても、古い因習が根強く尾を引いている船場の旧家へ飛び込んで行った妾の子が、果してのびのびとした日を送れるかどうか。

そう考えると、雪子はやはり葉子に諦めさせるほかはないと思うのだった。

「おばさんは取り越し苦労をしているんだ」

「そんならね、島村はん……」

と、雪子はじっと島村の顔を見つめて、

「――お父さんがうんと言うてくれはりましたら、わてはもう何にも言わんことにします。喜んで葉子を貰《もろ》ていただきます。嫁《かた》づいてからのことは、もう取り越し苦労しても仕様《しよ》おまへんさかい。その代り、お父さんがうんと言うてくれはれしめへんでしたら、あんたが何と言やはっても、諦めて貰《もら》いまっせ。あんたにも諦めて貰いますし、葉子にも諦めさせます」

そう言った。

この言い方には、やはり雪子の四十何歳という大人が含まれていたが、島村はその言葉をきくと、喜んで帰って行った。

ところが、島村はそれきり「千草」へ顔を見せなかった。

しかし、葉子は手紙か何かで呼びだされて、ひそかに島村と会《お》うているらしかった。そして、帰って来た時の葉子の顔の表情で、雪子は島村の父が二人の結婚に反対しているらしいことは読み取れた。いや、葉子のそんな顔色を見るまでもなく、島村の父が賛成だったら、当の島村が鬼の首でも取ったようにいそいそと「千草」へ顔を出すはずだ。葉子は毎日傍で見ているのも可哀相なくらい、鬱々《うつうつ》と沈んでいたが、ある夜、何かソワソワと落ち着かぬようだった。

夜中に雪子が眼を覚すと、葉子はまだ寝もやらず、何か書き物をしている。その枕元には身の廻《まわ》りのものを入れたのであろう、リュックサックが置いてあった。

雪子はどきんとして、声を掛けた。

「葉子、あんた、島村はんと一しょに東京へ行くつもりと違うか」

葉子ははっとペンを停めた。そして、そのまま化石したように身動きもせず、前方を見つめていたが、やがて、

「お母ちゃん、かんにんして……」

島村が明日の朝早く大阪駅で待っているのだと、葉子はもう隠し切れなかった。そして、枕の上へポトポトと涙を落した。痩《や》せた背中がふるえている。

雪子はそんな娘の背中を見ると、ふと島村が憎くなった。

自分からたった一人の娘を奪って行くことが、憎いのではない。島村の父が反対だったら、もうすっぱりと葉子のことを諦めて貰いますと雪子が言ったのは、こんな時のこ

とを予想して言ったのだが、しかし、島村はそんな雪子の言葉を無視して、駈落《かけお》ちしようとする。それほどの激しい情熱は判るし、また、これが今世間で言われている「自由」というものか、知れないが、しかし、いくら島村が金に不自由のない家の息子だからといって、今はその金が自由にならぬ世の中だ、米一合手に入れるのさえどんなわずらわしい苦労をしなければならぬか判っているはずだ。そんな時にいきなり若い二人が東京へ行って、無事に暮して行けるかどうか……。

いや、戦争前の世の中だって、若い二人の駈落ちが成功しただろうか。げんにこの自分だって……。

「——この自分だって……」

と、呟《つぶや》いて、ふと娘の涙に濡《ぬ》れた横顔を見ると、若い頃の自分にそっくりだった。

「葉子！」

と、雪子は名を呼んで、暫らくためらっていたが、やがて、思い切ったように、

「——お母ちゃんは今まで誰にも言わなかったし、また一生言わんつもりやったけど……」

と、語り出した。

五

その雪子の話——。

雪子は東横堀の伊吹屋という大きな瀬戸物問屋に、いわゆる「船場の嬢《いと》はん」として育った。

が、雪子は本当は芸者の子だったのだ。そのことが判ったのは、女学校を卒業して間もなく、雪子が花柳流の名取りとなった披露の舞踊会を、道頓堀の中座で催した時だった。

その日、雪子は宗右衛門町の芸者達の長唄《ながうた》で「娘道成寺」を踊ったのだが、踊が終りかけた頃、三味線を弾いていた一人の芸者が撥《ばち》を落して、ぱったり床の上に倒れた。そして、間もなく楽屋で息を引き取った。

その芸者は本当は寄席《よせ》の三味線弾きだったのだが、その日出演する昔の朋輩《ほうばい》に頼んで、その替玉となって舞台へ出ていたのである。病身だった。病身を押して雪子の三味線をわざわざ弾いたのは、——実はその女は雪子の生みの母親だったのだ。宗右衛門町の芸者をしていた頃、雪子の父と馴染《なじ》んで、雪子を生むと同時に、お家大事の伊吹屋の番頭に引きはなされて、雪子を伊吹屋へ渡してから二十年間、「船場」というものの垣にへだてられて一度も雪子に会うことは出来なかった。彼女はその後転々として淪落《りんらく》の道を辿《たど》っていたが、ある日ふと雪子が中座で「娘道成寺」を踊り、その三味線を宗右衛門町の芸者達が弾くことを聴いた。彼女は胸を患っていたが、昔の朋輩を宗右衛門町に訪ねて、替玉となってせめて娘の晴れの踊の三味線を弾かせてくれと頼んだのであった。

雪子はこの話を、その女が息を引き取る直前に聴いたのだ。

その女の死体は夜が更けてからそっと楽屋口から運び出された。雪子はその傍について行ったが、太左衛門橋の上を渡る時、雪子はもはや自分は船場とは何のゆかりもない人間だとふと思った。生みの母親を苦しめた船場の古い因習というものへの強い反感だった。

その頃、雪子に縁談が持ち上っていた。が、雪子は秀吉という丁稚《でっち》を愛していた。秀吉は前科者の息子だった。秀吉は父親が前科者になったのは、高利貸しに欺《だま》されたが、貧しくて弁護士を雇えなかったためであったから、自分は勉強して弁護士になり貧乏人の味方をすると言っていた。

雪子は秀吉に英語を教えてやったりしていた。やがて、雪子は秀吉と東京へ駈落ちしようとした。秀吉は東京へ行って弁護士になる勉強をするつもりだったのだ。

しかし、雪子は大阪駅で見つかって、引き戻された。秀吉は一人で東京へ行ったが、間もなく関東大震災だった。雪子は秀吉が死んだという噂をきいて、北浜へ嫁いだ。

ところが雪子が芸者の子だということが嫁ぎ先で知れてしまった。雪子は離縁になったその足で、宗右衛門町に行き、芸者になった。芸者の子はやはり芸者になったのだ。

そして三年がたったある夜、道頓堀で芝居を見た帰り、雪子は太左衛門橋の上にしょんぼり佇《たたず》んでいるみすぼらしい男の顔を見て、驚いた。秀吉だったのだ。

死んだという噂は嘘だったが、しかし秀吉は弁護士にはなれず、ルンペン同様のくらしだったのだ。前科者の息子はどこへ行っても相手にされなかったのだろうか。

三年前の恋情がふと甦《よみがえ》った。――もう一度秀吉と二人で……と、思った。が、秀吉にはもう妻があった。

短かい立ち話の末、雪子は秀吉と別れて、宗右衛門町の大和屋へ帰って行った。はかない再会であった。

雪子は間もなく旦那《だんな》をとった。そして旦那との間に葉子が生れた。雪子は旦那から手切れ金を貰うと、その金で喫茶店をひらいて、女の手一つで葉子を育てて来た。

空襲の夜、雪子が太左衛門橋を渡って逃げる気になったのは、その橋が生みの母の死《し》骸《がい》を送って行った橋であり、初恋の男と再会した橋であったからだ。

太左衛門橋は道頓堀と宗右衛門町をつなぐ橋であり、さまざまな人のさまざまな想い出がこもっている橋だったが、誰よりも雪子の想い出は強かった。

……………………

「一生誰にも言うまいと、思っていたこの話を、今あんたにするお母ちゃんの気持、判ってるか。皆、あんたにお母ちゃんの若い時分の失敗をもう一度あんたにさせとうないからやぜ」

夜が更けていた。

黙って母の話を聴いていた葉子は、母にそんな青春があったのかと驚く前に、「世間」というものに驚いていた。「世間」――船場の古い因習といってもいいかも知れない。

母の青春を踏みにじったのは船場だ。そして、母を芸者にしたのも船場だ。しかも、今自分はそんな母の子と生れて、船場の息子と一しょに駈落ちしようとする。

葉子は母娘二代にわたって押し掛っている「船場」の重さを、背中に感じながら、母の言葉を聴いていた。

「――お母ちゃんは無理に停めへん。お母ちゃんの話を聴いて、それでもあんたが島村はんと一しょに行きたいと思うのんやったら、行ってもええ。まア、朝までゆっくり考えたらええ」

そして、雪子は寝がえりを打って、蒲団《ふとん》の中へ顔を埋めた。しかし、眠れぬらしく重い溜息《ためいき》が時々葉子の耳に聴えて来た。

勿論《もちろん》葉子も眠れなかったのだ。まんじりともせず、腹這《はらば》いになって、枕を胸に当てていた。

夜が白みだして来た。

葉子ははっと枕から胸を離した。――道修町の家をぬけ出して、大阪駅への夜明けの道を歩いて行く島村の姿が泛《うか》んだのだ。自分がきっと来てくれると信じながら歩いている島村の姿が……。

葉子は、いきなり背中の重みを振り捨てるように、掛蒲団をはね返して、

「お母ちゃん、かんにんして！」

「やっぱし行くのんか」

と、雪子も眼覚めていた。

「うん。行きたい。行かせて！　お母ちゃんを一人大阪へ残して行くのは辛《つら》いけど、……」

葉子はポロポロと涙を落して、

「——うちお母ちゃんみたいに、船場の因習の犠牲になるのんいやや。うち一所懸命やるさかい、行かせて！」島村はんと一しょに行かせて！」

恋が強くするのであろうか、「春の踊」のレヴュー役者にうつつを抜かしていた娘とも思えない真剣さだった。

「行き！　行き！　お母ちゃん、もう停めへん。お母ちゃんみたいに成らんと、倖《しあわ》せに暮して……」

雪子は地下鉄で大阪駅まで送って行った。駈落ちをする娘を送って行く母親がどこの世界にあるだろうかと、皮肉な想いよりも悲しい想いが強かった。

ラッシュアワーの物凄《ものすご》い雑鬧《ざっとう》に揉《も》まれながら、葉子の手をしっかり握っていると、雪子は古い船場の因習をたたきこわして見せるという葉子の覚悟は、酵素肥料で食糧難を

解決するといった島村の理想と同じく、結局はかない夢に終ってしまうかも知れないと思った。

が、いきなり足を踏みつけられた拍子に、ひょいと車内にぶら下った横文字の広告を見ると、雪子は初恋の秀吉のことを想い出した。あの頃、雪子は弁護士になりたいと言って講義録を読んでいた秀吉に、女学校仕込みの英語の発音を教えてやっていたのだった。

あれから、もう二十年以上もたっている。ずいぶん世の中も変った。

そう思った咄嗟《とっさ》に、雪子はふと葉子の覚悟や島村の理想がたとえ夢であるにしても、今はこの夢のほかに何を信じていいのだろうか、そうだ、自分はこの夢を信じようと、呟《つぶや》いた。

リュックサックを背負った葉子の顔は、夜通し眠れなかったとは思えぬくらい、生き生きと明るかった。その顔を見ているうちにいつか雪子の顔も晴れ晴れとしてきた。

世相

一

凍《い》てついた夜の底を白い風が白く走り、雨戸を敲《たた》くのは寒さの音である。廁《かわや》に立つと、窓硝子《ガラス》に庭の木の枝の影が激しく揺れ、師走《しわす》の風であった。

そんな風の中を時代遅れの防空頭巾《ずきん》を被《かぶ》って訪れて来た客も、頭巾を脱げば師走の顔であった。青白い浮腫《むくみ》がむくみ、黝《あおぐろ》い隈《くま》が周囲《まわり》に目立つ充血した眼を不安そうにしょぼつかせて、「ちょっと現下の世相を……」語りに来たにしては、妙にソワソワと落ち着きがない。綿のはみ出た頭巾の端には「大阪府南河内《みなみかわち》郡林田村第十二組、楢橋《ならはし》廉吉（五十四歳）A型　勤務先大阪府南河内郡林田村林田国民学校」と達筆だが、律義そうなその楷書《かいしょ》の字が薄給で七人の家族を養っているというこの老訓導《くんどう》の日々の営みを、ふと覗《のぞ》かせているようだった。口髭《くちひげ》の先に水洟《みずばな》が光って、埃《ほこり》も溜《たま》っているのは、寒空の十町を歩いて来たせいばかりではなかろう。

「先日聴いた話でがすが」と語りだした話も教師らしい生硬《せいこう》な語り方で、声もポソポソと不景気だった。

「……壕舎《ごうしゃ》ばかりの隣組が七軒、一軒当り二千円宛《ずつ》出し合《お》うて牛を一頭……いやなに、密殺して闇市へ売却する肚《はら》でがしてね。ところが買って来たものの、屠殺《とさつ》の方法が判らんちゅう訳で、首の静脈を切れちゅう者もあれば眉間《みけん》を棍棒《こんぼう》で撲《なぐ》るとええちゅう訳で、夜更けの焼跡に引き出した件《くだん》の牛を囲んで隣組一同が、そのゥ、わいわい大騒ぎしている所へ、夜警の巡査が通り掛って一同をひっくくって行ったちゅう話でがして、巡査も苦笑してたちゅうことで、いやはや……。笑い話といえばでがすな、私の同僚でそのゥ、昨今の困窮にたまりかねて、いよいよ家族と相談の結果、闇市へ立つ決心をしたちゅうことでがす。ところが闇市でこっそり拡げた風呂《ふろ》敷《しき》包には口ーソクが二、三十本、俺だけは断じて闇屋じゃないと言うたちゅう、まるで落し話でがすな。ローソクでがすから闇じゃないちゅう訳で……。けッけッけッ……」

自分で洒落《しゃれ》を説明すると、まず私の顔色をうかがってこう笑うのだったが、笑いはすぐ髭《ひげ》の中にもぐり込み、眼は笑っていなかった。肚の底から面白がっている訳でもなく、聴いている私もまた期日の迫った原稿を気にしながらでは、老訓導の長話がむしろ迷惑であった。机の上の用紙には、

(千日前の大阪劇場の楽屋の裏の溝板《どぶいた》の中から、ある朝若い娘の屍体《したい》が発見された。検《けん》屍《し》の結果、他殺暴行の形跡があり、犯行後四日を経ていると判明した。家出して千日前

の安宿に泊り毎日レヴュ小屋通いをしている内に不良少年に眼をつけられ、暴行のあげく殺害されたらしく、警察では直ちに捜査を開始したが、犯人は見つからず事件は迷宮に入ってしまった）

と、書出しの九行が書かれているだけで、あと続けられずに放ってあるのは、その文章に「の」という助辞の多すぎるのが気になっているだけではなかった。その事件を中心に昭和十年頃の千日前の風物誌を描こうという試みをふと空しいものに思う気持が筆を渋らせていたのだ。千日前のそんな事件をわざわざ取り上げて書いてみようとする物好きな作家は、今の所私のほかには無さそうだし、そんなものでも書いて置けば当時の千日前を偲《しの》ぶよすがにもなろうとは言うものの、近頃放送されている昔の流行歌も聴けば何か白々しくチグハグである。溝《どぶ》の中に若い娘の屍体が横たわっているという風景も、昨日今日もはや月並みな感覚に過ぎない。老大家の風俗小説らしく昔の夢を追うてみたところで、現代の時代感覚とのズレは如何《いかん》ともし難く、ただそれだけの風俗小説ではもう今日の作品として他愛がなさ過ぎる……。そう思えば筆も進まなかったが、といって「ただそれだけ」の小説にしないためにはどんなスタイルを発見すればよいのだろうかと、思案に暮れていた矢先き、老訓導の長尻《ながじり》であった。

けれども律義な老訓導は無口な私を聴き上手だと見たのか、なおポソポソと話を続けて、

「……ここだけの話でがすが、恥を申せばかくいう私も闇屋の真似事をやろうと思った

んでがして、京都の堀川《ほりかわ》で金巾《かなきん》……宝籤《たからくじ》の副賞に呉《く》れるあの金巾でがすよ、あれを一ヤール十七円で売るちゅう話を聴きましてな、何しろ闇市じゃ四十五円でがすからな。帰って家内に相談しましてね、貯金ありったけ子供の分までおろしたり物を売ったりして、やっと八千両こしらえましてな、一人じゃ持てないちゅうんで、家族総出、もっとも年寄りと小さいのは留守番にして総勢五人弁当持ちで朝暗い内から起きて京都の堀川まで行ったんでがすが……、いや、目的の金巾はあることはあったでがすが、先方の言うのには千万円単位でなくちゃ渡せんちゅう訳でがしてね、スゴスゴ戻って来ると、もう夜でがした……」

年の暮の一儲《ひともう》けをたくらんで簡単に狸算用になってしまったのかと聴けば、さすがに気の毒だったが、しかし老訓導は急に早口の声を弾ませて、

「――しかし行ってみるもんでがすな、つまりそのウ、金巾は駄目でがしたが、別口の耳寄りな話ががしてな、光が一箱十円であるちゅうんでがすよ。もっとも千箱単位でがすが、しかしどうでがす、十円なら廉《やす》うがアしょう。如何《いかが》でがす。買いませんかな」

と、やはり煙草を売りに来たのだった。いくら口銭を取るのか知らないが、わざと夜を選んでやって来たのも、小心な俄《にわ》か闇屋らしかった。

「千箱だと一万円ですね」

「今買《こ》うて置かれたら、来年また上りますから結局の所……」

「しかし僕は一万円も持っていませんよ」

当《あて》にしていた印税を持って来てくれるはずの男が、これも生活に困って使い込んでしまったのか途中で雲隠れしているのだと、ありていに言うと、老訓導は急に顔を赧《あか》くした。断られてみれば闇屋もふと恥しい商売なのであろうか。

老訓導は重ねて薦めず、あわてて村上浪六《むらかみなみろく》や菊池《きくち》幽芳《ゆうほう》などもう私の前では三度目の古い文芸談の方へ話を移して、暫《しば》らくもじもじしていたが、やがて読む気もないらしい書物を二冊私の書棚から抜き出すと、これ借りますよと起《た》ち上り、再び防空頭巾を被って風のように風の中へ出て行った。

風はなお吹きやまず、その人の帰って行く十町の道の寒さを私は想ったが、けれども哀れなその老訓導にはなお八千円の金はあり、私には五千円もないのかと思えば、貧乏同志形影相憐《けいえいあいあわれ》むとはいうものの、どちらが形か影かと苦笑された。そしてふと傍の新聞を見れば、最近京都の祇園町《ぎおんまち》では芸妓《げいぎ》一人の稼ぎ高が最高月に十万円を超えると、三段抜きの見出である。

国亡びて栄えたのは闇屋と婦人だが、闇屋にも老訓導のような哀れなのがあり、握り飯一つで春をひさぐ女もいるという。やはり栄えた筆頭は芸者に止《とど》めをさすのかと呟いた途端に、私は今宮《いまみや》の十銭芸者の話を聯想《れんそう》したが、同時にその話を教えてくれた「ダイス」のマダムのことも想い出された。「ダイス」は清水町《しみずまち》にあったスタンド酒場《バー》で、大阪の最初の空襲の時焼けてしまったが、「ダイス」のマダムはもと宗右衛門町の芸者だったから、今は京都へ行って二度の褄《つま》を取っているかも知れない。それともジョージ・

ラフトの写真を枕元に飾らないと眠れないと言っていたから、キャバレエへ入って芸者ガールをしているのだろうか。粋にもモダンにも向く肉感的な女であった。

二

早くから両親を失い家をなくしてしまった私は、親戚《しんせき》の家を居候して歩いたり下宿やアパートを転々と変えたりして来たためか、天涯孤独の身が放浪に馴染《なじ》みやすく、毎夜の大阪の盛り場歩きもふと放浪者じみていたので、自然心斎橋筋や道頓堀界隈《かいわい》へ出掛けても、絢爛《けんらん》たる鈴蘭灯《すずらんとう》やシャンデリヤの灯や、華かなネオンの灯が眩《まぶ》しく輝いている表通りよりも、道端の地蔵の前に蠟燭《ろうそく》や線香の火が揺れていたり、格子のはまったしもた家《や》の二階の蚊帳《かや》の上に鈍い裸電灯が点《とも》っているのが見えたり、時計修繕屋の仕事場のスタンドの灯が見えたりする薄暗い裏通りを、好んで歩くのだった。

その頃はもう事変が戦争になりかけていたので、電力節約のためであろうネオンの灯もなく眩しい光も表通りから消えてしまっていたが、華かさはなお残っており、自然その夜も——詳しくいえば昭和十六年七月九日の夜(といまなお記憶しているのは、その日がちょうど生国魂《いくたま》神社の夏祭だったばかりでなく、私の著書が風俗壊乱という理由で発売禁止処分を受けた日だったからで)——私は道頓堀筋を歩いているうちに自然足は太左衛門橋の方へ折れて行った。橋を渡り、宗右衛門町を横切ると、もうそこはずり落ちたように薄暗く、笠屋町筋である。色町に近くどこか艶めいていながらさすがに裏通りらしくうらぶれているその通りを北へ真っ直ぐ、軒がくずれ掛ったような古い薬局が角にある三ッ寺筋《みつでらすじ》を越え、昼夜銀行の洋館が角にある八幡筋《はちまんすじ》を越え、玉の井湯の赤い暖簾《のれん》が左手に見える周防町筋《すおうまちすじ》を越えて半町行くと夜更けの清水町筋に出た。右へ折れると堺筋《さかいすじ》へ出る、左へ折れると心斎橋筋だ。私はふと立停って思案したが、やはり左へ折れて行った。しかし心斎橋筋へ出るつもりはなく、心斎橋筋の一つ手前の畳屋町筋へ出るまでの左側にスタンド酒場《バー》の「ダイス」があるのだった。

その四、五日前、私は「ダイス」のマダムから四ツ橋《よつばし》の天文館のプラネタリウム見物を誘われた。彼女は私より二つ下の二十七歳、路地長屋の爪楊枝《つまようじ》の職人の二階を借りた六畳一間ぐらしの貧乏な育ち方をして来たが、十三の歳母親が死んだ晩、通夜にやって来た親戚の者や階下《した》の爪楊枝の職人や長屋の男たちが、その六畳の部屋に集って、嬉《うれ》しい時も悲しい時もこれだすわと言いながら酔い痴《し》れているのを、階段の登り口に寝かした母親の屍体の枕元から、しょんぼり眺めていた時、つくづく酒を飲む人間がいやらしく思ったはずだのに、やがて父親の後妻にはいって来た継母《ままはは》との折れ合いが悪くて、自分から飛び出して芸者になると、一年たたぬ内に大酒飲みとなってしまったという。引かされて清水町で「ダイス」の店をひらいたのは二十五の歳だったが、旦那《だんな》が半年で死んでしまうと、酒のあとで必ず男のほしくなる体を浮気の機会あるたびに濡《ぬ》らしはじめ、淫蕩《いんとう》的な女となった。何を思ったのか私を摑《つかま》えても「わては大抵の職業《しょうばい》の男と関係はあったが、文士だけは知らん」と、意味ありげに言うかと思うと、「あんたはわてを水揚げした旦那に似てる」とうっとりした眼で見つめながら、いきなり私の膝《ひざ》を抓《つね》るのであった。「こら、何をする」と私は端《はし》たなく口走る自分に愛想をつかしながら、それでも少しはやに下って、誘われるとうかうかと約束してしまったのだが、翌日約束の喫茶店へ半時間おくれてやって来たマダムを見た途端、私はああ大変なことになったと赧くなった。芸者上りの彼女は純白のドレスの胸にピンクの薔薇《ばら》をつけて、頭には真紅のターバン、真黒のレースの手袋をはめているばかりか、四角い玉の色眼鏡を掛けているではないか。私はどんな醜い女とでも喜んで歩くのだが、どんな美しい女でもその女が人眼に立つ奇抜な身装《みなり》をしている時は辟易《へきえき》するのがつねであった。なるべく彼女と離れて歩きながら心斎橋筋を抜け、川添いの電車通りを四ツ橋まで歩き、電気科学館の七階にある天文館のバネ仕掛けで後へ倚《よ》り掛れるようになった椅子に並んで掛けた時、私ははじめてほっとしてあたりに客の尠《すくな》いのを喜びながら汗を拭《ふ》いたが、やがて天井に映写された星のほかには彼女の少し上向きの低い鼻の頭も見えないくらい場内が真っ暗になると、この暗がりをもっけの倖《さいわ》いだと思った、それほど辟易していたのだ。ところが、べつの意味でもっけの倖いだったのはむしろマダムの方で、彼女は星の動きにつれて椅子のバネを利用しながらだんだん首を私の首の方へ近づけて来たかと思うと、いきなりペタリと頰をつけ、そして口に口を合わせようとした。私は起ちあがると、便所へ行った。そして手を洗ってから昇降機で一階まで降りると、いつの間に降りていたのか、マダムは一階の昇降機の入口に立って済ました顔でこちらを睨《にら》んでいた。そして並んで四ツ橋を渡り、文楽座の表まで来ると、それまでむっと黙っていた彼女は、疳高《かんだか》い早口の声で、「こんど店へ来はったら、一ぺん一緒に寝まひょな」とぐんと肩を押しながら赧い顔もせずに言った。心斎橋筋まで来て別れたが、器用に人ごみの中をかきわけて行くマダムのむっちり肉のついた裸の背中に真夏の陽《ひ》がカンカン当っているのを見ながら、私はこんど「ダイス」へ行けば危いと呟《つぶや》いた途端、マダムは急に振り向いたが、派手な色眼鏡を掛けた彼女の顔にはなぜかふとうらぶれた寂しい翳《かげ》があり、私もうらぶれた。

そんなことがあってみれば、その夜、ことに自作が発売禁止処分を受けて、もう当分自分の好きな大阪の庶民の生活や町の風俗は描けなくなったことで気が滅入《めい》り、すっかりうらぶれた隙だらけの気持になっている夜、「ダイス」のマダムに会うのはますます危いと私は思ったが、しかしいつの間にか私の手は青い内部《なか》の灯が映っている硝子《ガラス》張りの扉を押していた。途端にボックスで両側から男の肩に手を掛けていた二人の女が「いらっしゃい」と起ち上ったが、その顔には見覚えはなく、また内部の容子《ようす》が「ダイス」とはまるで違っている。あ、間違って入ったのかと、私はあわてて扉の外へ出ると、その隣の赤い灯が映っている硝子扉を押した途端、白地に黒いカルタの模様のついた薩摩《さつま》上布《じょうふ》に銀鼠《ぎんねず》色の無地の帯を緊《し》め、濡れたような髪の毛を肩まで垂らして、酒にほてった胸をひろげて扇風機の前に立っていた女が、いらっしゃいとも言わず近眼らしく眼の附根を寄せて、こちらを見ると、ちょっと頭を下げた。それが「ダイス」のマダムの癖であった。

「今隣へはいりかけたんだよ」

「浮気者！　おビール……？」

「周章者《あわてもの》と言って貰《もら》いたいね。うん、ビールだ。あはは……」

私は軽薄な笑い声を立てながら、コップに注がれたビールを飲もうとすると、マダムは私の手を押えて、その中へブランディを入れ、

「判っとうすな。ブランディどっせ」わざと京都言葉を使った。日頃彼女が「男と寝る前の酒はブランディに限るわ」と言っていたのを、私は間抜けた顔で想い出し、ますます今夜は危なそうだった。赤い色電球の灯がマダムの薩摩上布の白を煽情《せんじょう》的に染めていた。

閉店時間を過ぎていたので、客は私だけだった。マダムはすぐ酔っ払ったが、私も浅ましいゲップを出して、洋酒棚の下の方へはめた鏡に写った顔は仁王《におう》のようであった。マダムはそんな私の顔をにやっと見ていたが、何思ったのか、

「待っててや。逃げたらあかんし」と蓮葉《はすつぱ》に言って、赤い斑点《はんてん》の出来た私の手の甲をぎゅっと抓ると、チャラチャラと二階への段梯子《だんばしご》を上って行ったが、やがて、

「――ちょんの間の衣替え……」と歌うように言って降りて来たのを見ると、真赤な色のサテン地の、寝巻ともピジャマともドレスともつかぬ怪しげな服を暑くるしく着ていた。作業服のように上衣とズボンが一つになっていて、真中には首から股《また》のあたりまで

チャックがついている。二つに割れる仕掛になっているのかと、私は思わず噴き出そうとした途端、げっと反吐《へど》がこみあげて来た。あわてて口を押え、

「食塩水……」をくれと情ない声を出すと、はいと飲まされたのは、ジンソーダだ。あっとしかめた私の顔を、マダムはニイッと見ていたが、やがてチャックをすっと胸までおろすと、私の手を無理矢理その中へ押し込もうとした。円い感触にどきんとして、驚いて汗ばんだ手を引き込めようとしたが、マダムは離さず、ぎゅっと押えていたが、急に、

「ああ辛気臭《しんきくさ》ア」と、私の人さし指をキリキリと噛《か》みはじめた。痛いッと引き抜いて、

「見ろ、血がにじんでるぞ。こらッ、歯型も入れたな」

そう怒りながら、しかしだらしない声を出して少しはやに下り気味の自分が、つくづく情けなくなっていると、マダムは気取った声で、

「抓りゃ紫、食いつきゃ紅《べに》よ、色で仕上げた……」云々《うんぬん》と都々逸《どどいつ》であった。

私は悲しくなってしまって、店の隅で黙々と洗い物をしているマダムの妹の、十五歳らしい固い表情をふと眼に入れながら、もう帰るよと起《た》ち上ったが、よろめいて醜態であった。

「這《は》うて帰る積り……？」その足ではと停めるのを、

「帰れなきゃ野宿するさ。今宮のガード下で……」

「へえ……？　さては十銭《テン》芸者でも買うつもりやな」

「十銭《テン》……？　十銭《テン》何《なん》だ？」

「十銭《テン》芸者……。文士のくせに……」知らないのかという。

「やはり十銭《テン》漫才や十銭《テン》寿司《すし》の類《たぐい》なの？」

帰るといったものの暫らく歩けそうになかったし、マダムへの好奇心も全く消えてしまっていたわけではない。「風俗壊乱」の作家らしく若気の至りの放蕩《ほうとう》無頼を気取って、再びデンと腰を下し、頰杖《ほおづえ》ついて聴けば、十銭芸者の話はいかにも夏の夜更けの酒場で頽廃《たいはい》の唇から聴く話であった……。

もう十年にもなるだろうか、チェリーという煙草が十銭で買えた頃、テンセン（十銭）という言葉が流行して、十銭《テン》寿司、十銭《テン》ランチ、十銭マーケット、十銭博奕《ばくち》、十銭漫才、活動小屋も割引時間は十銭で、ニュース館も十銭均一、十銭で買え、十銭で食べ十銭で見られるものなら猫も杓子《しやくし》も飛びついたことがある。十銭芸者もまたその頃出現したものだが、しかしこの方は他の十銭何々のように全国を風靡《ふうび》した流行の産物ではない。十銭芸者――彼女はわずかに大阪の今宮の片隅にだけその存在を知られたはかない流行外れの職業婦人である。今宮は貧民の街であり、ルンペンの巣窟《そうくつ》である。彼女はそれらのルンペン相手に稼ぐけちくさい売笑婦に過ぎない。ルンペンにもまたそれ相応の饗宴《きようえん》がある。ガード下の空地に茣蓙《ござ》を敷き、ゴミ箱から漁《あさ》って来た残飯を肴《さかな》に泡盛や焼酎《しようちゆう》を飲んでさわぐのだが、たまたま懐の景気が良い時には、彼等は二銭か三銭の端た金を出し合って、十銭芸者を呼ぶのである。彼女はふだんは新世界や飛田《とびた》の盛り場で乞食《こじき》三味線《じゃみせん》をひいており、いわばルンペン同様の暮しをしているのだが、ルンペンから「お座敷」の掛った時はさすがにバサバサの頭を水で撫《な》で付け、襟首を白く塗り、ボロ三味線の胴を風呂敷《ふろしき》で包んで、雨の日など殆《ほと》んど骨ばかしになった蛇の目傘をそれでも恰好《かっこう》だけ小意気にさし、高下駄《たかげた》を履いて来るだけの身だしなみをするという。花代は一時間十銭で、特別の祝儀を五銭か十銭はずむルンペンもあり、そんな時彼女はその男を相手に脛《すね》もあらわにはっと固唾《かたず》をのむような嬌態《きょうたい》を見せるのだが、しかし肉は売らない。最下等の芸者だが、最上等の芸者よりも清いのである。もっとも情夫は何人もいる。……

……

語っているマダムの顔は白粉《おしろい》がとけて、鼻の横にいやらしくあぶらが浮き、息は酒くさかった。ふっと顔をそむけた拍子に、蛇の目傘をさした十銭芸者のうらぶれた裾《すそ》さばきが強いイメージとなって頭に浮んだ。現実のマダムの乳房への好奇心は途端に消えて、放蕩無頼の風俗作家のうらぶれた心に降る苛立《いらだ》たしい雨を防いでくれるのは、もはや想像の十銭芸者の破れた蛇目傘であった。これは書けると、作家意識が酔い、酒の酔は次第に冷めて行った。

丁度そこへ閉っているドアを無理矢理あけて、白いズボンが斬り込むように、

「一杯だけでいい。飲ませろ」とはいって来た。左翼くずれの同盟記者で大阪の同人雑誌にも関係している海老原という文学青年だったが、白い背広に蝶《ちょう》ネクタイといういうきちんとした服装は崩したことはなく、「ダイス」のマダムをねらっているらしかった。

私を見ると、顎《あご》を上げて黙礼し、

「しんみりやってる所を邪魔したかな」とマダムの方へ向いた。

「阿呆《あほ》らしい。小説のタネあげてましてん。十銭芸者の話……」とマダムが言いかけると、

「ほう？　今宮の十銭芸者か」と海老原は知っていて、わざと私の顔は見ずに、

「――オダサク好みだね。併《しか》し君もこういう話ばっかし書いているから……」

「発売禁止になる……？」と言い返すと、いやそれもあるがと、注がれたビールを一息に飲んで、

「――それよりもそんな話ばかし書いているから、いつまでたっても若さがないと言われるんだね」そう言いながら突き上げたパナマ帽子のように、簡単に私の痛い所を突いて来た。

「いや、若さがないのが僕の逆説的な若さですよ。――僕にもビール、あ、それで結構」

「青春の逆説というわけ……？」発売禁止になった私の著書の題は「青春の逆説」だった。

「まアね。僕らはあんた達左翼の思想運動に失敗したあとで、高等学校へはいったでしょう。左翼の人は僕らの眼の前で転向して、ひどいのは右翼になってしまったね。しかし僕らはもう左翼にも右翼にも随《つ》いて行けず、思想とか体系とかいったものに不信――

もっとも消極的な不信だが、とにかく不信を示した。といって極度の不安状態にも陥らず、何だか悟ったような悟らないような、若いのか年寄りなのか解らぬような曖昧《あいまい》な表情でキョロキョロ青春時代を送って来たんですよ。まア一種のデカダンスですね。あんた達はとにかく思想に情熱を持っていたが、僕ら現在二十代のジェネレーションにはもう情熱がない。僕はほら地名や職業の名や数字を夥《おびただ》しく作品の中にばらまくでしょう。これはね、曖昧な思想や信ずるに足りない体系に代るものとして、これだけは信ずるに足る具体性だと思ってやってるんですよ。人物を思想や心理で捉《とら》えるかわりに感覚で捉えようとする。左翼の思想よりも、腹をへらしている人間のペコペコの感覚の方が信ずるに足るというわけ。だから僕の小説は一見年寄りの小説みたいだが、しかしその中で胡坐《あぐら》をかいているわけではない。スタイルはデカダンスですからね。叫ぶことにも照れるが、しみじみした情緒にも照れる、告白も照れくさい。それが僕らのジェネレーションですよ」

私はしどろもどろの詭弁《きべん》を弄《ろう》していたのだ。「青春の逆説」とは不潔ないいわけであった。若さのない作品しか書けぬ自分を時代のせいにし、ジェネレーションの罪にするのは卑怯《ひきょう》だぞと、私は狼狽《ろうばい》してコップを口に当てたが、泡は残った。

しかし海老原は一息に飲み乾《ほ》して、その飲みっぷりの良さは小説は書かず批評だけしている彼の気楽さかも知れなかった。だから、

「君には思想がわからないのだよ。不信といっても一々疑ってからの不信とは思えん

ね」と高飛車だった。

「だから、消極的な不信だといってるじゃないですか」

思わず声が大きくなり、醜態であった。

「それが何の自慢になる」

海老原はマダムに色目を使いながら言った。私は黙った。口をひらけば「しかしあんたには十銭芸者の話は書けまい」と嫌味な言葉が出そうだったからだ。ひとつには、海老原の抱いている思想よりも彼の色目の方が本物らしいと、意地の悪い観察を下すことによって、けちくさい溜飲《りゅういん》を下げたのである。私は海老原一人をマダムの前に残して「ダイス」を出ることで、議論の結末をつけることにした。

「じゃ、ごゆっくり」

マダムも海老原がいるので強いて引き止めはしなかったが、ただ一言、

「阿呆？　意地悪《いけず》！」

背中に聴いて「ダイス」を出ると暗かった。夜風がすっと胸に来て、にわかに夜の更けた感じだった。鈴《りん》の音が聴えるのはアイスクリーム屋だろうか夜泣きうどんだろうか。清水町筋をすぐ畳屋町の方へ折れると、浴衣《ゆかた》に紫の兵児帯《へこおび》を結んだ若い娘が白いワイシャツ一枚の男と肩を並べて来るのにすれ違った。娘はそっと男の手を離した。まだ十七、八の引きしまった顔の娘だが、肩の線は崩れて、兵児帯を垂れた腰はもう娘ではなかった。船場か島ノ内のいたずら娘であろうか。（船場の上流家庭に育った娘、淫奔《いんぽん》な血、

家出して流転し、やがて数奇な運命に操られて次第に淪落《りんらく》して行った挙句、十銭芸者に身を落すまでの一生）しかし、これでは西鶴《さいかく》の一代女の模倣に過ぎないと思いながら、阪口楼《さかぐちろう》の前まで来た。阪口楼の玄関はまだ灯《あか》りがついていた。出て来た芸者が男衆らしい男と立ち話していたが、やがて二人肩を寄せて宗右衛門町の方へ折れて行った。そのあとに随いて行きながら、その二人は恋仲かも知れないとふと思った。（十銭芸者がまだ娘の頃、彼女に恋した男がいる。その情熱の余り女が芸者になれば自分も男衆として検番に勤め、女が娼妓《しょうぎ》になれば自分もその廓《くるわ》の中の牛太郎《ぎゅうたろう》になり、女が料理屋の仲居になれば、自分も板場人になり、女が私娼《ししょう》になれば町角で客の袖《そで》を引く見張りをし、女が十銭芸者になれば自分はバタ屋になって女の稼ぎ場の周囲をうろつく——という風に、絶えず転々とする女の後を追い、形影相抱《けいえいあいいだ》く如く、相憐《あいあわ》れむ如く、女と運命を同じうすることに生甲斐《いきがい》を感じている）この男を配すれば一代女の模倣にならぬかも知れないと、呟《つぶや》きながら宗右衛門町を戎橋の方へ折れた。橋の北詰《きたづめ》の交番の前を通ると、巡査がじろりと見た。橋の下を赤い提灯《ちょうちん》をつけたボートが通った。橋を渡るとそこにも交番があり、再びじろりと見た。（犯罪。十銭芸者になった女は、やがて彼女を自分のものにしようとするルンペン達の争いに惹《ひ》き込まれて、ある夜天王寺公園の草叢《くさむら》の中で、下腹部を斬り取られたまま死んでいる。警察では直ちに捜査、下手人は不明。ところが、間もなくあれは自分がやったのだと、自首して来た男がいる。事件発生後行方を韜《くら》ませていたバタ屋である。調べると、自分は何十年も前から女の情夫であったといい、嫉妬《しっと》ゆえの犯行だと陳述するが、しかしだんだん調べると、陳述の辻褄《つじつま》が合わない。凶器も出て来ないし、陳述そのものがアリバイになっているくらいである。警察では真犯人は別にいると睨《にら》む。果して犯人は捕まる。バタ屋がいつわって自首したのは、自分以外の人間が女の下腹部を斬り取って殺したということに、限りない嫉妬を感じたからである。その時女は五十一歳、男は五十六歳——とする）戎橋筋は銀行の軒に易者の鈍い灯が見えるだけ、すっかり暗かったが、私の心にはふと灯《とも》が点っていた。新しい小説の構想が纏《まと》まりかけて来た昂奮《こうふん》に、もう発売禁止処分の憂鬱《ゆううつ》も忘れて、ドスンドスンと歩いた。

難波から高野《こうや》線の終電車に乗り、家に帰ると、私は蚊帳《かや》のなかに腹ばいになって、稿を起した。題は「十銭芸者」——書きながら、ふとこの小説もまた「風俗壊乱」の理由で闇に葬られるかも知れないと思ったが、手錠をはめられた江戸時代の戯作者《げさくしゃ》のことを思えば、いっそ天邪鬼《あまのじゃく》な快感があった。デカダンスの作家ときめられたからとて、慌てて時代の風潮に迎合するというのも、思えば醜態だ。不良少年はお前は不良だと言われると、もはやますます不良になって、何だいと尻《しり》を捲《ま》くるのがせめてもの自尊心だ。闇に葬るなら葬れと、私は破れかぶれの気持で書き続けて行った。

三

あれから五年になると、夏の夜の「ダイス」を想い出しながら、私は夜更けの書斎で一人水洟《みずばな》をすすった。

扇風機の前で胸をひろげていたマダムの想出《おもいで》も、雨戸の隙間から吹き込む師走の風に首をすくめながらでは、色気も悩ましさもなく、古い写真のように色があせていた。踊子の太った足も、場末の閑散な冬のレヴュ小屋で見れば、赤く寒肌立って、かえって見ている方が悲しくうらぶれてしまう。興冷めた顔で洟をかんでいると、家人が寝巻の上に羽織をひっかけて、上って来た。砂糖代りのズルチンを入れた紅茶を持って来たのである。

「夜中におなかがすいたら、水屋の中に餅《もち》がはいってますから……」勝手に焼いて食べろ、あたしは寝ますからと降りて行こうとするのを呼び停めて、

「あの原稿どこにあるか知らんか。『十銭芸者』――いつか雑誌社から戻って来た原稿だ」十日掛って脱稿すると、すぐある雑誌社へ送ったのだが、案の定検閲を通りそうになかったのである。案の定だから悲観もしなかった。

「ああ、あれ、お友達に貸したんじゃない？」

家人は吐きだすように言った。私がそのような小説を書くのがかねがね不平らしかった。良家の子女が読んでも眉《まゆ》をひそめないような小説が書いてほしいのであろう。私の小説を読むと、この作者はどんな悪たれの放蕩《ほうとう》無頼かと人は思うに違いないと、家人にはそれが恥しいのであろう。親戚《しんせき》の女学校へ行っている娘は、友達の間で私の名が出るたび、肩身がせまい想いがするらしい。

「そうだったかな。しかし誰に貸したんだろうな」

「一人じゃないでしょう。来る人来る人に喜んで読ませてあげていたでしょう」悪趣味だという口つきだった。

「最後に貸したのは誰だったかな。――忘れた。ズルチン呆《ぼ》けしたかな」ズルチンはサッカリンより甘いが、脳に悪影響があるからやめろと、最近友人の医者から聴いていた。

「――誰だか忘れたが、たぶん返しに来たはずだ。押入の中にはいっていないか」

「さア」と、それでも押入の戸は明けて、

「――今いるんですの？」

「まアいいや、無ければ。今書いている原稿の代りに『十銭芸者』を送ろうと思ったんだけど……。その方が労がはぶけていいが、しかし……」今書いている千日前の話が一向に進まないのは時代との感覚のズレが気になっているからだとすれば、それ以上にズレているはずの古い原稿を労をはぶいて送るのも、如何《いかが》なものだと、私はボソボソ口の中で呟いた。

「今書いていらっしゃるのは……？」

「千日前の大阪劇場の裏の溝《どぶ》の中で殺されていた娘の話だ。レヴュに憧《あこが》れてね。殺されて四日間も溝の中で転がっていたんだが、それと知らぬレヴュガールがその溝の上を通って楽屋入りをしていたんだ。娘にとっては本望……」

「また殺人事件ですか」呆《あき》れていた。

っていた。

「またとは何だ。あ、そうか、『十銭芸者』も終りに殺されたね」

「いつか阿部定《あべさだ》も書きたいとおっしゃったでしょう。グロチックね」

私の小説はグロテスクでエロチックだから、合わせてグロチックだと、家人は不潔がっていた。

「ああ、今も書きたいよ。題はまず『妖婦《ようふ》』かな。こりゃ一生一代の傑作になるよ」

家人は噴きだしながら降りて行った。私はそれをもっけの倖《さいわ》いに思った。なぜ阿部定を書きたいのかと訊《き》かれると、返答に困ったかも知れないのだ。所詮《しょせん》はグロチック好みの戯作者気質《かたぎ》だと言えば言えるものの、しかしただそれだけではなかった。が、その理由は家人には言えない。

阿部定――東京尾久町《おぐまち》の待合「まさき」で情夫の石田吉蔵《いしだきちぞう》を殺害して、その肉体の一部を斬り取って逃亡したという稀代《きたい》の妖婦の情痴事件が世をさわがせたのは、たしか昭和十一年五月であったが、ちょうどその頃私はカフェ美人座の照井静子という女に、二十四歳の年少多感の胸を焦がしていた。

美人座は戎橋の北東詰《ほくとうづめ》を宗右衛門町へ折れた掛りにあり、道頓堀の太左衛門橋の南西《なんせい》詰《づめ》にある赤玉と並んで、その頃大阪の二大カフェであった。赤玉が屋上にムーラン・ルージュをつけて道頓堀の夜空を赤く青く染めると、美人座では二階の窓に拡声機をつけて、「道頓堀行進曲」「僕の青春《はる》」「東京ラプソディ」などの蓮ッ葉《はすっぱ》なメロディを戎橋を往き来する人々の耳へひっきりなしに送っていた。拡声機から流れる音は警察から注意が出るほど気狂い染みた大きさで、通行人の耳を聾《ろう》させてまで美人座を宣伝しようという悪どいやり方であった。最初私が美人座へ行ったのは、その頃私の寄宿していた親戚の家がネオンサインの工事屋で、たまたま美人座の工事を引受けた時、クリスマスの会員券を売付けられ、それを貰《もら》ったからであるが、戎橋の停留所で市電を降り、戎橋筋を北へ丸万の前まで来ると、はや気が狂ったような「道頓堀行進曲」のメロディが聴えて来た。美人座の拡声機だとわかると、私は急に辟易《へきえき》してよほど引き返そうと思ったが、同行者があったのでそれもならず、赤い首を垂れて戎橋を渡ると、思い切って美人座の入口をくぐった。

その時の本番（などといやらしい言葉だが）が静子で、紫地に太い銀糸が縦に一本はいったお召を着たすらりとした長身で、すっとテーブルへ寄って来た時、私はおやっと思った。細面だが額は広く、鼻筋は通り、笑うと薄い唇の両端が窪《くぼ》み、耳の肉は透きとおるように薄かった。睫《まつげ》毛の長い眼は青味勝ちに澄んで底光り、無口な女であった。

高等学校の万年三年生の私は、一眼見て静子を純潔で知的な女だと思い込み、ランボオの詩集やニイチェの「ツァラトゥストラ」などを彼女に持って行くという歯の浮くような通いかたをした挙句、静子に誘われてある夜嵐山《あらしやま》の旅館に泊った。寝ることになり、私はわざとらしく背中を向けて固くなっていたが、一つにはそれが二人にふさわしいと思ったのだ。それほど静子は神聖な女に見えていたのである。そして暫《しば》らくじっとしていると、

「どうしたの」白い手が伸びて首に巻きつき、いきなり耳に接吻《せっぷん》された。

あとは無我夢中で、一種特別な体臭、濡《ぬ》れたような触感、しびれるような体温、身もだえて転々する奔放な肢体、気の遠くなるような律動。——女というものはいやいや男のされるがままになっているものだと思い込んでいた私は、愚か者であった。日頃慎《つつ》ましくしていても、こんな場合の女はがらりと変ってしまうものかと、間の抜けた観察を下しながら、しかし私は身も世もあらぬ気持で、

「結婚しようね、結婚しようね」と浅ましい声を出していた。

するとと静子は急に涙を流して、

「駄目よ、そんなこと言っちゃ。あたし結婚出来る体じゃないわ」

そして、自分は神戸《こうべ》でダンサーをしていたときに尼崎《あまがさき》の不良青年と関係が出来て、それが今まで続いているし、その後京都の宮川町《みやがわちょう》でダンス芸者をしていた頃は、北野《きたの》の博奕打《ばくち》の親分を旦那《だんな》に持ったことがあり、またその時分抱主《かかえぬし》や遣手《やりて》への義理で、日活の俳優を内緒の客にしたこともあると、意外な話を打ち明けたが、しかしその俳優の名を三人まで挙げている内に、もう静子の顔は女給が活動写真の噂をしている時の軽薄な調子になっていた。

「——あのスター、写真で見るとスマートだけど、実物は割にチビで色が黒いし、絶倫よ」

その言葉はさすがに皆まで聴かず、私はいきなり静子の胸を突き飛ばしたが、すぐま

た半泣きの昂奮《こうふん》した顔で抱き緊《し》め、そして厠《かわや》に立った時、私はひきつったような自分の顔を鏡に覗《のぞ》いて、平気だ、平気だ、なんだあんな女と呟《つぶや》きながら、遠い保津川《ほづがわ》の川音を聴いていた。

女の過去を嫉妬《しっと》するくらい莫迦《ばか》げた者はまたとない。が、私はその莫迦者になってしまったのである。しかし莫迦は莫迦なりに、私は静子の魅力に惹《ひ》きずられながら、しみったれた青春を浪費していた。その後「十銭芸者」の原稿で、主人公の淪落《りんらく》する女に、その女の魅力に惹きずられながら一生を棒に振る男を配したのも、少しはこの時の経験が与《あずか》っているのだろうか。けれど、私はその男ほどにはひたむきな生き方は出来なかった。彼は生涯女の後を追い続けたが、私は静子がやがて某拳闘《けんとう》選手と二人で満洲《まんしゅう》に走った時、満洲は遠すぎると思った。追いもせず大阪に残った私は、いつか静子が角力《すもう》取りと拳闘家だけはまだ知らないと言っていたのを想い出して、何もかも阿呆《あほ》らしくなってしまい、もはや未練もなかったが、しかしさすがに嫉妬は残った。女の生理の脆《もろ》さが悲しかった。

嫉妬は閨房《けいぼう》の行為に対する私の考えを一変させた。日常茶飯事の欠伸《あくび》まじりに倦怠《けんたい》期の夫婦が行う行為と考えてみたり、娼家の一室で金銭に換算される一種の労働行為と考えてみたりしたが、なお割り切れぬものが残った。円い玉子も切りようで四角いとはいうものの、やはり切れ端が残るのである。欠伸をまじえても金銭に換算しても、やはり女の生理の秘密はその都度新鮮な驚きであった。私は深刻憂鬱《ゆううつ》な日々を送った。

阿部定の事件が起ったのは、ちょうどそんな時だ。妖艶《ようえん》な彼女が品川の旅館で逮捕された時、号外が出て、ニューズカメラマンが出動した。いわば一代の人気女であったが、彼女はこの人気を閨房の秘密をさらけ出すことによって獲得した。さらけ出された閨房は彼女の哀れさの極まりであったが、同時に喜劇であった。少くとも人々は笑った。戯画を見るように笑った。私は笑えなかったが、日本の春画がつねにユーモラスな筆致で描かれている理由を納得したと思った。

「リアリズムの極致はユーモアだよ」とその当時私は友人の顔を見るたび言っていたが、無論お定の事件からこんな文学論を引き出すのは、脱線であったろう。

が、とにかく私は笑えばいいと思った。女の生理の悲しさについて深刻に悩むことなぞありゃしない、俺を驚かせた照井静子の奔放な性生活なぞこの女に較べれば、長襦袢《ながじゅばん》の前のしみったれた安ピジャマに過ぎないぞ。そう思うことによって、私は静子の肉体への嫉妬から血路を開こうとした。お定を描《か》こうと思った。

二十四歳の私がお定を描《か》きたいと言うのを聴いて、友人は変な顔をした。

「そりゃよした方がいい。あんまりひどすぎる。高橋《たかはし》お伝《でん》ならまだしも……」

と真面目に忠告してくれる友人もあった。

しかし、私は阿部定の公判記録の写しをひそかに探していた。物好きな弁護士が写して相当流布していると聴いたからである。が、幸か不幸か公判記録の持主にめぐり合うことは出来なかった。そして空しく七年が過ぎて殆《ほとん》ど諦《あきら》めかけていたある日、遂にそれを手に入れることが出来た。雁次郎《がんじろう》横丁の天辰《てんたつ》の主人がたまたま持っていたのである。

四

雁次郎横丁――今はもう跡形もなく焼けてしまっているが、そしてそれだけにいっそう愛惜を感じ詳しく書きたい気もするのだが、雁次郎横丁は千日前の歌舞伎座の南横を西へはいった五、六軒目の南側にある玉突屋の横をはいった細長い路地である。突き当って右へ折れると、ポン引と易者と寿司屋《すしや》で有名な精華《せいか》学校裏の通りへ出るし、左へ折れてくねくね曲って行くと、難波から千日前に通ずる南海《なんかい》通りの漫才小屋の表へ出るというややこしい路地である。この路地をなぜ雁次郎横丁と呼ぶのか、成駒屋《なりこまや》の雁次郎とどんなゆかりがあるのか、私は知らないが、しかし寿司屋や天婦羅屋《てんぷらや》や河豚《ふぐ》料理屋の赤い大提灯《おおぢょうちん》がぶら下った間に、ふと忘れられたように格子のはまったしもた家《や》があったり、地蔵や稲荷《いなり》の蠟燭《ろうそく》の火が揺れたりしているこの横丁は、いかにも大阪の盛り場にある路地らしく、法善寺横丁の艶めいた華かさはなくとも、何かしみじみした大阪の情緒が薄暗く薄汚くごちゃごちゃ漂うていて、雁次郎横丁という呼び名がまるで似合わないわけでもない。ポン引が徘徊《はいかい》して酔漢の袖《そで》を引いているのも、ほかの路地には見当らない風景だ。私はこの横丁へ来て、料理屋の間にはさまった間口の狭い格子づくりのしもた家の前を通るたびに、よしんば酔漢のわめき声や女の嬌声《きょうせい》や汚いゲロや立小便に悩まされても、一度はこんな家に住んでみたいと思うのであった。

天辰はこの雁次郎横丁にある天婦羅屋で、二階は簡単なお座敷になっているらしかったが、私はいつも板場の前に腰を掛けて天婦羅を揚げたり刺身を作ったりする主人の手つきを見るのだった。主人は小柄な風采《ふうさい》の上らぬ人で、板場人や仲居に指図する声もひそひそと小さくて、使っている者を動かすよりもまず自分が先に立って働きたい性分らしく、絶えず不安な眼をしょぼつかせてチョコチョコ動き、律義な小心者が最近水商売をはじめてうろたえているように見えたが、聴けばもうそれで四十年近くも食物商売をやっているといい、むっちりと肉が盛り上って血色の良い手は指の先が女のように細く、さすがに永年の板場仕事に洗われた美しさだった。庖丁《ほうちょう》を使ったり竹箸《たけばし》で天婦羅を揚げたりする手つきも鮮かである。

私はその手つきを見るたびに、いかに風采が上らぬとも、この手だけで岡惚《おかぼ》れしてしまう年増女もあるだろうと、おかしげな想像をするのだったが、仲居の話では、大将は石部《いしべ》金吉《きんきち》だす。酒も煙草も余りやらぬという。しかし、若い者の情事には存外口喧《くちやかま》しくなく、玄人《くろうと》女に迷って悩んでいる板場人が居れば、それほど惚《ほ》れているのだったら身受けして世帯《しょたい》を持てと、金を出してやったこともあるという。辻占《つじうら》売りの出入りは許さなかったが、ポン引が出入り出来るのはこの店だけだった。そのくせ帝塚山《てづかやま》の本宅にいる細君は女専中退のクリスチャンだった。細君は店へ顔出しするようなことは一度もなく、主人が儲《もう》けて持って帰る金を教会や慈善団体に寄附するのを唯一の仕事にしていた。ほんまに大将は可哀相な人だっせと仲居は言うのだったが、主人の顔には不幸の翳《かげ》はなかった。

しかし、ある夜――戦争がはじまって三年目のある秋の夜、日頃自分から話しかけたことない主人が何思ったのかいきなり、

「あんた奥さん貰《もら》うんだったら、女子大出はよしなさいよ。東条《とうじょう》の細君、あれも女子大だといいますぜ。あんたの奥さんにはまア芸者かな」私を独身だと思っていた。

「女子大出だって芸者だってお女郎だって、理窟《りくつ》を言おうと言うまいと、亭主を莫迦にしようとしまいと、抱いてみりゃア皆同じ女だよ」私は一合飲まぬうちに酔っていた。

「あんたはまだ坊《ぼ》ン坊《ぼ》ンだ。女が皆同じに見えちゃ良い小説が書けっこありませんよ。石コロもあれば、搗《つ》き立ての餅《もち》もありますよ」日頃の主人に似合わぬ冗談口だった。

その時、トンビを着て茶色のソフトを被《かぶ》った眼の縁の黝《あおぐろ》い四十前後の男が、キョロキョロとはいって来ると、のそっと私の傍へ寄り、

「旦那、面白い遊びは如何《いかが》です。なかなかいい年増ですぜ」

「いらない。女子大出の女房を貰ったばかりだ」済まして言った。

「そりゃ奥さんもいいでしょうが、たまには小股《こまた》の切れ上った年増の濃厚なところも味ってみるもんですよ。オールサービスべたモーション。すすり泣くオールトーキ」と歌うように言って、「――ショートタイムで帰った客はないんだから」

色の蒼白《あおじろ》い男だが、ペラペラと喋《しゃべ》る唇はへんに濁った赤さだった。

「だめだ。今夜は合憎《あいにく》ギラがサクイんだ」

ギラとは金、サクイとは乏しい。わざと隠語を使って断ると、そうですか、じゃ今度またと出て行った。

ほかの客に当らずに出て行った所を見ると、どうやら私だけが遊びたそうな顔をしていたのかと、苦笑していると、天辰の主人はふと声をひそめて、

「今の男は変ったポン引ですよ。自分の女房の客を拾って歩いてるんですよ」と言った。

「女房の客……？　じゃ細君に商売をさせてるの？」

「そうですよ。女房が客を取ってるんですよ。あの男に言わせると、女房の客を物色して歩くようになってからはじめてポン引の面白さがわかったと、言っとりましたがね。あんたも社会の表面《うわべ》の綺麗《きれい》ごとばかし見ずに、ああいう男の話を聴いて、裏面も書いて見たらいい小説が生れるがなア」

「ふーん。そりゃ惜しいことをしたね」自分の細君に客を取らせているあの男は、嫉妬というものをどんな風に解決しているのかと、ふと好奇心が湧いた。

「いやそれよりも……」と主人は天婦羅を私の前に載せながら、「――あんたにいいタネをあげましょうか」

「どうぞ。いいタネって何……？　アナゴ……？　鮹《たこ》かな」

「いいえ、天婦羅のタネじゃありませんよ。あはは……。小説のタネですよ」

そう言って、そわそわと二階へ上って行った。天婦羅が揚るのも忘れて、何を取りに

行ったのかと思っていると、やがて油紙に包んだものを持って降りて来た。紐《ひも》をほどいて、

「これです。ちょっと珍らしいもんですよ」

見れば阿部定の公判記録だった。

「ほう？　こんなものがあったの。どうしてこれを……」手に入れたのかと訊《き》くと、

「まアね」と赧《あか》くなって眼をしょぼつかせていた。

「借りていい」

「その代り大事に読んで下さいよ。何《なん》しろ金庫の中に入れてるぐらいだから。もっともあんた方は本を大事にする商売の人ですから、間違いないでしょうが。大事に頼みますよ」

そんなにくどくどと勿体《もったい》をつけられて借りると、私は飛ぶようにして家へかえり、天辰の主人がどうしてこれを手に入れたのか、案外道楽気のある男だと思いながら、読み出した。謄写刷りの読みにくい字で、誤字も多かったが、八十頁《ページ》余りのその記録をその夜のうちに読み終った。

神田《かんだ》の新銀町《しんしろがねちょう》の相模屋《さがみや》という畳屋の末娘として生れた彼女が、十四の時にもう男を知り、十八の歳で芸者、その後不見転《みずてん》、娼妓《しょうぎ》、私娼、妾《めかけ》、仲居等転々とした挙句、被害者の石田が経営している料亭の住込仲居となり、やがて石田を尾久町の待合「まさき」で殺して逃亡し、品川の旅館で逮捕されるまでの陳述は、まるで物悲しい流転の絵巻で

あった。もののあわれの文学であった。石田と二人で情痴の限りを尽した待合での数日を述べている条《くだ》りは、必要以上に微に入り細をうがち、まるで露出狂かと思われるくらいであったが、しかしそれもありし日の石田の想出に耽《ふけ》るのを愉《たの》しむ余りの彼女の描写かと思えば、あわれであった。早く死刑になって石田の所へ行きたいと言っているこの女の、最後の生命が輝く瞬間であり、だからこそその陳述はどんな自然主義派の作家も達し得なかったリアリズムに徹しているのではなかろうか。そしてまた、虚飾と嘘の一つもない陳述はどんな私小説もこれほどの告白を敢《あえ》てしたことはかってあるまいと、思われるくらいであった。

本当に文学のようであった。が、この記録を一篇の小説にたとえるとすれば、そのヤマは彼女が石田の料亭の住込仲居になる動機と径路ではなかろうか。——彼女は石田の所へ雇われる前、名古屋の「寿」という料亭の仲居をしていた。その時中京《ちゆうきよう》商業の大《おお》宮《みや》校長と知り合った。大宮校長は検事の訊問《じんもん》に答えて次のように陳述している。

「……私が最初にあの女に会《お》うたのは昨年の四月の末、覚王山《かくおうざん》の葉桜を見に行き、『寿』という料亭に上った時です。あの女はあそこの女中だったのです。その時女は、私は夫に死に別れ、叔母《おば》の所に預けてある九歳になる娘に養育費を送るために、こういう商売をしているのだと言いましたので、非常に気の毒に思いました。十日ほどたって今度は娘が死んで東京に帰るとの話でしたので、私はいっそう同情しました。女が上京すればますます淪落《りんらく》の淵《ふち》に沈んで行くに違いないと思ったのと、救いがたい悪癖を持っているのに同情したのとで、何とかしてこれを救おうという心情を起し、物質的並《ならび》に精神的方面より援助を与え彼女を品性のある婦人たらしめようと力を尽したのでした」

こんな体裁のいいことを言っているが、しかし校長は二度目に「寿」へ行った時、「非常に気の毒に思」った女に酌をさせながら、けしからぬ振舞いに出ようとしている。女は初めは初心《うぶ》らしく裾《すそ》を押えたりしていたが、やがて何の感情もなく言いなりになった。校長は彼女の美貌《びぼう》と性的魅力に参ってしまったのだ。「救いがたい悪癖」と言っているが、しかしこの悪癖が校長を満足させたのだ。だから上京すると言われて驚き、じゃ時々東京で会うことにしよう。上京した彼女が一先《ひとま》ず落ち着いた所は、ところもあろうに昔彼女が世話になったことのあるいかがわしい周旋屋であった。文部省へ出頭する口実を設けてしばしば上京するたび、宿屋へ呼び寄せて会うていた校長は、さすがに彼女のいわゆる「叔母の家」の怪しさを嗅《か》ぎつけた。校長はまず彼女に触れたあと、急いで手や口を洗《あろ》うてから、男女の仲は肉体が第一ではない、精神的にも愛し合わねばならん、お前が真面目になるというなら、金を出してやるから料理屋でも開いたらどうだ。校長は女を独占したかったのだ。彼女は何をしても直ぐ口や手を洗う水臭い校長を、肉体的にも精神的にも愛することは出来ないと思ったが、くどくど説教されているうちに、さすがにただれ切った性生活から脱《ぬ》け出して、校長一人を頼りにして、真面目な生活にはいろうと決心した。しかし、料理屋を開くには、もう少し料理屋の内幕や経営法を知って置いた方がよい。そう思って口入屋の紹介で住込仲居にはいった先がたまたま石田の店であった。石田は苦味走ったいい男で、新内の喉がよく、彼女が銚子を持って廊下を通ると、通せんぼうの手をひろげるような無邪気な所もあり、大宮校長から掛って来た電話を聴いていると、嫉《や》けるぜと言いながら寄って来てくすぐったり、好いたらしい男だと思っている内にある夜暗がりの応接間に連れ込まれてみると、子供っぽい石田が分別くさい校長とは較べものにならぬくらい、女にかけては凄《すご》い男であった。石田の細君はヒステリーで彼女に辛《つら》く当った。なんだい、あんなお内儀《かみ》と、石田を取ってやるのがいい気味であり、そしてもう石田を細君の手に渡したくなかった。二人の仲はすぐ細君に知れて、彼女は暇を取り、尾久町の待合「まさき」で石田に会った。情痴の限りを尽している内にますます石田と離れがたくなり、石田だけが彼女を満足させた唯一の男であった。四日流連《いつづ》けて石田は金を取りに帰った。そして二日戻って来なかった。ヒステリーの細君と石田。嫉妬《しっと》で気が遠くなるような二日であった。石田が待合へ戻って来ると、再び情痴の末の虚脱状態。嗅ぎつけた細君から電話が掛る。石田を細君の手へ戻す時間が近づく。しごきを取って石田の首を巻きつける。はじめは閨房《けいぼう》のたわむれの一つであった。だから、石田はうっとりとして、もっと緊《し》めてくれ、いい気持だから。そんな遊びを続けているうちに、ぐっと力がはいる。石田はぐったりする。これで石田は自分のものだ。定吉二人。定は自分の名、吉は石田の名。

……………………

真面目になろうと思ってはいった所が石田の所だったとは、なにか運命的である。私はこの運命のいたずらを中心に、彼女の流転の半生を書けば、女のあわれさが表現出来ると思った。が、戦前の（十銭芸者）の原稿すら発表出来なかったのだ。戦争はもう三年目であり、検閲のきびしさは前代未聞である。永年探しもとめてやっと手に入れた公判記録だが、もう時期を失していた。折角の材料も戦争が終るまで役立てることは出来ない。といってそれまで借りて置くわけにもいかなかった。

「いずれまた借りますから」と、失わないうちに、私はその公判記録を天辰の主人に返しに行くと、

「そうですか、やっぱり戦争だと書けませんか。私に書く手があれば、引っぱられてもいいから書くんだがなア」

この前より暗くなった明りの下で、天辰の主人は残念そうに言った。

五

「今も書きたいよ。題はまず『妖婦《ようふ》』かな」

家人を相手に言ったのは、何気なく出た冗談だったが、ふと思えば、前代未聞の言論の束縛を受けたあと未曾有《みぞう》の言論の自由が許された今日、永い間の念願も果せるわけだった。

しかし、公判記録を読んでからもう三年になる。三年の歳月は私の記憶を薄らいでし

まった。といって、再び借りに行くとしても、天辰の店は雁次郎横丁と共に焼けてしまい、主人の行衛《ゆくえ》もわからぬし、公判記録も焼失をまぬがれたかどうか、知る由もない。朧気《おぼろげ》な記憶をたよりに書けないこともないが、それでは主人公は私好みの想像の女になってしまい、下手すれば東京生れの女を大阪の感覚で描くことになろう。

夜更けの書斎で一人こんな回想に耽っていると、コトンコトンと床の間の掛軸が鳴った。雨戸の隙間からはいる風が強くなって来たらしい。千日前の話は書けそうにもない。私は首を縮めて寝床にはいった。そして大きな嚔《くさめ》を続けざまにしたあと、蒲団《ふとん》の中で足袋《たび》を脱いでいると、玄関の戸を敲《たた》く音が聞えた。家人は階下で熟睡しているらしい。

風が敲くにしては大きすぎる。といってこんな夜更けに客が来るわけもない。原稿の催促の電報が来たのだろうか。が、近頃の郵便局は深夜配達をしてくれるほど親切ではない。してみれば押込強盗かも知れない。この界隈《かいわい》はまだ追剝《おいはぎ》や強盗の噂も聴かないが、年の暮と共にとうとうやって来たのだろうか。そう思いながら、足袋のコハゼを外したままの恰好《かっこう》で、玄関へ降りて行った。

そっと戸を敲いている。

「電報ですか」

「…………」返辞がない。

家の三軒向うは黒山《くろやま》署の防犯刑事である。半町先に交番がある。間抜けた強盗か、図太い強盗かと思いながら、ガラリと戸をあけると、素足に八つ割草履をはいた男がぶるぶる顫《ふる》えながらちょぼんと立ってうなだれていた。ひょいと覗《のぞ》くと、右の眼尻《めじり》がひどく下った文楽のツメ人形のような顔――見覚えがあった。

「横堀じゃないか」小学校で同じ組だった横堀千吉だった。

「へえ。――済んまへん」

ふとあげた顔を面目なさそうにそむけた。左の眼から頬へかけて紫色にはれ上り、血がにじんでいる。師走だというのに夏服で、ズボンの股《また》が大きく破れて猿股が見え、首に汚れたタオルを巻いているのは、寒さをしのぐためであろう。

「はいれ。寒いだろう」

「へえ。おおけに、済んまへん。おおけに」

ペコペコ頭を下げながら、飛《と》び込むようにはいり、手をこすっていた。ほっとしたような顔だった。たぶん入れて貰《もら》えないと思ったのであろう。もっともそれだけの不義理を私にしていたのだった。

横堀がはじめ私を訪ねて来たのは、昭和十五年の夏だった。その頃私の著書がはじめて世に出た。新聞の広告で見て、幼友達を想いだして来たと言い、実は折入って頼みがある。自分は今散髪の職人をしているのだが、今度わけがあってせんに働いていた市岡《いちおか》の理髪店を暇取って、新世界の理髪店で働こうと思う。それについて保証人がいるのだが、自分には両親もきょうだいも身寄りもない、ついては保証人になって貰えないだろうかと言うことだった。私はすぐ承知したが、それから二月たたぬ内に横堀は店の金を持ち逃げした。孤独の寂しさを慰めるために新世界とはつい鼻の先にある飛田遊廓《ゆうかく》の女に通っていたが、とうとう金に詰ったらしかった。保証人の私はその尻拭《しりぬぐ》いをした。

ところが、一年ばかりたったある日、尾羽《おは》打ち枯らした薄汚い恰好でやって来ると、実はあんな悪いことをしたので「部屋」を追出されてしまった。「部屋」というのは散髪の職人の組合のようなもので、口入れも兼ね、どこの店で働くにしてもそれぞれの「部屋」の紹介状がなければ雇ってくれない、だから「部屋」を追いだされた自分はごらんの通りのルンペンになっているが、今度新しく別の「部屋」に入れて貰うことになったので非常に喜んでいる、ところが「部屋」にはいるには二百円の保証金がいる、働いて返すから一時立て替えて貰えないだろうかと言う。横堀は丈は五尺そこそこの小男で、右の眼尻の下った顔はもう二十九だというのに、二十前後のように見える。いつまでも一本立ち出来ず、孤独な境遇のまま浮草のようにあちこちの理髪店を流れ歩いて来た哀れなみじめさが、ふと幼友達の身辺に漂うているのを見ると、私はその無心を断り切れなかった。散髪の職人だというのに不精髭《ひげ》がぼうぼうと生え、そこだけが大人であった。商売道具の剃刀《かみそり》も売ってしまったのかと、金を渡すと、ニコニコして帰って行ったが、それから十日たったある夜更け、しょんぼりやって来た姿を見ると、前よりもなお汚くなっていた。どうしたんだと訊《き》くと、いや喜んで貰いたい、自分のような男にも女房《かかあ》になってやるという女が出来た、自分は少々歪《ゆが》んでても、曲っててもいい、女房《かかあ》になってくれる女があれば、その女のために一所懸命やろうと思っていたが、とうとうその機会が来た、自分は今までこの世の中に一人ぼっちだという寂しさからつい僻《ひが》みが出てやけも起したが、これからは例え二階借りでも世帯を持つのだから、男になって働く覚悟だ、ついては結婚の費用に……と、百円の無心だった。女は何をしてる人だ。仲居をしている。どこで、南で。南の何という店だ。大阪の南の料理屋の名前なら大抵知っているのでそう訊いたが、横堀は詰って答えられない。細君になるという人の勤め先を知らないようでは、結婚の費用は貸してあげないと言うと、じゃ今夜は終電車もないから泊めてくれと言う。

翌朝横堀が帰ったあとで、腕時計と百円がなくなっていることに気がついた。それきり顔を見せなくなったが、応召したのか一年ばかりたって中支から突然暑中見舞の葉書が来たことがある。…………

そんな不義理をしていたのだが、しかし寒そうに顫えている横堀の哀れな復員姿を見ると、腹を立てる前に感覚的な同情が先立って、中へ入れたのだ。横堀の身なりを見た途端、もしかしたら浮浪者の仲間にはいって大阪駅あたりで野宿していたのではないかとピンと来て、もはや横堀は放浪小説を書きつづけて来た私の作中人物であった。

茶の間へ上って電気焜炉《こんろ》のスイッチを入れると、横堀は思わずにじり寄って、垢《あか》だらけの手をぶるぶるさせながら焜炉にしがみついた。

「待てよ、今お茶を淹《い》れてやるから」

家人は奥の間で寝ていた。横堀は蝨《しらみ》をわかせていそうだし、起せば家人が嫌がる前に横堀が恐縮するだろう。見栄坊《みえぼう》の男だった。だからわざと起さず、紅茶を淹れ、今日搗《つ》いて来たばかしの正月の餅《もち》を、水屋から出して焜炉の上に乗せながら、

「どうしてた。大阪駅で寝ていたのか。浮浪者の中にはいっていたのか」とはじめて訊くと、案の定へえとうなだれた。

「顔どうしたんだ」

「出入をやりましてん」左の眼を押えて、ふと凄《すご》く口を歪めて笑った。大きく笑うと痛いのであろう。

「出入って、博徒の仲間にはいったのか、女出入か、縄張りか」

それならまだしも浮浪者より気が利いていると思ったが、

「闇市の天婦羅屋《てんぷらや》ィはいって食べたら、金が足らんちゅうて、袋叩《ふくろだた》きに会いましてん。なんし、向うは十人位で……」

「ふーん。ひどいことをしやがるな。——おい、餅が焼けた。食べろ」

「へえ。おおけに」

熱い餅を掌《てのひら》の上へ転がしながら、横堀は破れたズボンの上へポロポロ涙を落した。ズボンの膝《ひざ》は血で汚れていた。横堀は背中をまるめたままガツガツと食べはじめた。醜くはれ上った顔は何か狂暴めいていた。

私はそんな横堀の容子《ようす》にふっと胸が温まったが、じっと見つめているうちに、ふと気がつけば私の眼はもうギラギラと残酷めいていた。横堀の浮浪生活を一篇の小説にまと

め上げようとする作家意識が頭をもたげていたのだ。哀れな旧友をモデルにしようとしている残酷さは、ふといやらしかったが、しかしやがて横堀がポツリポツリ語りだした話を聴いているうちに、私の頭の中には次第に一つの小説が作りあげられて行った。

六

中支からの復員の順位は抽籤《ちゅうせん》できまったが籤運《くじうん》がよくて一番船で帰ることになった。十二月二十五日の夜、やっと大阪駅まで辿《たど》りついたが、さてこれからどこへ行けば良いのか、その当てもない。昔働いていた理髪店は恐らく焼けてしまっているだろうし、よしんば焼け残っていても、昔の不義理を思えば頼って行ける顔ではない。宿屋に泊るといっても、大阪のどこへ行けば宿屋があるのか、おまけに汽車の中で聴いた話では、大阪中さがしても一元《いちげん》で泊めてくれるような宿屋は一軒もないだろうということだ。良い思案も泛《うか》ばず、その夜は大阪駅で明かすことにしたが、背負っていた毛布をおろしてくるまっていても、夏服ではガタガタ顫えて、眼が冴《さ》えるばかりだった。駅の東出口の前で焚火《たきび》をしているので、せめてそれに当りながら夜を明かそうと寄って行くと、無料《ただ》ではあたらせない、一時間五円、朝までなら十五円だという。冗談に言っているのかと思って、金を出さずにいると、こっちはこれが商売なんだ、無料《ただ》で当らせては明日の飯が食えないんだぞと凄んだ声で言い、これも食うための新商売らしかった。大人しく十五円払うと所持金は五十円になってしまった。

　夜が明けると、駅前の闇市が開くのを待って女学生の制服を着た女の子から一箱五円の煙草を買った。箱は光だったが、中身は手製の代用煙草だった。それには驚かなかったが、バラックの中で白米のカレーライスを売っているのには驚いた。日本へ帰れば白米なぞ食べられぬと諦《あきら》めていたし、日本人はみな藷《いも》ばかり食べていると聴いて帰ったのに、バラックで白米の飯を売っているとはまるで嘘のようであった。値をきくと、指を一本出したので、煙草の五円に較べれば一皿一円のカレーライスは廉《やす》いと思い、十円札を出すと、しかし釣は呉《く》れず、黒いジャケッを着たひどい訛《なまり》の大男が洋食皿の上へ普通の五倍も大きなスプーンを下向きに載せて、その上へ白い飯を盛り、カレー汁を掛けるのだった。スプーンが下向き故皿との間に大きな隙間が出来る。その隙間の分だけ飯を節約してあるわけだと、狡《ずる》いやり方に感心した。バラックを出ると、一人の男があのカレー屋ははじめ露天だったが、しこたま儲《もう》けたのか二日の間にバラックを建ててしまった、われわれがバラックの家を建てるのには半年も掛るが、さすがは闇屋は違ったものだと、ブツブツ話し掛けて来たので相手になっていると、煙草を一本無心された。上品な顔立ちで煙草を無心するような男に見えなかった。

　しかし、掌の上へひろげた新聞紙にパンを二つ載せて、六円六円と小さな声でボソボソ呟《つぶや》いている中年の男も、以前は相当な暮しをしていた人であろう、立派な口髭を生やしていた。その男の隣にしゃがんでいる女は地面《じべた》に風呂敷《ふろしき》包みをひろげて資生堂の粉ハミガキの袋を売っていた。袋は三個しかなく、早朝から三個のハミガキ粉を持って来て商売になるのだろうかと、ひとごとでなく眺めた。自分もいつかはこの闇市に立たねばならぬかも知れぬのだ。親子三人掛かりで、道端にしゃがみながら、巻寿司《まきずし》を売っているのもいた。

闇市を見物してしまうと、新世界までトボトボ歩いて行ったが、昔の理髪店はやはり焼けていた。焼跡に暫らく佇《たたず》んで、やがて新世界の軍艦横丁を抜けて、公園南口から阿倍野橋《あべのばし》の方へ広いコンクリートの坂道を登って行くと、阿倍野橋ホテルの向側の人道の隅に人だかりがしていた。広い道を横切って行き、人々の肩の間から覗《のぞ》くと、台の上に円を描いた紙を載せて、円は六つに区切り、それぞれ東京、横浜、名古屋、京都、大阪、神戸の六大都市が下手な字で書いてある。台のうしろでは二十五、六の色の白い男が帽子を真深《まぶか》に被って、

「さア張ったり張ったり、十円張って五十円の戻し、針は見ている前で廻《まわ》すんだから絶対インチキなしだ。度胸のある奴は張ってくれ。さア神戸があいた、神戸はないか神戸はないか」と呶鳴《どな》っている。

誰かがあいていた神戸の上へ十円載せると、呶鳴っていた男は俄《にわ》かづくりのルーレットの針を廻す。針は京都で停る。紙の上の十円札は棒でかき寄せられ、京都へ張っていた男へ無造作に掴《つか》んだ五枚の十円札が渡される。

「――さアないか。インチキなしだ。大阪があいた。大阪があいた」

誰も大阪へ張る者がない。ふと張ってみようという気になった。ズボンのポケットから摑み出して大阪の上へ一枚載せた。針が動いた、東京だ。

「さアないかないか」

もう一度早い目に大阪へ張った。が、横浜だ。

「――さアないかないか」

残っていた五円札を京都の上へ載せようとすると、

「五円はだめだ。十円ないのか。十円で五十円だ」と断られた。

しかしポケットにはその五円札一枚しかなかったのだ。すごすご立去って、阿倍野橋の大鉄百貨店の横で、背負っていた毛布をおろして手に持ち、拡げて立っていると、黙っていても人が寄って来ていくらだときく。百円だというと、買って行った。隣で台湾飴《あめ》を売っていた男が、あの毛布なら五百円でも売れる、百円で売る奴があるかというのを背中で聴きながら、ホテルの向い側へ引き返し、大阪一点張りに張ってみたが、半時間もたたぬうちに百円が飛んでしまった。

帰りの道は夏服の寒さがいっそうこたえた。が、帰りの道といってもどこへ帰ればよいのか。大阪駅以外にはない。残っていた五円で焼餅《やきもち》を一つ買い、それで今日一日の腹を持たすことにした。駅の近所でブラブラして時間をつぶし、やっと夜になると駅の地下道の隅へ雑巾《ぞうきん》のように転ったが、寒い。地下道にある阪神《はんしん》マーケットの飾窓《ショウウインド》のなかで飾人形のように眠っている男は温かそうだと、ふと見れば、飾窓が一つ空《あ》いている。

ありがたいと起きて行き、はいろうとすると、縄《なわ》の帯をした薄汚い男が、そこは俺の寝床だ、借りたけりゃ一晩五円払えと、土蜘蛛《つちぐも》のようなカサカサに乾いた手を出した。が、一銭もない。諦めて元のコンクリートの上へ戻ったが、骨が千切れそうに寒くて、おまけにペコペコだ。思い切って靴を脱ぎ、片手にぶら下げて、地下道の旅行調整所の前にうずくまって夜明しをしている旅行者の群へ寄って行き、靴はいらんか百円百円と呶鳴ると、これも廉いのかすぐ売れた。十円札にくずして貰《もら》い、飾窓へ戻り二晩分十円先払いして、硝子《ガラス》の中で寝た。昔馴染《なじ》んだ飛田の妓《おんな》の夢を見た。

夜が明けると、まず十円のカレーライス。はだしでは歩けないと八ツ割草履を買うと、二十円取られた。残った六十円を持って阿倍野橋へ出掛けたが、やはり大阪一点張りに張っているうちに、最後の十円札も消えてしまった。二晩分の飾窓の家賃を先払いして置いたのがせめてもの慰めであった。隣の飾窓で蝨をつぶしている音を聴きながら、その夜を明かすと、もう暮の二十八日、闇市の雑閙《ざっとう》は急に増えて師走めいた慌しさであった。被《かぶ》っていた帽子を脱いで、五円五円。やっと売れたが、この金使ってしまっては餓死か凍死だと、まず阪急《はんきゅう》の切符売場で宝塚《たからづか》行き九十銭の切符五枚買った。夕方四時半から六時半まで切符は売止めになる。その時刻をねらって、売場の前にずらりと並んだ客に、宝塚行き一枚三円三円と触れて歩くと、すぐ売れてしまった。勘定すると五円の金が十五円五十銭になっていた。阿倍野橋へ行くにはもう時間が遅いし、何よりも腹がペコペコだ。バラックの天婦羅《てんぷら》屋へはいって一皿五円の天婦羅を食べ、金を払おうとすると、掏《す》られていた。無銭飲食をする気かと袋叩《ふくろだた》きに会い、這《は》うようにして地下道へ帰り、痛さと空腹と蝨でまんじりともせず、夜が明けると一日中何も食わずにブラブラした。切符を買う元手もなければ売る品物もない。靴磨きをするといっても元手も伝手《つて》も気力もない。ああもう駄目だ、餓死を待とうと、黄昏《たそが》れて行く西の空をながめた途端……。

七

「……僕のことを想いだして、訪ねて来たわけだな」

「へえ」と横堀は笑いながら頭をかいた。今夜の宿が見つかったのと、餅《もち》にありついたので、はじめて元気が出たのであろう。

「電車賃がよくあったね」

「線路を伝《つと》うて歩いて来ましてん。六時間掛りました。泊めて貰へんと思いましたけど……」時計が夜中の二時を打った。

「泊めんことがあるものか。莫迦《ばか》だなア。電車賃のある内にどうしてやって来なかったんだ」

「へえ。済んまへん」

「途中大和川《やまとがわ》の鉄橋があっただろう」

「おました。しかし、踏み外して落ちたら落ちた時のこっちゃ、いっそのことその方が楽や、一思いに死ねたら極楽や思いましてん」

　そんな風に心細いことを言っていたが、翌朝冬の物に添えて二百円やると、

「これだけの元手《もと》があったら、今日び金儲《かねもう》けの道はなんぼでもおます。正月までに五倍にしてみせます」

　横堀はにわかに生き生きした表情になった。

「ふーん。しかし五倍と聴くと、何だかまた博奕《ばくち》にひっ掛りそうだな。あれはよした方がいいよ。人に聴いたんだが、あれは本当は博奕じゃないんだ。博奕なら勝ったり負けたりするはずだが、あれは絶対に負ける仕組みだからね。必ず負けると判れば、もう博奕じゃなくて興行か何かだろう。だから検挙して検事局へ廻しても、検事局じゃ賭博《とばく》罪で起訴出来ないかも知れない、警察が街頭博奕を放任してるのもそのためだと、嘘か本当か知らんが穿《うが》ったことを言っていたよ。まアそんなものだから、よした方がいいと思うな」

「いや、今度は大丈夫儲けてみせます」

　と、横堀は眼帯をかけながら、あれからいろいろ考えたが、たしかにあの博奕にはサクラがいて、サクラが張った所へ針の先が停ると睨《にら》んだ、だから今度はまず誰がサクラかと物色して、こいつだなと睨んだらその男と同じ所へ張れば、外れっこはないんだとペラペラ喋《しゃべ》って、

「――ま、見てとくなはれ。わても男になって来ま」

そう言ってソワソワと出て行った後姿を二階の窓から見ると、痛々しい素足だった。まだ電車は来まいと、家人に足袋《たび》を持たせて後を追わせながら、しかし私は横堀をモデルにした小説を考えていた。

十銭芸者の話も千日前の殺人事件の話も阿部定の話も、書けばありし日を偲《しの》ぶよすがになるとはいうものの、今日の世相と余りにかけ離れた時代感覚の食い違いは如何《いかん》ともし難く、世相の哀しさを忘れて昔の夢を追うよりも、まず書くべきは世相ではあるまいか。しかも世相は私のこれまでの作品の感覚に通じるものがあり、いわば私好みの風景に満ちている。横堀の話はそれを耳かきですくって集めたようなものである。けちくさい話だが、世相そのものがけちくさく、それがまた私の好みでもあろう。

ペンを取ると、何の渋滞もなく瞬く間に五枚進み、他愛もなく調子に乗っていたが、それがふと悲しかった。調子に乗っているのは、自家薬籠中《じかやくろうちゅう》の人物を処女作以来の書き馴《な》れたスタイルで書いているからであろう。自身放浪的な境遇に育って来た私は、処女作の昔より放浪のただ一色であらゆる作品を塗りつぶして来たが、思えば私にとって人生とは流転であり、淀《よど》の水車のくりかえす如くくり返される哀しさを人間の相《すがた》と見て、その相《すがた》をくりかえしくりかえし書き続けて来た私もまた淀の水車の哀しさだった。流れ流れて仮寝の宿に転がる姿を書く時だけが、私の文章の生き生きする瞬間であり、体系や思想を持たぬ自分の感受性を、唯一所に沈潜することによって傷つくことから守ろうとする走馬灯のような時と場所のめまぐるしい変化だけが、阿呆の一つ覚えの覘《ねら》いであった。だから世相を書くといいながら、私はただ世相をだしにして横堀の放浪を書こうとしていたに過ぎない。横堀はただ私の感受性を借りたぐつとなって世相の舞台を放浪するのだ。なんだ昔の自分の小説と少しも違わないじゃないかと、私は情けなくなった。

「いや、今日の世相が俺の昔の小説の真似をしているのだ」

そう不遜《ふそん》に呟《つぶや》いてみたが、だからといって昔のスタイルがのこのこはびこるのは自慢にもなるまい。仏の顔も二度三度の放浪小説のスタイルは、仏壇の片隅にしまってもいいくらい蘇苔《こけ》が生えているはずだのに、世相が浮浪者を増やしたおかげで、時を得たりと老女の厚化粧は醜い。

そう思うと、もう私の筆は進まなかったが、才能の乏しさは世相を生かす新しいスタイルも生み出せなかった。思案に暮れているうちに年も暮れて、大晦日《おおみそか》が来た。私はソワソワと起《た》ち上ると外出の用意をした。

「年の瀬の闇市でも見物して来るかな」

呑気《のんき》に聴えるが、苦しまぎれであった。西鶴の「世間胸算用《せけんむねさんよう》」の向うを張って、昭和二十年の大晦日のやりくり話を書こうと、威勢は良かったが、大晦日の闇市を歩いてその材料の一つや二つ拾って来ようと、まるで債鬼《さいき》に追われるように原稿の催促にせき立てられた才能乏しい小説家の哀れな闇市見物だった。

「西鶴は『詰りての夜市』を書いているが、俺の外出は『詰りての闇市』だ」

そう自嘲《じちょう》しながら、難波で南海電車を降り、市電の通りを越えて戎橋筋の闇市を、雑閙《ざっとう》に揉《も》まれて歩いていたが、歌舞伎座の横丁の曲り角まで来ると、横丁に人だかりがしている。街頭博奕だなと直感して横丁へ折れて行くと果して、

「さア張ったり張ったり。度胸のある奴は張ってくれ。十円張って五十円の戻しだ。針は見ている前で廻《まわ》すんだから、絶対インチキなしだ。さア神戸があいた。神戸はないか神戸はないか」と呶鳴《どな》っている。

横堀がやられたのはこれだなと思って、ひょいと覗《のぞ》くと、さアないかと呶鳴っているのは意外にも横堀であった。昨日出て行った時に較べて、打って変ったように小ざっぱりして、オーバも温かそうだ。靴もはいていた。

「よう」と声を掛けようとすると、横堀も気づいて、にこっと笑って帽子を取った。人々は急に振り向いた。街頭博奕屋がお辞儀をしたので、私を刑事か親分だと思ったのかも知れない。

こそこそと立ち去って雁次郎横丁の焼跡まで来ると、私はおやっと思った。天辰の焼跡にしょんぼり佇《たたず》んでいる小柄な男は、料理衣こそ着ていないが天辰の主人だと一眼で判り、近づいて挨拶《あいさつ》すると、

「やア、一ぺんお会いしたいと思ってました」とお世辞でなくなつかしそうに眼をしょぼつかせて、終戦後のお互いの動静を語り合ったあと、

「——この頃は飲む所もなくてお困りでしょう」と言っていたが、何思ったか急に、ど

うです私に随《つ》いて来ませんか、ちょっと面白い家があるんですがねと誘った。

「面白い家って、怪しい所じゃないだろうね」

「大丈夫ですよ。飲むだけですよ。南でバーをやってた女が焼けだされて、上本町でしもた家《や》を借りて、妹と二人女手だけで内緒の料理屋をやってるんですよ」

「しもた屋で……？　ふーん。お伴しましょう」

戎橋から市電に乗り、上本町六丁目で降りるともう黄昏れていた。寒々とした薄暗い焼跡を上本町八丁目まで歩き、上宮《うえのみや》中学のまえを真っ直ぐ三町ばかし行くと、右側にこぢんまりした二階建のしもた家があった。

「ここです」天辰の主人が玄関の戸をあけると、その鈴《ベル》の音で二十《はたち》前後の娘が出て来た。唇をきっと結び、美しい眼をじっと見据えたその顔を見た途端、どきんとした。「ダイス」のマダムの妹だったのだ。妹は私に気づいたが、口は利かず固い表情のまま奥へはいった。やがて羽織を着た女が奥から出て来て、

「あら」と立ちすくんだ。窶《やつ》れているが、さすがに化粧だけは濃く、「ダイス」のマダムであった。

「――どないしてはりましたの」

「どないもしてないが……」

「痩《や》せはりましたな」

「そういうあんたも少し……」

「痩せてスマートになりましたやろ」

「あはは……」

それが十銭芸者の話を聴いた夜以来五年振りに会う二人の軽薄な挨拶だった。笑ったが、マダムの窶れ方を見ながらでは、ふと虚《うつ》ろに響いた。

「なんだ、お知り合いでしたか。ちょうどよかった。じゃ忘年会ということにして……」

天辰の主人の思いがけない陽気な声に弾まされて、ガヤガヤと二階へ上る階段の途中で、いきなりマダムに腕を抓《つね》られた。ふと五年前の夏が想い出されて、遠い想いだった。けれど、やがて妹が運んで来た鍋《なべ》で、砂糖なしのスキ焼をつつきながら飲み出すと、もうマダムは不思議なくらい大人しい女になって、

「――お客さんはまアぼつぼつ来てくれはりまっけど、この頃は金さえ出せば闇市で肉が買えますし、スキ焼も珍らしゅうないし、まア来てくれるお客さんは――お二人は別でっけど、食気よりも色気で来やはンのか、すぐ焼跡が物騒で帰《い》ねんさかい泊めてくれ。お泊めすると、ひとりで寝るのはいやだ、あんたが何だったら、妹を世話してくれ。まるで淫売屋《いんばいや》扱いだす。つくづく阿呆な商売した思《おも》て後悔してまんねんけど、といって、おかしな話だっけど妹と二人でも月に二千円はいりますし、わてがもう一ぺん京都から芸者に出るいうても仕度に十万円はいりまっしゃろ。妹をキャバレエへ出すのも可哀相やし、まア仕様がない思ってやってまんねん」

世帯《しょたい》じみた話だった。パトロンは無さそうだし、困っても自分を売ろうとしないし、

浮気で淫蕩《いんとう》的だったマダムも案外清く暮しているのかと、私はつぎの当ったマダムの足袋をふと見ていた。

新しい銚子《ちょうし》が来たのをしおに、

「ところで」と私は天辰の主人の方を向いて、

「——あの公判記録は助かりましたか」と訊《き》くと、

「いや焼けました。金庫と一緒に……」ぽつんと言って、眼をしょぼつかせ、細い指の先を器用に動かしながら、机の上にこぼれた酒で鼠の絵を描いていた。

「そりゃ惜しいことしましたな。帝塚山のお宅の方は助かったんだから、疎開させとけば……」と言い掛けると、

「阿呆《あほ》らしい。帝塚山へあの本が置けるものですか。第一……」

そして暫《しば》らく言い詰っていたが、やがて思い切って言いましょうと、置注ぎの盃《さかずき》をぐっと飲みほした。

「——実はお二人の前だけの話だけど、あのお定という女は私とちょっと関係がありましてね……」

「えっ？」

「話せば長いが……」

店が焼けてから飲み覚えた酒に、いくらか酔っていたのであろう、天辰の主人は問わず語りにポツリポツリ語った。

――天辰の主人は四国の生れだが、家が貧しい上に十二の歳に両親を亡くしたので、早くから大阪へ出て来て、ずいぶん苦労した。十八の歳に下寺町の坂道で氷饅頭《まんじゅう》を売ったことがあるが、資本がまるきり無かった故、大工の使う鉋《かんな》の古いので氷をかいて欠けた茶碗《ちゃわん》に入れ、氷饅頭を作ったこともある。冷やし飴《あめ》も売り、夜泣きうどんの屋台車も引いた。競馬場へ巻寿司《まきずし》を売りに行ったこともある。夜店で一銭天婦羅《てんぷら》も売った。

二十八の歳に朝鮮から仕入れた支那《しな》栗を売って、それが当って相当の金が出来ると、その金を銀行に預けて、宗右衛門町の料亭へ板場の見習いにはいり、三年間料理の修業をした後、三十一歳で雁次郎横丁へ天辰の提灯《ちょうちん》を出した。四年の間に万とつく金が出来て、三十五歳で妻帯した。細君は北浜の相場師の娘だったが、家が破産して女専を二年で退学し、芸者に出なければならぬ破目になっていたところを、世話する人があって天辰へ嫁いだのだった。勿論《もちろん》結納金はかなりの金額《がく》で、主人としては芸者を身うけするより、学問のある美しい生娘《きむすめ》に金を出す方が出し甲斐《がい》があると思ったのだが、これがいけなかった。新妻は主人に体を許そうとしなかった。自分は金で買われて来たらしいが、しかし体を売るのは死ぬよりもいやだと、意外な初夜の言葉だった。おれがいやかと訊くと、教養のない男はいやだと言って触れさせない。それでも三年後には娘が生れたのだから、全然そんなことはなかったわけではないが、そんな時細君の体は石のように固く、氷のように冷たく、ああ浅ましい、なぜ女はこんな辛抱をしなければならぬのかと、聖書を読むのである。

もともと潔癖症の女だったが、宗教に憑《こ》り出してからは、ますますそれがひどくなって食事の前に箸《はし》の先を五分間も見つめていることがある。一日に何十回も手を洗う。しまいには半時間も掛って洗っているようになり、洗って居間へ戻る途中廊下で人にすれ違うと、また引き返して行って洗い直すのである。

おまけに結婚後十日目には、頭髪がすっかり抜けてしまい、つるつるの頭になったのでカツラを被《かぶ》った。時々人のいない所でカツラを取って、何時間も掛って埃《ほこり》を払っている――そんな姿を見ると、つくづく嫌気がさして来たある夜、どう魔がさしたのかポン引に誘われて一夜女を買った。ところが、その女はそんな所の女とは思えないくらいの美人で、金で売りながら自分から燃えて行く肌の熱さは天辰の主人をびっくりさせた。この女が明日は自分以外の男を客に取るのかと、得体の知れない激しい嫉妬《しっと》が天辰の主人をおろおろさせてしまった。すぐ金を出して、女を天下茶屋《てんがぢゃや》のアパートに囲った。一月の間魂が抜けたように毎夜通い、夜通し子供のように女のいいつけに応じている時だけが生き甲斐であったが、ある夜アパートに行くと、いつの間にどこへ引き越したのか、女はもうアパートにいなかった。通り魔のような一月だったが、女のありがたさを知ったのはその一月だけだった。黙って行衛《ゆくえ》をくらませた女を恨みもせず、その当座女の面影を脳裡《のうり》に描いて合掌したいくらいだった。……

「――うちの禿《は》げ婆のようなのも女だし、あの女のようなのもいるし、女もいろいろですよ」

「で、その女がお定だったわけ……？」

「三年後にあの事件が起って新聞に写真が出たでしょうが。それで判ったんですよ。——ああえらい恥さらしをしてしまった」

ふっと気弱く笑った肩を、マダムはぽんと敲《たた》いて、

「書かれまっせ」と言った。

その時襖《ふすま》がひらいて、マダムの妹がすっとはいって来た。無器用にお茶を置くと、黙々と固い姿勢のまま出て行った。

紫の銘仙を寒そうに着たその後姿が襖の向うに消えた時、ふと私は、書くとすればあの妹と……思いながら、焼跡を吹き渡って来て硝子《ガラス》窓に当る白い風の音を聴いていた。

その時、私には六十三銭しか持ち合せがなかったのです。

十銭白銅六つ一銭銅貨三つ。それだけを握って、大阪から東京まで線路伝いに歩いて行こうと思ったのでした。思えば正気の沙汰《さた》ではない。が、むこう見ずはもともと私にとっては生れつきの気性らしかったし、それに、大阪から東京まで何里あるかも判らぬその道も、文子に会いに行くのだと思えば遠い気もしなかった、――とはいうものの、せめて汽車賃の算段がついてからという考えも、勿論泛《もちろんうか》ばぬこともなかった。が、やはりテクテクと歩いて行ったのは、金の工面《くめん》に日の暮れるその足で、少しでも文子のいる東京へ近づきたいという気持にせきたてられたのと、一つには放浪への郷愁でした。

そう言えば、たしかに私の放浪は生れた途端にもう始まっていました……。

生れた時のことは無論おぼえはなかったが、何でも母親の胎内に八月しかいなかったらしい。いわゆる月足らずで、世間にありがちな生れだったけれど、よりによって生れる十月ほど前、落語家《はなしか》の父が九州巡業に出掛けて、一月あまり家をあけていたことがあり、普通に日を繰ってみて、その留守中につくった子ではないかと、疑えば疑えぬこと色の白いところ、鼻筋の通ったところ、受け口の気味など、母親似のところばかり探して、何となく苦りきっていたといいます。父は高座へ上れば直《す》ぐ自分の顔の色のことを言うくらい色黒で、鼻も平べったい方でした。

その時、母はいいわけするのも阿呆《あほ》らしいという顔だったが、一つにはいいわけする口を利く力もないくらい衰弱し切っていて、私に乳を飲ませるのも覚束《おぼつか》なく、びっくりした産婆が私の口を乳房から引き離した時は、もう母の顔は蠟《ろう》の色になっていて歯の間から舌の先を出しながら唸《うな》っていたそうです。そうして母は死に、阿倍野の葬儀場へ送ったその足で、私は追われるように里子に遣《や》られた。俄《にわ》かやもめで、それも致方《いたしかた》ないとはいうものの、ミルクで育たぬわけでもなし、いくら何でも初七日も済まぬうちの里預けは急いだ、やはり父親《てておや》のあらぬ疑いがせき立てたのであろうか――と、おきみ婆さんから教えられたのは、十五の時でした。おきみ婆さんの言葉はずいぶんうがち過ぎていたけれど、私は子供心にうなずいて、さもありなんという早熟《ませ》た顔をしてみせました。それというのも、もうその頃には、おれは父親に可愛がられていないという気持が相当強くこびりついていたからです。しかし、今は違います。今の私は自分ははっきり父親の子だと信じております……。

よくはおぼえていないが、最初に里子に遣られた先は、南河内の狭山、何でも周囲一里もあるという大きな池の傍の百姓だったそうです。里子を預かるくらい故、もとより水呑《みずの》みの、牛一頭持てぬ細々《ほそぼそ》した納屋暮しで、主人が畑へ出かけた留守中、お内儀《かみ》さんが紙風船など貼りながら、私ともう一人やはり同じ年に生れた自分の子に乳をやっていたのだが、私が行ってから一年もたたぬ内に日露戦争がはじまって主人が出征し、畑へはお内儀さんが出た。しかしいくら剛気なお内儀さんでも両手に乳飲児をかかえた畑仕事はさすがに手に余ったのでしょう。ある冬の朝、下肥《しもご》えを汲《く》みに大阪へ出たついでに、高津の私の生家へ立ち寄って言うのには、四つになる長女に守《もり》をさせられぬこともないが、近所には池もあります。そして、せっかく寄ったのだから汲ませていただきますと言って、汲み取った下肥えの代りに私を置いて行ったそうです。

汲み取った下肥えの代りに……とは、うっかり口がすべった洒落《しゃれ》みたいなものですが、ここらが親譲りというのでしょう。父は疑っていたかも知れぬが、私はやはり落語家の父の子だった。自慢にはならぬが、話が上手で、というよりお喋《しゃべ》りで、自分でもいや気がさすくらいだが、浅墓《あさはか》な女にはそれがちょっと魅力だったらしい。事実また、私の毒にも薬にもならぬ身の上ばなしに釣りこまれて夜を更《ふ》かしたのが、離れられぬ縁となった女もないではなかった。私もまた少しは同情を惹《ひ》く意味でか、ずいぶんとそりゃ女に語ったものです。もっとも同情を惹くといっても、哀れっぽく持ちだすなど気性から言っても出来なかった。どうせ不景気な話だから、いっそ景気よく語ってやりましょう、子供の頃でおぼえもなし、空想をまじえた創作で語る以上、出来るだけ面白おかしく脚色してやりましょうと、万事「下肥えの代りに」式で喋りました。当人にしか面白くないような子供の頃の話を、ポソポソと不景気な語り口で語ってみたところで仕方がない。嘘でなきゃあ誰も子供の頃の話なんか聞くものかという気持だったから、自然相手の仁を見た下司《げす》っぽい語り口になったわけ、しかし、そんな語り口でしか私には自分をいたわる方法がなかったと、言えば言えないこともない。こんな風に語ったのです。

「……そんなわけで、下肥えのかわりに置いて行かれたけど、その日の日の暮れにはもう、腫物《できもん》の神さんの石切の下の百姓に預けられたいうさかい、親父も気のせわしい男やったが、こっちもこっちで、八月でお母《か》んのお腹飛びだす位やさかい、気の永い方やない。つまり云うたら、手っ取り早いとこ乳にありついたいう訳やが、運の悪いことは続くもんで、その百姓家のおばはん、ものの十日もたたん内にチビスにかかりよった。なんぼ石切さんが腫物の神さんでも、チビスは専門違いや、ハタケは癒《なお》せても、チビスの方はハタケ違いや。さア、藪《やぶ》医者が飛んで来よる。巡査が手帳持って覗きに来よる。桃《もも》山《やま》(の伝染病院)行きや消毒やいうて、えらい騒動や。そのあげく、乳飲ましたらあかんぜ、いうことになった。そらそや、いくら何でもチビスの乳は飲めんさかいナ。さア、お腹は空《す》いてくるわ、なんぼ泣いてもほっとかれるわ、お襁褓《むつ》もかえて呉《く》れんわ。踏んだり蹴《け》ったりや。蹴った糞《くそ》わるいさかい、オギャアオギャアせえだい泣いてるとこイ、ええ、へっつい直しイいうて、天びん担いで、へっつい直しが廻《まわ》ってきよって、事情きくと、そら気の毒やいうて、世話してくれたンが、大和の西大寺《さいだいじ》のそのへっつい直しの親戚《しんせき》の家やった。そンでまア巧《うま》いこと乳にありついて、餓え死を免れた訳やが、そこのおばはんいうのが、こらまた随分《とうない》りん気《け》深い女子《おなご》で、亭主が西瓜《すいか》時分になると、大阪イ西瓜売りに行ったまンま何日も戻って来えへんいうて、大騒動や。しまいには摑《つか》み合いの喧嘩《けんか》になって、出て行け、ああ、出て行ったるわい。おばはんとうとう出て行きよったが、出て行きしな、風呂敷《ふろしき》包持って行ったンはええけど、里子の俺は置いてきぼりや。お蔭《かげ》で、乳は飲めん、お腹は空いて来る、お襁褓《むつ》はかえて呉れん、放ったらかしや。蹴った糞わるいさかい、亭主の顔みイみイ、おっさんどないして呉れまんネいうて、千度泣いたると、亭主も弱り目にたたり目で、とうとう俺を背負《せたろ》うて、親父のとこイ連れて行きよった。ところが、親父はすぐまた俺を和泉《いずみ》の山滝《やまたき》村イ預けよった。山滝村いうたら、岸和田の奥の紅葉《もみじ》の名所で、滝もあって、景色の良《え》えとこやったが、こんどは自分の方から飛び出したった。ところが、それが病みつきになってしもて、それからというもんは、何処《どこ》イ預けられても、いつも自分から飛び……」

「……出すいうても、ちょっと、あんた、あんたその時分はまだ赤子《ややさん》だしたンやろ？　えらい早熟《ませ》た、赤子だしてンナ……」

女も笑ったくらい、どこまでが本当で、どこまでが嘘か判らぬような身の上ばなしでしたが、しかし、七つの年までざっと数えて六度か七度、預けられた里をまるで符箋《ふせん》つきの葉書みたいに転々と移って来たことだけはたしかで、放浪のならわしはその時もう幼い私の軀《からだ》にしみついていたと言えましょう。

七歳の夏、帰ることになりました。さすがの父も里子の私を不憫《ふびん》に思ったのでしょう、しかし、その時いた八尾《やお》の田舎まで迎えに来てくれたのは、父でなく、三味線引きのおきみ婆さんだった。

高津神社の裏門をくぐると、すぐ梅《うめ》ノ木橋《きばし》という橋があります。橋といっても子供の足で二足か三足、大阪で一番短いというその橋を渡って、すぐ掛りの小綺麗《こぎれい》なしもたやが今日から暮す家だと、おきみ婆さんに教えられた時は胸がおどったが、しかしそこには既に浜子という継母《ままはは》がいた。あとできけば、浜子はもと南地《なんち》の芸者だったのを、父が受け出した、というより浜子の方で打ち込んで入れ揚げた挙句、旦那《だんな》にあいそづかしをされたその足で押し掛け女房に来たのが四年前で、男の子も生れて、その時三つ、新次というその子は青ばなを二筋垂らして、びっくりしたような団栗眼《どんぐりまなこ》は父親似だった。父親は顔の造作が一つ一つ円くて、芸名も円団治《まるだんじ》でした。それで浜子は新次のことを小円団治とよんで、この子は芸人にしまんねんと喜んでいたが、おきみ婆さんにはそれがかねがね気羨《けなる》かったのでしょう。私を送って行った足で上りこむなり、もう嫌味たっぷりに、――高津神社の境内にある安井稲荷は安井さん《さん》（安い産）といって、お産の神さんだのに、この子の母親は安井さんのすぐ傍で生みながら、産の病で死んでしまったとは、何と因果なことか……と、わざとらしく私の生みの母親のことを持ちだしたりなどして、浜子の気持を悪くした。そして、ああこれで清々したという顔でおきみ婆さんが寄席《よせ》へ行ってしまうと、間もなく父も寄席の時間が来ていなくなり、私はふと心細い気がしたが、晩になると、浜子は新次と私を二つ井戸や道頓堀へ連れて行ってくれて、生れてはじめて夜店を見せて貰いました。

その時のことを、少し詳しく語ってみましょう。というのも、その時みた夜の世界が私の一生に少しは影響したからですが、一つには何といっても私には大阪の町々がなつかしい、今となってみればいっそうなつかしい、惜愛の気持といってもよいくらいだからです。

家を出て、表門の鳥居をくぐると、もう高津表門筋の坂道、その坂道を登りつめた南側に「かにどん」というぜんざい屋があったことはもう知っている人は殆《ほと》んどいないでしょう。二つ井戸の「かにどん」は知っている人はいても、この「かにどん」は誰も知らない。しかし、その晩はその「かにどん」へは行かず、すぐ坂を降りましたが、その降りて行く道は、灯明の灯《ひ》が道から見える寺があったり、そしてその寺の白壁があったり、曲り角の間から生国魂神社の北門が見えたり、入口に地蔵を祀《まつ》っている路地があったり、金灯籠《かなどうろう》を売る店があったり、稲荷を祠る時の巻物をくわえた石の狐を売る店があったり、蓑虫《みのむし》の巣でつくった銭入れを売る店があったり、赤い硝子《ガラス》の軒灯に家号を入れた料理仕出屋があったり、間口の広い油屋があったり、赤い暖簾《のれん》の隙間から、裸の人が見える銭湯があったり、ちょうど大阪の高台の町である上町《うえまち》と、船場島ノ内である下町とをつなぐ坂であるだけに、寺町の回顧的な静けさと、ごみごみした市井の賑《にぎや》かさがごっちゃになったような趣きがありました。

坂を降りて北へ折れると、市場で、日覆《ひおおい》を屋根の下にたぐり寄せた生臭い匂いのする軒先で、もう店を仕舞《しも》うたらしい若者が、猿股《さるまた》一つの裸に鈍い軒灯の光をあびながら将棋をしていましたが、浜子を見ると、どこ行きだンねンと声を掛けました。すると、浜子はちょっと南へと言って、そして、あんた五十銭罰金だっせエと裸かのことを言いました。市場の中は狭くて暗かったが、そこを抜けて西へ折れると、道はぱっとひらけて、明るく、二つ井戸。オットセイの黒ずんだ肉を売る店があったり、猿の頭蓋骨《ずがいこつ》や竜のおとし児《ご》の黒焼を売る黒焼屋があったり、ゲンノショウコやドクダミを売る薬屋があったり、薬屋の多いところだと思っていると、物尺《ものさし》やハカリを売る店が何軒もあったり、岩おこし屋の軒先に井戸が二つあったり。そして下大和橋《しもやまとばし》のたもとの、落ちこんだように軒の低い小さな家では三色ういろを売っていて、その向いの蒲鉾屋《かまぼこや》では、売れ残りの白い半平《はんぺい》が水に浮いていた。猪の肉を売る店では猪がさかさまにぶら下っている。昆布屋の前を通る時、塩昆布を煮るらしい匂いがプンプン鼻をついた。ガラスの簾《すだれ》を売る店では、ガラス玉のすれる音や風鈴の音が涼しい音を呼び、櫛屋《くしや》の中では丁稚《でっち》が居眠っていました。道頓堀川の岸へ下って行く階段の下の青いペンキ塗の建物は共同便所でした。芋を売る店があり、小間物屋があり、呉服屋があった。「まからんや」という帯専門のその店の前で、浜子は永いこと立っていました。

新次はしょっちゅう来馴《きな》れていて、二つ井戸など少しも珍らしくないのでしょう、しきりに欠伸《あくび》などしていたが、私はしびれるような夜の世界の悩ましさに、幼い心がうずいていたのです。そして、前方の道頓堀の灯をながめて、今通ってきた二つ井戸よりもなお明るいあんな世界がこの世にあったのかと、もうまるで狐につままれたような想いがし、もし浜子が連れて行ってくれなければ、隙をみてかけだして行って、あの光の洪水の中へ飛びこもうと思いながら、「まからんや」の前で立ち停っている浜子の動きだすのを待っていると、浜子はやがてまた歩きだしたので、いそいそとその傍について堺筋の電車道を越えた途端、もう道頓堀の明るさはあっという間に私の軀《からだ》をさらって、私はぼうっとなってしまった。

弁天座《べんてんざ》、朝日座、角座《かどざ》……。そしてもう少し行くと、中座、浪花座《なにわざ》と東より順に五座の、当時はゆっくりと仰ぎ見てたのしんだほど看板が見られた訳だったが、浜子は角座の隣りの果物屋の角を急に千日前の方へ折れて、眼鏡屋の鏡の前で、浴衣《ゆかた》の襟を直しました。浜子は蛇ノ目傘の模様のついた浴衣を、裾《すそ》短かく着ていました。そのためか、私は今でも蛇ノ目傘を見ると、この継母を想いだして、なつかしくなる。それともうひとつ想いだすのは、浜子が法善寺の小路の前を通る時、ちょっと覗《のぞ》きこんで、お父《とう》つぁんの出たはるのはあの寄席やと花月の方を指しながら、私たちに言って、急にペロリと舌を出したあの仕草です。

やがて楽天地の建物が見えました。が、浜子は私たちをその前まで連れて行ってはくれず、ひょいと日本橋一丁目の方へ折れて、そしてすぐ掛りにある目安寺の中へはいりました。そこは献納提灯《ちょうちん》がいくつも掛っていて、灯明の灯が揺れ、線香の火が瞬《また》き、やはり明るかったが、しかし、ふと暗い隅が残っていたりして、道頓堀の明るさとは違います。浜子は不動明王《ふどうみょうおう》の前へ灯明をあげて、何やら訳のわからぬ言葉を妙な節まわしで唱えていたかと思うと、私たちには物も言わずにこんどは水掛《みずかけ》地蔵の前へ来て、目鼻のすりへった地蔵の顔や、水垢《みずあか》のために色のかわった胸のあたりに水を掛けたり、タワシでこすったりした。私は新次と顔を見合せました。

目安寺を出ると、暗かった。が、浜子はすぐまた私たちを光の中へ連れて行きました。お午《うま》の夜店が出ていたのです。お午の夜店というのは午の日ごとに、道頓堀の朝日座の角から千日前の金刀比羅《こんぴら》通りまでの南北の筋に出る夜店で、私は再び夜の蛾《が》のようにこの世界にあこがれてしまったのです。

おもちゃ屋の隣に今川焼《いまがわやき》があり、今川焼の隣は手品の種明《たねあか》し、行灯《あんどん》の中がぐるぐる廻るのは走馬灯《まわりあんど》で、虫売の屋台の赤い行灯にも鈴虫、松虫、くつわ虫の絵が描かれ、虫売りの隣の蜜垂《みた》らし屋では蜜を掛けた祇園《ぎおん》だんごを売っており、蜜垂らし屋の隣に何屋がある。と見れば、豆板屋、金米糖、ぶっ切り飴《あめ》もガラスの蓋《ふた》の下にはいっており、その隣は鯛焼屋《たいやきや》、尻尾《しっぽ》まで餡《あん》がはいっている焼立てで、新聞紙に包んでも持てぬくらい熱い。そして、粘土細工、積木細工、絵草紙、メンコ、びいどろのおはじき、花火、河豚《ふぐ》の提灯、奥州斎川孫太郎虫《おうしゅうさいかわまごたろうむし》、扇子、暦、らんちゅう、花緒、風鈴……さまざまな色彩とさまざまな形がアセチリン瓦斯《ガス》やランプの光の中にごちゃごちゃと、しかし一種の秩序を保《たも》って並んでいる風景は、田舎で育ってきた私にはまるで夢の世界です。ぼうっとなって歩いているうちに、やがてアセチリン瓦斯の匂いと青い灯が如露《じょろ》の水に濡《ぬ》れた緑をいきいきと甦《よみがえ》らしている植木屋の前まで来ると、もうそこからは夜店の外れでしょう、底が抜けたように薄暗く、演歌師の奏でるバイオリンの響きは、夜店の果てまで来たもの哀しさでした。

しかし、私がもう一度引きかえして見たいといいだす前に、浜子はふたたび明るい方へ戻って行き、植木屋、風鈴、花緒、らんちゅう、暦、扇子、奥州斎川孫太郎虫、河豚の提灯、花火、びいどろのおはじき……良い母親だと思った。おまけに浜子は私がせがまなくても、あれも買え、これもほしいのンか、ああ、そっちゃのンもええなア、おっさん、これも包んだげてんかと、まるで自分から眼の色を変えて、片ッ端から新次の分と二つずつ買《こ》うてくれ、私はうろうろしてしまった。余りのうれしさに、小便が出そうになってきたので、虫売の屋台の前では、股《もも》をすり合わせて帰りが急がれたが、浜子は虫籠《むしかご》を物色してなかなか動かないのです。

浜子は世帯《しょたい》持ちは下手ではなかったが、買物好きの昔の癖は抜けきれず、おまけに継《まま》子《こ》の私が戻ってみれば、明日からの近所の思惑も慮《おもんぱか》っておかねばならないし、頼みもせぬのに世話を焼きたがるおきみ婆さんの口も怖いと、生みの母親もかなわぬ気の良さを見せるつもりも少しはあったのだろう――と、そんな事情は無論子供の私には判らず、帰りの二つ井戸で「かにどん」の氷金時《こおりきんとき》を食べさせてもらって、高津の坂を登って行く途々《みちみち》、ついぞこれまで味《あじわ》えなかった女親というものの味の甘さにうっとりして、何度も何度も美しい浜子の横顔を見上げていました。

ところが、そんな優しい母親が、近所の大人達に言わせると継母なのです。この子どこの子、ソバ屋の継子、上って遊べ、茶碗《ちゃわん》の欠けで、頭カチンと張ってやろ。こんな唄《うた》をわざわざ教えてくれたのはおきみ婆さんで、おきみ婆さんはいつも千日前の常盤座《ときわざ》の向いの一名「五割安」という千日堂で買うてくる五厘の飴を私にくれて言うのには、十吉ちゃんは新ちゃんと違《ちご》て、継子やさかい、えらい目に会わされて可哀相や。お歯黒をした気味の悪い口を私の耳に押しつけながらもう涙ぐみ、そして私がわけの判らぬままにキョトンとしていると、もっとはんなりしなはれと叱りつけて、悲しかったらわてと一緒に泣きイ、さア、せえだい泣きイと、言うのです。おきみ婆さんは昔大阪の二等俳優の細君でしたが、芸者上りの妾《めかけ》のために二人も子のある堀江《ほりえ》の家を追い出されて、今日まで二十五年の歳月、その二人の子の継子の身の上を思いつめながら、野堂町《のどう》の歯ブラシ職人の二階を借りて一人さびしく暮して来たという女でしたから、頼まれもせぬのに八尾の田舎まで私を迎えに来てくれたのも、又《また》うまの合わぬ浜子に煙たがられるのも承知で何かと円団治の家の世話を焼きに来るのも、ただの親切だけでなく、自分ではそれと気づかぬ何か残酷めいた好奇心に釣られてのことかもしれません。だから、私には継子だとか継母だとか、えらい目だとか、はじめは意味のわからなかった言葉がいつか耳にこびりついてしまった。

　すると、私の顔はだんだんにいまに苛《いじ》められるだろうという継子の顔じみて来て、その顔を浜子に向けると、この若い継母はかなり継母じみてくるのでした。浜子は私めずらしさにもうそろそろ飽いてきた時だったのでしょう。夜、父が寄席《よせ》へ出かけた留守中、浜子は新次からお午《うま》や榎《えのき》の夜店見物をせがまれると、留守番がないからと言ってちらりと私の顔を見る。そんな時、わい夜店は眠うなるさかい嫌やと、心にもないことを言うのは無論私でした。一つには昼間おきみ婆さんに貰《もら》った飴をこっそり一人内緒で食べたいのです。一人内緒という言葉を教えてくれたのもおきみ婆さんでした。浜子は近頃父との夫婦仲が思わしくないためか、だんだん険の出てきた声で、――何や、けったいな子やなア。ほな、十吉はうちで留守番してなはれ。昼間、私が新次を表へ連れ出して遊んでいると、近所の人々には、私がむりやり子守をさせられているとしか見えなかった。それほどしょんぼりした顔をしていたのです。浜子は新次が泣けば、必ずそれを私のせいにしました。それで、新次が中耳炎になって一日中泣いていた時など、浜子の眼から逃げ廻《まわ》るようにしていた私は、氷を買いにやらされたのをいいことに、いつまでも境内の舞台に佇《たたず》んでいた。すると、提げている氷が小さくなって縄から抜けて落ちた拍子に割れてしまった。驚いて拾い上げたが、もう縄に掛らなかったので、前掛けに包んで帰ろうとすると、石段につまずいて倒れた。手と膝頭《ひざがしら》を擦り剝《む》いただけでしたが、私は手ぶらで帰っても浜子に折檻《せっかん》されない口実が出来たと思ったのでしょう、通りかかった人が抱き起しても、死んだようになっていました。

ところが、尋常三年生の冬、学校がひけて帰ってくると、新次の泣声が聴えたので、咄嗟《とっさ》に浜子の小言を覚悟して、おそるおそる上ると、いい按配《あんばい》に浜子の姿は見えず、父が長火鉢の前に鉛のように坐《すわ》って、泣いている新次をぼんやりながめながら、煙草を吹かしていました。やがて日が暮れると、父は寄席へ出掛けたが、暫《しば》らくすると近所の弁当屋から二人前の弁当を運んできたので、私は新次と二人でそれを食べながら新次にきけば、もう浜子は帰って来ないのだという。阿呆ぬかせと私は本当にしなかったが、翌《あく》る日おきみ婆さんがいそいそとやって来て言うのには、喜びィ、喜びィ、とうとう追い出されよったぜ。浜子は継子の私を苛《いじ》めた罰に父に追い出されてしもうたと言うのですが、私は父がそんなに自分のことを思ってくれているとは何故か思えなかった。

浜子がいなくなって間もなく、一家はすぐ笠屋町へ移りました。周防町筋を半町ばかり南へはいった東側に路地があります。その路地の一番奥にある南向きの家でした。鰻《うなぎ》の寝床みたいな狭い路地だったけれど、しかしその辺は宗右衛門町の色町に近かったから、上町や長町《ながまち》あたりに多いいわゆる貧乏長屋ではなくて、路地の両側の家は、例えば三味線の師匠の看板がかかっていたり、芝居の小道具づくりの家であったり、芸者の置屋であったり、また自前の芸者が母親と猫と三人（？）で住んでいる家であったりして、芸者の置長屋でありながら電話を引いている家もあるというばかりでなく、夜更けの方が賑《にぎや》かだという点でも変っていて、そして何となく路地全体がなまめいていました。なまめいているといえば、しかし、引っ越しの日に手伝いに来ていた玉子という見知らぬ女も、首筋だけ白粉をつけていて、そして浜子がしていたように浴衣の裾が短かく、どこかなまめいているように、子供心にも判りました。玉子はあと片づけが済んでも帰らぬと思っていると、そのままずるずるに居ついてしまって、私たちの新しい母親になりました。

　玉子は浜子と同じように、私や新次を八幡筋の夜店へ連れて行ってくれたので、何にも知らぬ新次は玉子が来たことを喜んでいたようだが、果して私はどうでしたか。八幡筋の夜店というのは、路地を出て十歩も行くと、笠屋町の通りを東西に横切る筋がありいます。これが道具屋や表具屋や骨董屋《こっとうや》の多い八幡筋。ここでちょっと通りと筋のことを言いますと、船場では南北の線よりも東西の線の方が町並みが発達しているので、東西の線を通りと呼び、南北の線を筋と呼んでいるが、これが島ノ内に来ると、反対に南北の方がひらけて、南北の線が通り、東西の線が筋になる、もっとも心斎橋筋や御堂筋は南北の線だが筋というように例外もあるけれども、八幡筋は東西だから筋、その筋に夜店が出るのです。

　この夜店は心斎橋筋を横切って御堂筋まで伸びていたが、玉子は心斎橋筋の角まで来ると、ひょいと南へ曲りました。そして戎橋を越え、橋の南詰《みなみづめ》を道頓堀へ折れ、浪花座の前を通り、中座の前を過ぎ、角座の横の果物屋の前まで来ると、浜子と違って千日前の方へは折れずに、反対側の太左衛門橋の方へ折れて、そして橋の上でちょっと涼んで、北へ真っ直ぐ笠屋町の路地まで帰るのです。私ははじめて見る心斎橋筋の灯にぼうっとなってしまいましたが、しかしそれよりも、戎橋や太左衛門橋の上から見た川の両岸の灯に心をそそられた。宗右衛門町の青楼と道頓堀の芝居茶屋が、ちょうど川をはさんで、背中を向け合っている。そしてどちらの背中にも夏簾《なつすだれ》がかかっていて、その中で扇子を使っている人々を影絵のように見せている灯は、やがて道頓堀川のゆるやかな流れにうつっているのを見ると、私の人一倍多感な胸は躍《おど》るのでしたが、しかし、そんな風景を見せてくれた玉子を、あのいつかの夜浜子を見た時のいい母親だという眼でみるほど、私はもう甘くなかった。なんだい、継母じゃないかという眼で玉子を見て、そして、大《だい》宝寺《ほうじ》小学校へ来年はいるという年頃の新次を摑《つかま》えて、お前は継子だぞと言って聴かせるのに、残酷めいた快感を味っていた。浜子のいる時分、あんなに羨《うらやま》しく見えた新次が今ではもう自分と同じ継子だと思うと、何か小気味よかったのでしょうか。

しかし、新次は変な子供で、浜子を恋しがる風も見せずに、化物《ばけもの》のように背の高い玉子にひたすらなついていたようでした。しかし、やがて玉子が女の子をうむと、新次は私が言って聴かせる継子という言葉にうなずいて、悲しそうな表情を泛《うか》べるようになったので、私も新次がその女の子の守をしているのを見ると、ちょっとかわいそうになった。そして、父の方をうかがうと、父はその女の子を可愛がろうともせずに、玉子と喧《けん》嘩《か》ばかりしていたので、私はべつに自分や新次が父に可愛がられなくても、少しは諦《あきら》めがつくと、早熟な考えをした。しかし、玉子はけちくさい女で、買いぐいの銭など呉《く》れなかったから、私はふと気前の良かった浜子のことを想い出して、新次と二人でそのことを語っていると、浜子がまるで生みの母親みたいに想われて、シクシク泣けて来たとは、今から考えると、ちょっと不思議でした。玉子は背が高いばかりで取得《とりえ》もなく、顔も浜子にくらべものにならぬくらい醜《みにく》かったのです。

ところが、大宝寺小学校の高等科をやがて卒業する頃、仏壇の抽出《ひきだし》の底にはいっていた生みの母親の写真を見つけました。そして、ああ、この人やこの人やというおきみ婆さんの声を聴きながら、じっとその写真を見ているうちに、私は家を出て奉公する決心をしました。その方が悲壮だという気がしたのです。おきみ婆さんに打ち明けると、泣いて賛成してくれました。私も大袈裟だったが、おきみ婆さんも大袈裟だった。その頃大宝寺小学校に尋常四年生の花組に漆山《うるしやま》文子という畳屋町から通っている子がいて、芸者の子らしく学校でも大きな藤の模様のついた浴衣を着て、ひけて帰ると白粉をつけ、紅もさしていましたが、奉公に行けば、もうその子の姿も見られなくなるという甘い別れの感傷も、かえって私の決心を固めさせた。しかし、何よりも私の肚《はら》をきめたのは、父が私の申出を聞いて一向に反対しなかったことです。私はそれを父の冷淡だと思うくらい気の廻る子供だったが、しかしその頃は大阪では良家《ええし》のぼんちでない限り、たいていは丁稚《でっち》奉公に遣《や》らされるならわしだったのだから、世話はない。

いったいに私は物事を大袈裟に考えるたちで、私が今まで長々と子供のころの話をして来たのも、里子に遣られたり、継母《ままはは》に育てられたり、奉公に行ったりしたことが、私の運命をがらりと変えてしまったように思っているせいですが、しかし今ふと考えてみると、私が現在自分のような人間になったのは、環境や境遇のせいではなかったような気もしてくる。私という人間はどんな環境や境遇の中に育っても、結局今の自分にしかなれなかったのではないでしょうか、いや、私のような平凡な男がどんな風に育ったかなどという話は、思えばどうでもいいことで、してみると、もうこれ以上話をしてみても始まらぬわけだと、今までの長話も後悔されてきます。しかし、それもお喋《しゃべ》りな生れつきの身から出た錆《さび》、私としては早く天王寺西門の出会いにまで漕《こ》ぎつけて話を終ってしまいたいのですが、子供の頃の話から始めた以上乗りかかった船で、面白くもない話を当分続けねばなりますまい。しかし、なるべく早く漕ぐことにしましょう。といっても、こと大阪の話になると、やはりなつかしくて、つい細々《こまごま》と語りたくて……。

さて、私が西横堀の瀬戸物屋へ丁稚奉公したのは、十五の春のことでした。そこは俗にいう瀬戸物町で、高麗橋《こうらいばし》通りに架った筋違橋《すじかいばし》のたもとから四ツ橋まで、西横堀川に添うた十五丁ほどの間は、殆《ほと》んど軒並みに瀬戸物屋で、私の奉公した家は、平野町《ひらのまち》通りから二、三軒南へはいった西側の、佃煮屋《つくだにや》の隣りでした。

私は木綿の厚司《あつし》に白い紐《ひも》の前掛をつけさせられ、朝はお粥《かゆ》に香の物、昼はばんざいといって野菜の煮たものか蒟蒻《こんにゃく》の水臭いすまし汁、夜はまた香のものにお茶漬だった。給金はなくて、小遣いは一年に五十銭、一月五銭足らずでした。古参の丁稚でもそれと大差がないらしく、朋輩《ほうばい》はその小遣いを後生大事に握って、一六の夜ごとに出る平野町の夜店で、一串《くし》二厘のドテ焼という豚のアブラ身の味噌煮《みそだ》きや、一つ五厘の野菜天婦羅《てんぷら》を食べたりして、体に油をつけていましたが、私は新参だから夜店も行かして貰えず、夜は大戸を閉めおろした中で、手習いでした。おまけに、朝は一番早く起された。そして、戸を明け、掃除をするのですが、この掃除がむつかしい。縄屑《なわくず》やゴミは燃料《たきもの》になるので、土がまじらぬように、そっと掃かないと叱られる。旦那《だんな》は藁《わら》一筋のことにでも目の変るような人だった。掃除が終っても、すぐごはんにならず、使いに走らされる。朝ごはんの前に使いに遣ると、使いが早いというのです。その代り使いから帰ると食べ過ぎるというので、香の物は恐しく不味《まず》く漬けてある。香の物が不味いと、お粥も食べすぎないだろうという心の配り方です。しかし、これはその家だけの習慣ではなく、あとであちこち奉公してみて判ったのだが、これは船場一体のしきたりだったようです。

一事が万事、丁稚奉公は義理にも辛《つら》くないとは言えなかったが、しかしはじめての盆に宿下りしてみると、実家はその二、三日前に笠屋町から上《うえ》ノ宮町《みやちょう》の方へ移っていました。上宮中学の、蔵鷺庵《ぞうろあん》という寺の真向いの路地の二軒目。そして、そこにはもう玉子はいずに、茂子《しげこ》という女が新しい母親になっていて、玉子が残して行ったユキノという私の妹は、新次と一緒に継子になっていました。私はやはり奉公してよかったと思いました。その時、私はずいぶん悲痛な顔をしていたようでしたが、しかし、今になって考えてみると、父は細君が変ると、すぐ家を移ってしまう癖があり、しかもそれがいつも夏だったとは、ずいぶんおかしい気がする。父の夫婦別れの原因はいまもって判らないが、やはり落語家《はなしか》らしい呑気《のんき》な男でした。

それはともかく、家が上ノ宮町へ引っ越していたのはちょっと寂しいことだった。というのは漆山文子のいる畳屋町は笠屋町から心斎橋筋へ一つ西寄りの通りだから、私はすぐにでも文子に会える、とたのしみにしていたからです。私は文子に逢《あ》えずに瀬戸物町へ帰りました。しかし、よしんばその時家が笠屋町にあったにせよ、自分の丁稚姿をふりかえってみれば、やはり恥しくて会えなかったかもしれない。ところが、その翌《あく》る年の七月二十四日の陶器祭、この日は瀬戸物町に陶器作りの人形が出て、年に一度の賑《にぎわ》いで、私の心も浮々としていたが、その雑鬧《ざっとう》の中で私はぱったり文子に出くわしました。母親と一緒に祭見物に来ていたのです。文子は私の顔を見ても、つんと素知らぬ顔をしていたが、無理もない、私はこれまで一度も文子と口を利いたことはなかったし、それに文子はまだ十二だった。しかし、十六の私は文子がつんとしたのは、私の丁稚姿のせいだと早合点してしまい、急に瀬戸物町というものがいやになってしまった。

私の文子に対する気持は世間でいう恋というものでしたろうか。それとも、単なるあこがれ、ほのかな懐しさ、そういったものでしたろうか。いや、少年時代の他愛ない気持のせんさくなどどうでもよろしい。が、とにかく、そのことがあってから、私は奉公を怠けだした。――というと、あるいは半分ぐらい嘘になるかも知れない。そんなことがなくても、そろそろ怠け癖がついているのです。使いに行けば油を売る。鰻谷の汁屋の表に自転車を置いて汁を飲んで帰る。出入橋《でいりばし》の金つばの立食いをする。かね又という牛めし屋へ「芋ぬき」というシュチューを食べに行く。かね又は新世界にも千日前にも松島《まつしま》にも福島にもあったが、全部行きました。が、こんな食気よりも私をひきつけたものはやはり夜店の灯です。あのアセチリン瓦斯《ガス》の匂いと青い灯。プロマイド屋の飾窓に反射する六十燭光《しょっこう》の眩《まばゆ》い灯。易者の屋台の上にちょぼんと置かれている提灯《ちょうちん》の灯。それから橋のたもとの暗がりに出ている蛍売の蛍火の瞬き……。私の夢はいつもそうした灯の周りに暈《かさ》となってぐるぐると廻《まわ》るのです。私は一と六の日ごとに平野町に夜店が出る灯ともし頃になると、そわそわとして、そして店を抜け出すのでした。それから、あの新世界の通天閣《つうてんかく》の灯。ライオンハミガキの広告灯が赤になり青になり黄に変って点滅するあの南の夜空は、私の胸を悩ましく揺ぶり、私はえらくなって文子と結婚しなければならぬと、中等商業の講義録をひもとくのだったが、私の想いはすぐ講義録を遠くはなれて、どこかで聞えている大正琴に誘われながら、灯の空にあこがれ、さまようのでした。

間もなく私は瀬戸物屋を暇《いとま》取って、道修町の薬種問屋に奉公しました。瀬戸物町では白い紐の前掛けだったが、道修町では茶色の紐でした。ところが、それから二年のちにはもう私は、靭《うつぼ》の乾物屋で青い紐の前掛をしていました。はや私の放浪癖が頭をもたげていたのでしょう。が、一つには私は人一倍物事に熱中する代りに、すぐそれに飽いてしまうという厄介な性質を持っていました。いわば龍頭蛇尾、たとえば千米《メートル》の競争だったら、最初の二百米は無茶苦茶に力を出し切って、あとはへこたれてしまうといった調子。そんな訳で、奉公したては、旦那が感心するくらい忠実《まめ》に働くのだが、少し飽きて来ると、もう居《い》たたまれなくなって、奉公先を変えてしまうのです。

十五の歳から二十五の歳まで十年の間、白、茶、青と三つの紐の色は覚えているが、あとはどんな色の紐の前掛をつけたのやらまるで覚えがないくらい、ひんぱんに奉公先を変えました。里子の時分、転々と移っていたことに似ている訳だったが、しかしさすがの父も昔のことはもう忘れていたのか、そんな私を簡単に不良扱いにして勘当してしまいました。しかし勘当されたとなると、もうどこも雇ってくれるところはなし、といって働かねば食えず、二十五歳の秋には、あんなに憧《あこが》れていた夜店で季節外れの扇子を売っている自分を見出《みいだ》さねばならなかったとは、何という皮肉でしょう。「自分を見出す」などという言い方は、たぶん講義録で少しは横文字をかじった影響でしょうが、その講義録にしたところで、最初の三月分だけ無我夢中で読んだだけ、あとはもう金も払い込まず、従って送っても来なかった。が、私はえらくなろうという野心——野心といったのは、つまりえらくなって文子と結婚したいという望み——だけは、やはり捨てなかったのです。

ところが、その年の冬、詳しくいうと十一月の十日に御即位の御大礼が挙げられて、大阪の町々は夜毎《よごと》四ツ竹を持った踊りの群がくり出すという騒ぎ、町の景気も浮ついていたので、こんな日は夜店出しの書入れ時だと、季節はずれの扇子に代った昭和四年度の暦や日めくりの店を谷町《たにまち》九丁目の夜店で張っていると、そんなところへも色町からくり出した踊りの群が流れ込んできて、エライコッチャエライコッチャと雑閙を踊りの群が入れ乱れている内に、頭を眼鏡という髪にゆって、襟に豆絞りの手拭《てぬぐい》を掛けた手古舞《てこまい》の女が一人、どっと押し出されて、よろよろと私の店の上へ倒れ掛けました。私は商品を汚されてはという心配から、思わずはっと抱きかかえて、ふとみると、思い掛けない文子の顔。文子はおやとなつかしそうに、十吉つぁんやおまへんか、久し振りだしたなアと、さすがに笠屋町の上級生の顔を覚えていてくれました。文子はその頃もう宗右衛門町の芸者で、そんな稼業とそして踊りに浮かれた気分が、幼な馴染《なじ》みの私に声を掛けさせたといえましょうが、しかし、私は嬉《うれ》しかった。と同時に、十年前会った丁稚《でっち》姿、そして今夜は夜店出し、あたりの賑いにくらべていかにもしょんぼりしている自分の姿が、恥じられてならなかった。

私はすぐまた踊りの群と一緒に立ち去って行った文子の後ろ姿を見送りながら、つくづく夜店出しがいやになったばかりか、何となく文子のいる大阪に居たたまれぬ気がしました。極端から極端へと走りやすい私の気持は、やがて私を大阪の外へ追いやりました。そして三年後には、「自分を見出した」という言い方をもう一度使いますと、流れて南紀《なんき》の白浜《しらはま》の温泉の宿の客引をしている自分を見出しました。もっともその三年の間、せっせと金を貯めて、その金を持って大ぴらに文子に会いに行こうと思わなかった日は、一日とてなかった。宿の女中などと関りあいを持ちながら、けっして夫婦にならなかったのも、勿論《もちろん》文子のことが頭にあったからでした。

ところが、偶然というものは続き出したら切りのないもので、そしてまた、それがこの世の中に生きて行く面白さである訳ですが、ある日、文子が客と一緒に白浜へ遠出をして来て、そして泊ったのが何と私の勤めている宿屋だった。その客というのは東京のあるレコード会社の重役でしたが、文子はその客が好かぬらしく、だからたまたま幼馴染みの私がその宿屋の客引をしていたのを倖《さいわ》い、土産物を買いに出るといっては、私を道案内にしました。そして、二人は子供の頃の想い出話に耽《ふけ》ったのですが、文子はふと私の話上手に惹《ひ》きつけられたようだった。その宿は庭からすぐ海に出られるので、客の眼をぬすんでは、砂の白いその浜辺に出て語りました。よしんば見つけられても、客引という私の身分が弁解してくれるので、いわば半分おおっぴら。文子が白浜にいる三日というものは、私はもうわれを忘れていました。今想い出してもなつかしく、また恥しいくらい……。

文子は三日いて客と一緒に大阪へ帰った。私は間抜けた顔をして、半月余りそわそわと文子のことを想っていましたが、とうとうたまりかねて大阪へ行きました。そして、宗右衛門町の桔梗屋《ききょうや》という家に上り、文子を呼んで貰うと、文子は十日ほど前にレコード会社の重役に引かされて東京へ行かはった、レコードに吹き込まはるいうことでっせと言う返辞。私は肝をつぶし、そしてカッとなりましたが、その腹の虫を押えるために飲んだ酒と花代で、私が白浜から持って来た金は殆《ほと》んど無くなってしまい、ふらふらと桔梗屋を出たのは、あくる日の黄昏《たそがれ》前だった。私は太左衛門橋の欄干に凭《もた》れて、道頓堀川の汚い水を眺めているうちに、ふと東京へ行こうと思った。

その時、私には六十三銭しか持ち合せがなかったのです。十銭白銅六つ、一銭銅貨三つ。それだけを握って、大阪から東京まで線路伝いに歩いて行こうと思ったのでした。思えば正気の沙汰《さた》ではない。が、向う見ずはもともと私にとっては生れつきの気性らしかったし、それに、大阪から東京まで何里あるかも判らぬその道も、文子に会いに行くのだと思えば遠い気もしなかった――とはいうものの、せめて汽車賃の算段がついてからという考えも、勿論泛《うか》ばぬこともなかった。が、やはりテクテクと歩いて行ったのは、金の工面に日の暮れるその足で、少しでも文子のいる東京へ近づきたいという気持にせき立てられたのと、一つには放浪への郷愁でした。

真夏の日射しはきつかった。麦藁帽《むぎわらぼう》の下から手拭を垂らして、日を除《よ》けながらトボトボ歩きました。京都へ着くと、もう日が暮れていましたが、それでも歩きつづけて、石山《いしやま》まで行ってやっと野宿しました。朝、瀬多川《せたがわ》で顔を洗い、駅前の飯屋で朝ごはんを食べると、もう十五銭しか残っていなかった。それで煙草とマッチを買い、残った三銭をマッチの箱の中に入れて、折から瀬多川で行われていたボート競争も見ずに、歩きだした。ところが、煙草がなくなるころには、いつかマッチ箱の中の三銭も落してしまい、もう大福餅《だいふくもち》一つ買えなかった。それほど放心した歩き方だったのでしょう。腹は空《へ》って来る。おまけに暑さにあてられて、目まいがする。そんな時、道端の百姓家へ泣きこんで事情を打ち明けると、食事を恵んでくれる親切なお内儀《かみ》さんもありました。が、しまいにはもうそれも出来なかった。というのは、事情を話せば恵んでくれるでしょうが、そのための口を利く元気すらない時の方が多かったのです。といえば嘘みたいですが、本当に疲労と空腹がはげしくなれば、口を利くのもうるさくなる。ままよ、面倒くさい口を利くくらいなら、いっそ食べずに置こうと思うわけ、そしてそんな状態が続けば、しまいには口を利きたくても唇が動かなくなるのです。そうして、やっと豊橋《とよはし》の近くまで来た時は、もう一歩も動けず、目の前は真っ白、たまりかねて線路工夫の弁当を盗みました。みつかって、警察へ突き出される覚悟でした。おかしい話ですが、留置所へはいって食う飯のことが目にちらついてならなかった。人間もこうまで浅ましくなるものかと思いました。が、線路工夫には見つからずに済んで、いわば当てが外れたみたいなものでした。その弁当でいくらか力がついたので、またトボトボと歩いて、静岡まで来ましたが、ふらふらになりながら、まず探したのは交番、やっと辿《たど》りついて豊橋で弁当を盗んだことを自首しました。

人のよさそうな巡査はしかし取合わず、弁当を恵んで、働くことを薦めてくれました。安倍川《あべかわ》の川さらいの仕事です。私は早速やってみましたが、何しろはじめに夢中になる癖にすぐへたばってしまう性質ですから、力を平均に使うということを知りません。だから最初の二、三時間はひどく能率を上げても、あとがからきし駄目で、ほかの人夫が一日七十銭にも八十銭にもなるのに、私は三十四銭にしかならないのです。当時三度食べて煙草を買うと、まずいくら切り詰めても四十五銭はいりました。五日働いた後、私はまた線路伝いに歩きました。そして、夜が来たので、ある百姓家の裏藪《うらやぶ》のなかで野宿しました。その裏藪から、蚊帳《かや》を吊《つ》った座敷がまる見えでした。ラジオがあると見えて、音楽がきこえます。蚊に食われながら聴いていると、やがてそれが済んで、次に落語の放送でした。が、アナウンサーの紹介を聴いた途端、私は思わず涙を落しました。出演者は思いもかけぬ父の円団治でした。なつかしい父の声。人々は皆蚊帳の中にはいってゲラゲラ笑いながら聴いているのに、自分一人こうして蚊に食われながら、ポロポロ涙を落して聴いているのだ、――そう思うと、つくづく情けなくなってしまいましたが、しかし、文子のいる東京はもう直ぐだ。そう思うと、いくらか元気が出て、泣きながら夜を明かすと、また歩きました。

東京へ着いたのは、大阪を出て十八日目の夕方でした。桔梗屋のお内儀《かみ》に教えて貰《もら》った文子の住居を、芝《しば》の白金三光町《しろかねさんこうちょう》に探しあてたのは、その日の夜更け。文子は女中と二人暮しでもう寝ていましたが、表の戸を敲《たた》く音を旦那《だんな》だと思って明けたところ、まるで乞食《こじき》同然の姿をした男がしょぼんと立っていたので、びっくりしたようでした。しかし、やっと私だということが判ると、やはりなつかしそうに上げてくれました。ところが、私が大阪から歩いてわざわざ会いに来た話をすると、文子は急に私が気味わるくなったらしく、その晩泊めることすら迷惑な風でした。私はそんな女心に愛想がつきてしまう前に、自分に愛想をつかしました。思えば莫迦《ばか》な男だった。ところが、ますます莫迦なことには、苦しいその夜が明けて、その家を出る時、私は文子に大阪までの旅費をうっかり貰ってしまったのです。東京の土地にうろうろされてはわてが困ります、だから早く大阪へ帰ってくれという意味の旅費だったのでしょう。むろん突きかえすべき金だった。いや莫迦にするなと、投げつけてこそ、私も男だった。それを、おめおめと……、しかし、私は旅費を貰いながら、大阪へ帰ったら、死ぬつもりでした。そんなものを貰った以上、死ぬより外《ほか》はもう浮びようがない。もう一度大阪の灯を見て死のうと思いました。その時の気持はせんさくしてみれば、随分複雑でしたが、しかし、今はもうその興味はありません。それに、複雑だからといって、べつに何の自慢にもならない。先を急ぎましょう。

さて、これからがこの話の眼目にはいるのですが、考えてみると、話の枕に身を入れすぎて、もうこの先の肝腎《かんじん》の部分を詳しく語りたい熱がなくなってしまいました。何をやらしてみても、力一杯つかいすぎて、後になるほど根まけしてしまうというつもの癖が、こんな話の仕方にも出てしまった訳で、いわば自業自得ですが、しかしこうなればもうどうにも仕様がない、駈足《かけあし》で語らして貰う外はありますまい。

大阪駅へ着いたのは夜でした。文子がくれた金は汽車賃を払うと、もう僅かしか残らず、汽車の食堂での飲み食いが精一杯でしたので、汽車を降りて、煙草を買うと、もう無一文。しかし、かえってサバサバした気持で大阪駅から中之島《なかのしま》公園まで歩きました。公園の中へはいり、川の岸に腰を下して煙草を吸いました。川の向う正面はちょうど北浜三丁目と二丁目の中ほどのあたりの、支那料理屋の裏側に当っていて、明けはなした地下室の料理場が殆んど川の水とすれすれでした。その料理場では鈍い電灯の光を浴びた裸かの料理人が影絵のようにうごめいていました。その上は客室で、川に面した窓側で、若い男女が料理をつついています。話し合っているのでしょうが、声が聴えないので、だんまりの芝居のようです。隣の家は歯医者らしく、二階の部屋で白い診療衣を着た医者が黙々と立ち働いているのが見えました。治療してもらっているのは、どこかの奥さんらしくアッパッパを着て、スリッパをはいた両足をきちんと揃えて、仰向《あおむ》いていますが、何か日々の営みのなつかしさを想わせるような風情でした。私はふっと濡《ぬ》れるような旅情を感ずると、にわかに生への執着が甦《よみがえ》って来ました。そしてふと想い出した文子の顔は額がせまくて、鼻が少し上向いた、はれぼったい瞼《まぶた》の、何か醜い顔だった。キンキンした声も二十四の歳にしては、いやらしく若やいでいる……。

提灯《ちょうちん》をつけたボートが生物のように川の上を往《い》ったり来たりしています。浪花橋の上を電車が通ると、その灯が川に落ちて、波の上にさかさになった電車の形を描き出します。やがて、どれだけ時間がたったでしょうか、支那料理屋の客席の灯が消え、歯医者の二階の灯が消え、電車が途絶え、ボートの影も見えなくなってしまっても、私はそこを動きませんでした。夜の底はしだいに深くなって行った。私は力なく起《た》ち上って、じっと川の底を覗《のぞ》いていると、おいと声を掛けられました。

振り向くと、バタ屋——つまり大阪でいう拾い屋らしい男でした。何をしているのだと訊《き》いたその声は老《ふ》けていましたが、年は私と同じ二十七、八でしょうか、痩《や》せてひょろひょろと背が高く、鼻の横には大きくホクロ。そのホクロを見ながら、私は泊るところが無いからこうしているのだと答えました。まさか死のうと思っていたなどと言えない。男はじっと私の顔を見ていましたが、やがて随《つ》いて来いと言って歩きだしました。私は意志を失ったように随いて行きました。

公園を抜けて、北浜二丁目に出ると、男は東へ東へと歩いて行きます。やがて天満《てんま》から馬場の方へそれて、日本橋の通りを阿倍野まで行き、それから阪和《はんわ》電車の線路伝いに美章園《びしょうえん》という駅の近くのガード下まで来ると、そこにトタンとむしろで囲ったまるでルンペン小屋のようなものがありました。男はその中へもぐりました。そこがその男の住居だったのです。男は、今宮へ行けば市営の無料宿泊所もあるが、しかし、人間そんな所の厄介になるようではもうしまいだと言いながら、その小屋に泊めてくれました。

翌朝、男は近くの米屋から四合十銭の米と、八百屋から五銭の青豌豆《あおえんどう》を買って来て、豌豆飯を炊いて、食べさせてくれました。そして、どうだ、拾い屋をやる気はないかと言うので、私は人恋しさのあまりその男にふと女心めいたなつかしさを覚えていたのでしょう、その男のいうままに、ブリキの空缶を肩に掛けて一緒にごみ箱を漁《あさ》りました。ちょうど満洲事変が起った年で、世の中の不景気は底をついて、東京では法学士がバタ屋になったと新聞に出るという時代だったから、拾い屋といってもべつに恥しくはない。それに私は何かその男と一緒に働く喜びにいそいそとして、文子のことなどすっかり思い切ってしまいました。

ところが、拾い屋をはじめてから十日ばかりたったある朝、ガードの近くの百姓家へ井戸水を貰いに行っていると、そこの主人が拾い屋もいいが、一日三十七銭にしかならぬようでは仕方がない。それより車の先引きをしないかと言う。その主人の親戚《しんせき》で亀やんという老人が、青物の行商に毎日北田辺《きたたなべ》から出て来るが、もうだいぶ身体が弱っているので、車の先引きをしてくれる若い者を探してくれと頼まれていたらしい。帰って秋山さん――例の男は秋山といいました――に相談すると、賛成してくれましたので、私は秋山さんと別れて、車の先引きになりました。

亀やんは毎朝北田辺から手ぶらで出て来て、河堀口《こぼれぐち》の米屋に預けてある空の荷車を受けとると、それを引っぱって近くの青物市場へ行き、仕入れた青物つまり野菜類をその車に載せて、石ケ辻《いしがつじ》や生国魂方面へかけて行商します。私はその米屋の二階に三畳を間借りして、亀やんの顔が見えると、一緒に出かけて、その車の先引きをすると、一日七十銭になりました。ところが、三月ばかりたつと、亀やんはぽっくり死んでしまったので、私はまた拾い屋になろうと思って、ガード下の秋山さんを訪れると、もう秋山さんはどこへ行ってしまったのか、姿を消していました。井戸水を貰っていた百姓家の人に訊いても、秋山さんが出入りしていた屑屋《くずや》に訊いても判らない。

空には軽気球がうかんでいて、百貨店の大売出しの広告文字がぶらさがっていた。とぼとぼ河堀口へ帰って行く道、紙芝居屋が、自転車の前に子供を集めているのを見ると、ふと立ち停って、ぼんやり聴いていたくらい、その日の私は途方に暮れていました。ところが、聴いているうちに、ふと俺ならもっと巧《うま》く喋《しゃべ》れるがと思った途端、私は急に眼を輝かせました。翌日から私は紙芝居屋になりました。

車の先引をしていた三月の間に、九円三銭の金がたまっていました。それが資本です。それで日本橋四丁目の五会という古物市場で五円で中古自転車を買った。それから大今里のトキワ会という紙芝居協会へ三円払って絵と道具を借りた。谷町で五十銭の半ズボン、松屋町の飴《あめ》屋で飴五十銭。残った三銭で芋を買って、それで空腹を満しながら、自転車を押して歩いた。飴は一本五厘で、五十銭で仕入れると、百本くれる。普通は一本を二つに折って、それを一銭に売るのだから、売りつくすと二円になる。が、私は二つに折らずに、仕入れたままの長いのを一銭に売りました。そしてその日は全部売りつくすまで廻《まわ》りましたが、自分で食べた分もあるので、売上げは九十七銭でした。

半月ほど後に、私は河堀口の米屋の二階から今里のうどん屋の二階へ移りました。そこはトキワ会が近くて絵を借りに行くのが便利だったのと、階下がうどん屋だから、自炊の世話がいらなかったからです。ところが、そのうどん屋では酒も出すので、寒い夜道を疲れて帰った時などつい飲みたくなる。もともといける口だし、借も利くので、つい飲み過してしまう。私はもう大した野心もなく、大金持になろうなどと思ってはいなかったというものの、勘当されている身の上を考えれば、やはり少しはましな人間になって、大手を振って親きょうだいに会えるようになりたい、そのためにはまず貯金だと思っていたのですが、酒のためにそれも出来ないという始末でした。

ところが、その年も押しつまったある夜、紙芝居《しごと》をすませて帰って来ますと、今里の青年会館の前に禁酒宣伝の演説会の立看板が立っていたので、どんなことを喋るのか、喋り方を見てやろうと思いながら、はいって聴きました。そして、二人目の講師の演説が終った時には、もともと極端に走りやすい私はもう禁酒会員名簿に署名をしていました。その頃東成《ひがしなり》禁酒会の宣伝隊長は谷口という顔の四角い人でしたが、私は谷口さんに頼まれて時々演説会場で禁酒宣伝の紙芝居を実演したり、東成禁酒会附属少年禁酒会長という肩書をもらって、町の子供を相手に禁酒宣伝や貯金宣伝の紙芝居を見せたりしました。そして、貯金宣伝をする以上、自分も貯金しなくてはおかしいと思って、毎月十円ずつ禁酒貯金をするほかに、もう一つ私は秋山名義の貯金帳をこしらえました。秋山というのは、中之島公園で私を拾って呉《く》れたあの拾い屋です。私はその人を命の恩人と思い、今は行方は判らぬが、もしめぐり会うことがあれば、この貯金通帳をそっくり上げようと名義も秋山にして、毎月十日に一円宛《ずつ》入れることにしたのです。十日にしたのはあの中之島公園の夜が八月十日だったのと、私の名が十吉だったからで、子供らしい思いつきと言ってしまえばそれまでですが、貯金というものは結局そんな思いつきがなければ、私のような者には出来なかったかもしれない。

私のこの話がもしかりに美談であるとすれば、これからが美談らしくなる訳ですが、美談というものはおよそ面白くないのが相場のようですから、これから先はますますご辛抱願わねばなりますまい。

さて、一円宛貯金してきた通帳の額がちょうど四十円になった時、私は無性に秋山さんに会いたくなった。もっともそれまでも、紙芝居を持って大阪の町々をまわりながら、それとなく行方を探していたことはいましたが、見つからない。そこである日のこと、宣伝隊長の谷口さんにそのことを打ち明けると、谷口さんもひどく乗気になってくれて、その翌日弁当ごしらえをして、二人掛りで一日中大阪中を探し歩きましたが、何しろ秋山という名前と、もと拾い屋をしていたという知識だけが頼りですから、まるで雲を摑《つか》むような話、迷子を探すという訳には行きません。とうとう探しくたびれてしまったところ、ちょうどその頃今里保育園の仕事に関係していた弘済会《こうさいかい》の保育部長の田所さんがこの話を聴いて、――というのは、谷口さんも当時今里保育園の仕事に関係していて田所さんと親しかったので、――これは警察に探して貰う方がよかろうと、府の警察部へ話してくれました。すると、それを聴きつけたのが、府庁詰の朝日新聞の記者で、早速それを新聞記事にして「秋山さんいずこ。命の恩人を探す人生紙芝居」という変な見出しで書き立てましたので、私はこれは困ったことになったわいと恥しい思いをしていました。ところが、その記事が私を秋山さんに会わせてくれたのです。

四年目の対面でした。などと言うと、まるで新聞記事みたいだが、その時の対面のことを同じ朝日の記者が書きました。私は照れくさい思いがしたが、しかし、やはり私のような凡人は新聞に書かれると少しは嬉《うれ》しいのか、その記事の文句をいまだにおぼえています。

「既報〝人生紙芝居〟の相手役秋山八郎君の居所が奇《く》しくも本紙記事が機縁となって判明した。四年前――昭和六年八月十日の夜、中之島公園の川岸に佇《たたず》んで死を決していた長藤十吉君（当時二十八）を救って更生への道を教えたまま飄然《ひょうぜん》として姿を消していた秋山八郎君は、その後転々として流転《るてん》の生活を送った末、病苦と失業苦にうらぶれた身を横たえたのが東成区北生野《きたいくの》町一丁目ボタン製造業古谷新六氏方、昨二十二日本紙記事を見た古谷氏は〝人生紙芝居〟の相手役がどうやら自宅の二階にいる秋山君らしいと知って吃驚《びっくり》、本紙を手にして大今里町三宅春松氏方に長藤十吉君（現在三十二）を訪ずれた。折から町の子供相手の紙芝居に出かける支度中の長藤君は古谷氏の話を聞いて狂喜し早速この旨を既報〝人生紙芝居〟のワキ役、済生会大阪府支部主事田所勝弥氏（四八）、東成禁酒会宣伝隊長谷口直太郎氏（三八）に報告、一同打ち揃って前記古谷氏宅に秋山君を訪れ、ここに四年ぶりの対面が行われた。〝おお、秋山さん〟〝おお、長藤君か〟二人は感激の手を握り合って四年前の回旧談に耽《ふけ》った。やがて長藤君が秋山君名義で蓄えた貯金通帳を贈れば、秋山君は救ったものが救われるとはこのことだと感激の涙にむせびながら、その通帳を更生記念として発奮を誓ったが、かくて〝人生紙芝居〟の大詰が目出度《めでた》く幕を閉じたこの機会に再び〝人生双六《すごろく》〟の第一歩を踏みだしてはどうかと進言したのが前記田所氏、二人は『お互い依頼心を起さず、独立独歩働こう、そして相手方のために、一円ずつ貯金して、五年後の昭和十五年三月二十一日午後五時五十三分、彼岸の中日の太陽が大阪天王寺西門大鳥居の真西に沈まんとする瞬間、鳥居の下で再会しよう』との誓約書を取りかわし、人生の明暗喜怒哀楽をのせて転々ところぶ人生双六の骰子《さいころ》はかくて感激にふるえる両君の手で振られて、両君は西と東に別れて、それぞれの人生航路に旅立とうと誓ったのである」

まだこの後十行ばかり書いてありましたが、恥しくなったのでそれは省略しましょう。彼岸の中日に会うことにしたのは、ちょうどその対面の日が三月二十三日だったので、同じ会うなら二十三日よりも中日の二十一日の方がよいという田所さんの言葉に従ったのです。田所さんは仏家の出で、永年育児事業をやっている眉毛《まゆげ》の長い人で、冗談を言ってはひょいと舌を出す癖のある面白い人でした。田所さんのお嬢さんは舞をならっているそうです。

新聞にはその日のうちに西と東に別れたように書いていたけれど、秋山さんが私と別れて四国の方へ行ったのは、それから半月ばかりたってからだった。一方、私は相変らず大阪に残って紙芝居。ところが、世間というものはおかしなもので、そんな風に二度まで新聞に書かれたためか、私はたちまち町の人気者みたいになってしまった。何しろ世を挙げて宣伝の時代、ある大きな酒場では私をボーイに雇いたいと言って来ました。うっかり応じたら、私はまた新聞種になって、恥を上塗ったところでしたが、さすがに応じなかった。ある女は結婚したいと手紙を寄越《よこ》した。私と境遇が似ているというのです。二人手をたずさえて、人生紙芝居の第一歩を踏みだしましょうと、真面目なのか、からかっているのか、お話にならない。紙芝居を持って町を歩くと、「人生紙芝居」という囁《ささや》きが耳にはいりました。新聞は私の紙芝居の宣伝をしてくれた訳ですが、しかし、そのため却《かえ》って私は紙芝居をよしてしまった。どうにも気恥しくて歩けなかったからです。そして、田所さんの世話で造船所の倉庫番をしたり、病院の雑役夫になったりして、その僅かの給金の中から、禁酒貯金と秋山さん名義の貯金を続けましたが、秋山さんからは何の便りも来なかった。もっともお互い今度会う時まで便りをしないで置こうという約束だったのですが、しかし、やはり消息が判らないのは心配でした。

五年は瞬く間にたちました。そして約束の彼岸の中日が近づいて来ると、私はいよいよ秋山さんの安否が気になって来て、果して秋山さんは来るだろうかと、田所さんたちに会うたび言い言いしていたところ、ちょうど、彼岸の入りの十八日の朝刊でしたか、人生紙芝居の記事を特種にしてきた朝日新聞が「出世双六、五年の〝上《あが》り〟迫る誓いの日、さて相手は？」来るだろうかという見出しで、また書き立てましたので、約束の日、私が田所さんたちと一緒に天王寺西門の鳥居の下へ行くと、折から彼岸の中日のせいもあったが、鳥居の附近は黒山のような人だかりで、身動きも出来ぬくらいだった。私は新聞の記事にあおり立てられた物見高い人々が、五年目の再会の模様を見ようと、天王寺へお詣《まい》りがてら来ているのだと判ると、きゅうに自分のみすぼらしい――新聞に書かれた出世双六などという言葉におよそ似つかぬ姿を恥じて、穴あらばはいりたい気持とはこのことかと思った。しかし、まさか逃げ出しも出来ず、それに秋山さんは果して来るだろうかと思えば自然光ってくる眼を、じっと西門の停留所の方へ向けていました。

秋山さんはやはり来た。雑閙《ざっとう》を押しわけてやって来た——その姿はよれよれの国民服で、風呂敷《ふろしき》包を持っていました。「午後五時五十三分、天王寺西門の鳥居の真西に太陽が沈まんとする瞬間」と新聞はあとで書きましたが、十分過ぎでした。立ち話もそんな場所では出来ず、前から部屋を頼んで置いた近くの逢坂《おうさか》町にある春風荘《しゅんぷうそう》という精神道場へ行こうとすると、新聞の写真班が写真を撮るからちょっと待ってくれと言いました。それで、私たちは、秋山さんが私の肩に手を掛け、私は背の高い秋山さんの顔を見上げながら笑っているという姿勢を暫《しばら》く続けていましたが、やがて写真班がマグネシュームをたこうとした途端、待ってくれと声がして、俺も一緒に撮ってくれと、割りこむように飛んで来たのは、思いがけない父の円団治でした。

やがて春風荘の一室に落ち着くと、父は、俺はあの時お前の若気の至りを咎《とが》めて勘当したが、思えば俺の方こそ若気の至りだとあとで後悔した。新聞を見たのでたまりかねて飛んで来たが、見れば俺も老けたがお前ももう余り若いといえんな、そうかもう三十七かと、さすが落語家《はなしか》らしい口調で言って、そして秋山さんの方を向いて、伜《せがれ》の命を助けて下すったのは貴方でしたかと、真白な頭を下げた。すると、秋山さんは、いや助けて貰ったのはこちらの方なんで、と笑いました。聴けば、秋山さんはあれから四国の小豆島《しょうどしま》へ渡って丸金醤油《しょうゆ》の運搬夫をしているうちに、土地の娘と深い仲になったが、娘の親が大阪で拾い屋などしていた男には遣《や》らぬと言って、引き離されてしまったので、やけになり世にすねた挙句、いっそこの世を見限ろうとしたこともある。が、五年後の再会を思いだしたので、ふたたび発奮して九州へ渡り、高島《たかしま》、新屋敷《しんやしき》などの鉱山を転々とした後、昨年六月から佐賀の山城礦業所《こうぎょうしょ》にはいって働いているが、もしあの誓約がなかったら今まで生きていたかどうか。思えば長藤君に命を助けて貰ったのも当然だと言いながら、秋山さんの涙は鼻の横のホクロを濡《ぬ》らしていました。そして、どうだ、長藤君、もう一度ここで西と東に別れて、五年後の今日同じ時間同じ場所でまた会おうじゃないかと秋山さんは言いましたが、それは私も言おうと思っていた言葉でした。それで私たちはお互いの名義の貯金帳を見せ合っただけ、また持ち続けることにしました。

翌《あく》る日の夕方の船で、秋山さんは九州へ発《た》ちました。父や田所さんたちと一緒に天保山まで見送った私は、やがて父と二人で千日前の父の家へ行きました。歌舞伎座の裏手の自由軒の横に雁次郎横丁という路地があります。なぜ雁次郎横丁というのか判らないが、突当りに地蔵さんが祀《まつ》ってあり、金ぷら屋や寿司屋《すしや》など食物屋がごちゃごちゃとある中に、格子のはまった小さなしもた家《や》――それが父の家でした。父はもう七十五歳、もう落語もすたっていたのと、自分も語れなくなっていて、落ちぶれた暮しを、それでも何人目かの老妻と一緒に送っていた。もうとっくに死んでいたおきみ婆さんと同じようにお歯黒に染めていたその婆さんは、もと髪結いをしていて、その家の軒には「おめかし処《どころ》」と父の筆で書いた行灯《あんどん》が掛っていたのだが、二、三年前から婆さんの右の手が不随になってしまったので髪結いもよしてしまったらしい。弟の新次は満洲へ、妹のユキノと、それからその下にもう一人出来た腹違いの妹は二人とも嫁《かた》づいていて、その三人の仕送りが頼りの父の暮しだと判ると、私はこの父と一緒に住んで孝行しようと思った。

父は私の軀《からだ》についている薬の匂いをいやがったので、私は間もなく病院の雑役夫をよして、ある貯蓄会社の外交員になりました。貯金の宣伝は紙芝居でずいぶんやったし、それに私の経歴が経歴ですから、われながら苦笑するくらいの適任だと言える訳ですが、しかしたった一つ私の悪い癖は、生れつき言葉がぞんざいで、敬語というものが巧《うま》く使えない。それはこの話しっ振りでもいくらか判るでしょうが、丁寧な言葉を使っているかと思うと、すぐまた乱暴な言葉が出てしまう。そのため外交に廻《まわ》ってても人を怒らすことが間々《まま》あった。しかし、まアくびにもならずに勤めていましたので、父はそんな私を見て安心したのか、二年後の五月には七十六歳の大往生を遂げました。落語家でしたので新聞にちいさく出たが、浜子も玉子も来なかった。死んでしまっていたかもしれない。私は禁酒会へはいってから毎月十円ずつしてきた禁酒貯金がもうその頃千円を越していたので、それで葬式をして、父の墓を建てました。そして八月の十日には父の残した老妻と二人で高野山《こうやさん》へ父の骨を納めに行った。昭和十六年の八月の十日、中之島公園で秋山さんと会ったあの夜から数えてまる十年後のその日を、わざと選んだ私の気持はずいぶん感傷的だったが、一つには十日といえばお盆にはいるからいいという父の老妻の言葉もあったからです。

骨箱の中にコトリと音のしていた父の骨を納めて、ほっとしてお寺を出て、中《なか》ノ院《いん》の茶店へはいると、季節はずれの古いレコードが掛っていて、どうも場違いな感じでしたが、「今日も空には軽気球《アドバルン》……」と歌っているその声を聴くともなく聴いていると、どうやらその声が文子に似ているように思えた。が、あるいは気のせいかも知れない。べつに確めようとする気も起らなかったが、何かけたたましいような、そしてまた物哀しいようなその歌を聴いていると、やはり十年前のことが想い出された。それは遠い想いだった。が、現在の自分を振り返ってみても、別に出世双六と騒がれるほどの出世ではない。相変らずの貯蓄会社の外交員で、うだつがあがらぬと言ってしまえばそれまでだが、しかし、もう私には大した望みもない。私を誘惑する大阪の灯ももうすっかり消えてしまい、かえって気持が落ち着いている。外交をして廻っていると、儲《もう》ける機会もないではなく、そしてまた何年かのちに、また新聞に二度目の秋山さんとの会合を書かれることを思えば、少しは……と思わぬこともなかったが、しかし、書かれると思えばかえって自分を慎みたい、不正なことはできないと思った。そして、秋山さんも私と同じような気持で、九州でほそぼそとしかしまじめに働いているのではなかろうか。……

茶店を出ると、蟬の声を聴きながら私はケーブルの乗場へ歩いて行ったが、ちょこちょこと随《つ》いて来る父の老妻の皺《しわ》くちゃの顔を見ながら、ふとこの婆さんに孝行してやろうと思った。そして、気がつくと、私は「今日も空には軽気球《アドバルン》……」とぼそぼそ口ずさんでいました。

本書は、岩波文庫『六白金星・可能性の文学 他十一篇』（二〇〇九年八月刊）、『夫婦善哉 正続 他十二篇』（二〇一三年七月刊）、ちくま文庫『名短篇ほりだしもの』（二〇一一年一月刊）の収録作を底本としました。
本文中には、吃り・苦力・支那・唖・片輪者・気狂いなど、今日の人権擁護の見地に照らして、不当・不適切と思われる語句や表現がありますが、作品発表時の時代的背景を考え合わせ、また著者が故人であるという事情に鑑み、底本のままとしました。

編集部

天衣無縫《てんいむほう》

織田作之助《おださくのすけ》

平成28年 10月 6 日　初版発行
令和 7 年　4 月20日　38版発行

発行者●山下直久

発行●株式会社KADOKAWA
〒102-8177　東京都千代田区富士見2-13-3
電話　0570-002-301（ナビダイヤル）

角川文庫 20005

印刷所●株式会社KADOKAWA
製本所●株式会社KADOKAWA

表紙画●和田三造

●お問い合わせ
https://www.kadokawa.co.jp/（「お問い合わせ」へお進みください）
※内容によっては、お答えできない場合があります。
※サポートは日本国内のみとさせていただきます。
※Japanese text only

Printed in Japan
ISBN978-4-04-104913-6　C0193

◆◇◇

角川文庫発刊に際して

角川源義

第二次世界大戦の敗北は、軍事力の敗北であった以上に、私たちの若い文化力の敗退であった。私たちの文化が戦争に対して如何に無力であり、単なるあだ花に過ぎなかったかを、私たちは身を以て体験し痛感した。西洋近代文化の摂取にとって、明治以後八十年の歳月は決して短かすぎたとは言えない。にもかかわらず、近代文化の伝統を確立し、自由な批判と柔軟な良識に富む文化層として自らを形成することに私たちは失敗して来た。そしてこれは、各層への文化の普及滲透を任務とする出版人の責任でもあった。

一九四五年以来、私たちは再び振出しに戻り、第一歩から踏み出すことを余儀なくされた。これは大きな不幸ではあるが、反面、これまでの混沌・未熟・歪曲の中にあった我が国の文化に秩序と確たる基礎を齎らすためには絶好の機会でもある。角川書店は、このような祖国の文化的危機にあたり、微力をも顧みず再建の礎石たるべき抱負と決意とをもって出発したが、ここに創立以来の念願を果すべく角川文庫を発刊する。これまで刊行されたあらゆる全集叢書文庫類の長所と短所とを検討し、古今東西の不朽の典籍を、良心的編集のもとに、廉価に、そして書架にふさわしい美本として、多くのひとびとに提供しようとする。しかし私たちは徒らに百科全書的な知識のジレッタントを作ることを目的とせず、あくまで祖国の文化に秩序と再建への道を示し、この文庫を角川書店の栄ある事業として、今後永久に継続発展せしめ、学芸と教養との殿堂として大成せんことを期したい。多くの読書子の愛情ある忠言と支持とによって、この希望と抱負とを完遂せしめられんことを願う。

一九四九年五月三日

角川文庫ベストセラー

藪の中・将軍　芥川龍之介

山中の殺人に、4人が状況を語り、3人の当事者が証言するが、それぞれの話は少しずつ食い違う。真理の絶対性を問う「藪の中」、神格化の虚飾を剝ぐ「将軍」。大正9年から10年にかけての計17作品を収録。

羅生門・鼻・芋粥　芥川龍之介

荒廃した平安京の羅生門で、死人の髪の毛を抜く老婆の姿に、下人は自分の生き延びる道を見つける。表題作「羅生門」をはじめ、初期の作品を中心に計18編。芥川文学の原点を示す、繊細で濃密な短編集。

蜘蛛の糸・地獄変　芥川龍之介

地獄の池で見つけた一筋の光はお釈迦様が垂らした蜘蛛の糸だった。絵師は愛娘を犠牲にして芸術の完成を追求する。両表題作の他、「奉教人の死」「邪宗門」など、意欲溢れる大正7年の作品計8編を収録する。

高野聖　泉　鏡花

飛驒から信州へと向かう僧が、危険な旧道を経てようやくたどり着いた山中の一軒家。家の婦人に一夜の宿を請うが、彼女には恐ろしい秘密が。耽美な魅力に溢れる表題作など5編を収録。文字が読みやすい改版。

D坂の殺人事件　江戸川乱歩

名探偵・明智小五郎が初登場した記念すべき表題作を始め、推理・探偵小説から選りすぐって収録。自らも数々の推理小説を書き、多くの推理作家の才をも発掘してきた大乱歩の傑作の数々をご堪能あれ。

角川文庫ベストセラー

檸檬　梶井基次郎

私は体調の悪いときに美しいものを見るという贅沢をしたくなる。香りや色に刺激され、丸善の書棚に檸檬一つを置き——。現実に傷つき病魔と闘いながら、繊細な感受性を表した表題作など14編を収録。

武蔵野　国木田独歩

人間の生活と自然の調和の美を詩情溢れる文体で描き出し、日本の自然主義の先駆けと称された表題作をはじめ、初期の名作を収録した独歩の第一短編集。（解説：中島京子）

堕落論　坂口安吾

「堕ちること以外の中に、人間を救う便利な近道はない」。第二次大戦直後の混迷した社会に、かつての倫理を否定し、新たな考え方を示した『堕落論』。安吾を時代の寵児に押し上げ、時を超えて語り継がれる名作。

肝臓先生　坂口安吾

戦争まっただなか、どんな患者も肝臓病に診たてたことから〝肝臓先生〟とあだ名された赤木風雲。彼の滑稽にして実直な人間像を描き出した感動の表題作をはじめ五編を収録。安吾節が冴えわたる異色の短編集。

女生徒　太宰治

「幸福は一夜おくれて来る。幸福は——」多感な女子生徒の一日を描いた「女生徒」、情死した夫を引き取りに行く妻を描いた「おさん」など、女性の告白体小説の手法で書かれた14篇を収録。

角川文庫ベストセラー

斜陽　太宰治

没落貴族のかず子は、華麗に滅ぶべく道ならぬ恋に溺れていく。最後の貴婦人である母と、麻薬に溺れ破滅する弟・直治、無頼な生活を送る小説家・上原。戦後の混乱の中を生きる4人の滅びの美を描く。

人間失格　太宰治

無頼の生活に明け暮れた太宰自身の苦悩を描く内的自叙伝であり、太宰文学の代表作である「人間失格」と、家族の幸福を願いながら、自らの手で崩壊させる苦悩を描き、命日の由来にもなった「桜桃」を収録。

津軽　太宰治

昭和19年、風土記の執筆を依頼された太宰は三週間にわたって津軽半島を一周した。自己を見つめ、宿命の生地への思いを素直に綴り上げた紀行文であり、著者最高傑作とも言われる感動の一冊。

痴人の愛　谷崎潤一郎

日本人離れした家出娘ナオミに惚れ込んだ譲治。自分の手で一流の女にすべく同居させ、妻にするが、ナオミは男たちを誘惑し、堕落してゆく。ナオミの魔性から逃れられない譲治の、狂おしい愛の記録。

細雪　(上)(中)(下)　谷崎潤一郎

大阪・船場の旧家、蒔岡家。四人姉妹の鶴子、幸子、雪子、妙子を主人公に上流社会に暮らす一家の日々が四季の移ろいとともに描かれる。著者・谷崎が第二次大戦下、自費出版してまで世に残したかった一大長編。

角川文庫ベストセラー

吾輩は猫である
夏目漱石

苦沙弥先生に飼われる一匹の猫「吾輩」が観察する人間模様。ユーモアや風刺を交え、猫に託して展開される人間社会への痛烈な批判で、漱石の名を高からしめた。今なお爽快な共感を呼ぶ漱石処女作にして代表作。

こころ
夏目漱石

遺書には、先生の過去が綴られていた。のちに妻とする下宿先のお嬢さんをめぐる、親友Kとの秘密だった。死に至る過程と、エゴイズム、世代意識を扱った、後期三部作の終曲にして、漱石文学の絶頂をなす作品。

李陵・山月記・弟子・名人伝
中島敦

五千の少兵を率い、十万の匈奴と戦った李陵。捕虜となった彼を司馬遷は一人弁護するが。讒言による悲運を描いた「李陵」、人食い虎に変身する苦悩を描く「山月記」など、中国古典を題材にとった代表作六編。

汚れつちまつた悲しみに……
中原中也詩集
中原中也
編／佐々木幹郎

16歳で詩人として出発し、30歳で夭折した中原中也。昭和初期、疾風怒濤の時代を駆け抜けた稀有な詩人の代表作品を、生きる、恋する、悲しむという3つの視点で分類。いま改めて読み直したい、中也の魂の軌跡。

山羊の歌
中原中也詩集
編／佐々木幹郎

一九三四年に刊行された処女詩集『山羊の歌』全編と、15歳の時の合同歌集『末黒野』収録の全短歌を採録。また、同時期の詩歌の中から代表作を精選し、中原中也が詩壇に登場するまでの創作の全貌に迫る。

角川文庫ベストセラー

新版 福翁自伝
福沢諭吉
校訂／昆野和七

緒方洪庵塾での猛勉強、遣欧使節への随行、暗殺者におびえた日々――。六〇余年の人生を回想しつつ愉快に語られるエピソードから、変革期の世相、教育に啓蒙に人々を文明開化へ導いた福沢の自負が伝わる自叙伝。

福翁百話 現代語訳
福沢諭吉
訳／佐藤きむ

福沢が来客相手に語った談話を、自身で綴った代表作。自然科学、夫婦のあり方、政府と国民の関係、教育、環境衛生など、西洋に通じる新しい考えから快活に持論を展開。思想家福沢のすべてが大観できる。

セロ弾きのゴーシュ
宮沢賢治

楽団のお荷物のセロ弾き、ゴーシュ。彼のもとに夜ごと動物たちが訪れ、楽器を弾くように促す。鼠たちはゴーシュのセロで病気が治るという。表題作の他、「オツベルと象」「グスコーブドリの伝記」等11作収録。

銀河鉄道の夜
宮沢賢治

漁に出たまま不在がちの父と病がちな母を持つジョバンニは、暮らしを支えるため、学校が終わると働きに出ていた。そんな彼にカムパネルラだけが優しかった。ある夜二人は、銀河鉄道に乗り幻想の旅に出た――。

舞姫・うたかたの記
森鷗外

若き秀才官僚の太田豊太郎は、洋行先で孤独に苦しむ中、美貌の舞姫エリスと恋に落ちた。19世紀のベルリンを舞台に繰り広げられる激しくも哀しい青春を描いた「舞姫」など5編を収録。文字が読みやすい改版。

角川文庫ベストセラー

ドグラ・マグラ（上）（下）　夢野久作

昭和十年一月、書き下ろし自費出版。狂人の書いた推理小説という異常な状況設定の中に著者の思想、知識を集大成し、〝日本一幻魔怪奇の本格探偵小説〟とうたわれた、歴史的一大奇書。

少女地獄　夢野久作

可憐な少女姫草ユリ子は、すべての人間に好意を抱かせる天才的な看護婦だった。その秘密は、虚言癖にあった。ウソを支えるためにまたウソをつく。夢幻の世界に生きた少女の果ては……。

みだれ髪　与謝野晶子　今野寿美＝訳注

燃えるような激情を詠んだ与謝野晶子の第一歌集。恋する女性の美しさを表現し、若い詩人や歌人たちに影響を与えた作品の数々を、現代語訳とともに味わう。同時代作品を集めた「みだれ髪　拾遺」を所収。

全訳 源氏物語　新装版（全五巻）　紫式部　與謝野晶子＝訳

寛弘5（1008）年11月、中宮彰子の親王出産に沸く藤原道長の土御門邸。宴に招かれた藤原公任が女房達の前に姿を見せる。「このわたりに若紫やさぶらふ」。ロングセラーを新装版化！

太宰と安吾　檀一雄

檀一雄が、太宰治と坂口安吾について、彼らとの濃密な関係ゆえに知る具体的なエピソードを通して、それぞれの人物像を生き生きと描き出す。リズム感のある愛情にみちた筆致に、思わず引き込まれる。